초선의원

오세혁 희곡집

작가의 말

연극이 참 좋아서 희곡을 쓰기 시작했습니다.

어느새 세 권의 희곡집을 출간하게 되었고

시간이 흘러 네 번째 희곡집을 마주하게 되었습니다.

자신에게 뿌듯하기도 하고 부끄럽기도 합니다.

함께 연극을 만든 동료들에게 고맙기도 하고 미안하기도 합니다.

극장에 찾아와 주신 관객 여러분께 지극히 감사하고 뭉클합니다.

스물네 살에 동료들과 극단을 만들고

이십 년의 세월이 지났습니다.

이십 년간 연극을 하면서 가장 많이 들었던 말은

'연극이 대체 무슨 힘이 있냐'는 것이었습니다.

저는 오랫동안 이 질문에 제대로 답하지 못했습니다.

몸과 마음이 유난히도 추웠던 2024년 12월.

저는 공연을 사랑하는 관객들이

광장의 무대 위에 올라가서

좋아하는 연극과 뮤지컬의 대사와 가사를

뜨겁게 낭독하는 광경을 보았습니다.

저는 그 순간

'연극의 힘이 이곳에 있다'고 생각했습니다.

어쩌면 극장 안의 연극만으로는

힘이 없을 수도 있습니다.

그러나

그 연극을 마음에 담아서

극장 바깥으로 나서는 관객들이 있습니다.

그 관객들이 저마다 세상의 길을

구석구석 걸어가며

연극의 힘을 널리 널리 퍼뜨립니다.

연극의 힘은 극장에서 시작하고

연극의 힘은 관객으로 퍼져나갑니다.

아무쪼록 이 희곡집이

연극의 길을 걷는 동료와

연극과 동반하는 관객 여러분께

미약하게나마 보탬이 될 수 있기를 바랍니다.

이번 희곡집에는

두 편의 창작 희곡과

세 편의 각색 희곡이

담겨 있습니다.

다섯 편의 길을 함께 걸어 준

연극 동료들과

관극 동료들께

진심으로 감사의 말씀을 전하며

어제도 오늘도 내일도 연극을 하겠습니다.

2025년 5월

오세혁

차례

세자전

봄은 온다

원작

정 이리이리

카카오웹툰 『세자전』

컨셉

1. **희비극**—웃음과 눈물이 교차하며, 웃음이 쌓이는 만큼 울음도 터지
   도록.

2. **궁중 광대극**—궁중의 인물들이 세자복 한 벌을 둘러싸고 벌이는 한
   판 광대놀음처럼.

3. **죽음과 부활**—암투 속에 죽어간 인물들이 옷을 벗으면, 다른 인물로
   곧바로 부활한다. 하지만 전생의 피와 얼룩은 그대로 남아있다. 살아
   남은 이들은 그 피와 얼룩을 보고 죄책감에 시달린다.

4. **오례**—모든 장면은 궁궐에서 거행되는 다섯 가지 의식인 '오례'를 통
   해 펼쳐진다. (제사와 관련된 길례, 혼례와 책봉에 관련된 가례, 손님
   과 사신을 접대하는 빈례, 군사와 사냥 등에 관한 군례, 죽음과 장례
   에 관한 흉례.) 주인공들은 오례를 통해 계속되는 통과의례를 거친다.

5. **아이러니**—이야기는 왕의 생일로 시작해 왕의 장례로 끝난다. 모든
   의식은 아이러니를 포함한다. 왕의 생일날은 동생을 죽인 날이다. 왕
   의 장례 날은 새로운 왕이 탄생하는 날이다. 누군가가 노래하는 날은
   누군가가 우는 날이다.

5. **버라이어티**—극의 진행방식은 대사와 행동뿐 아니라, 노래, 춤, 무술,
   놀이, 경연, 대련, 등등, 다양한 무대 언어로 진행된다.

6. **악학궤범**—모든 음악은 조선 궁중 음악을 집대성한 책, 『악학궤범』을
   현대적으로 재창조한다.

등장인물

왕자들 진평군, 안영대군, 칠성군, 동진군, 완덕군

어른들 이홍 (왕) / 지안 (중전) / 이광 (왕의 동생)

광대
전체 이야기의 판을 만들어주며, 인물들의 과거, 미래, 꿈, 환상을 자유롭게 넘나들며
소리꾼, 악사, 시강관, 사관, 호위무사, 스님 등으로 변신한다.

공간

옥좌가 있는 궁궐. 그 궁궐은 무성한 야성의 자연 속에 둘러싸여 있다.
마치 강제로 자연의 한복판을 짓이기고 만들어진 인공의 문명처럼.

중요 컨셉

— 무대에 세워진 짧은 대나무를 검, 활, 지팡이, 피리 등등의
  다양한 사물로 활용한다.
— 인물들이 걸친 겉옷을 때에 따라 벗으며, 여러 사물로 다양
  하게 활용한다.

광대, 향로를 들고 등장.

광대, 퇴장.

왕(홍), 옥좌 앞 등장.

왕의 생일. 왕자들(안영, 진평, 칠성, 완덕, 동진)의 목소리가 들린다.

왕자들   하늘이 내린 임금이시어,

그 덕이 크고 훌륭하시어 표현하기 어렵고

그 선함과 명성이 사방에 빛나시도다.

왕자들이 등장하며 축하의 노래를 부른다.

(그러나 이 노래는 본디 죽은 왕을 위한 노래다. 아직은 아무도 모른다.)

M1. 종헌 유아곡

왕자들   *하늘이 내린 임금이시어*

그 덕이 크고 훌륭하시어

표현하기 어렵고 그 선함과 명성이

사방에 빛나시도다

성신으로부터 본받으시어

자손을 창성케 하시고

백관을 편하게 하시고

백성을 번성케 하시고

아름답고 웅장하도다

왕자들이 옥좌를 바라보고 서면

왕, 술 한 잔을 마시고

왕   꿈을 꾸었다. 어린 내가, 더 어린 아우를 이끌고, 아장아장 걸으며 나비를 잡고 있었다. 하늘하늘 날아가는 나비의 움직임을 따르다 보니 어느새 나와 동생의 걸음이 춤같았다. 우리는 나비와 함께 춤을 추었다.

왕, 두 잔째를 마신다.

왕   춤을 추다 보니 해가 지고 달이 떴다. 나는 돌아가기 위해 아우의 손을 잡았다. 아니, 잡지 못 했다. 내 손은 계속 허공에서 맴돌았다. 나는 계속 어둠에 손짓하며 아우를 불렀다. 아우야. 아우야. 돌아가자. 돌아가자.

왕, 세 잔째를 마신다. 취한다.

왕이 술을 마실 때마다, 공간의 중력이 바뀌며, 시간이 점점 과거로 빠져든다.

왕자들이 나비처럼 너울거리며 왕의 곁을 맴돈다.

저 멀리서, 죽은 아우(광)가 걸어와, 옥좌에 앉는다.

중전, 망루 위에 등장.

왕   아우야, 어디 있다 이제야 왔니.

광   …….

왕   이 형의 생일을 감축하러 온 것이냐.

광   …….

왕   하염없이 보고 싶었다. 어서 거기에 앉아라.

광, 옥좌에 앉는다.

왕　　　　　네 몸이 차구나. 어서 마셔라. 다시 따뜻해질 게야.

광, 술을 마신다. 그와 동시에, 왕은 과거의 공포가 몰려온다.
중전, 술을 마신다.

광　　　　　형님.
왕　　　　　어, 어어.
광　　　　　네 이놈.
왕　　　　　어, 어어.
광　　　　　나는 너를 저주한다.
왕　　　　　으아아아아아아!

왕, 잔치에 참석한 왕자들이 모두 광으로 보인다.
검을 들고 광을 베려 휘두르지만,
광은 베이지 않고 허공만 휘두른다.
광, 사라진다.
왕, 중전과 눈이 마주친다.

왕　　　　　저 눈! 저 눈!

왕, 옥좌에서 내려오며 소리친다.

왕　　　　　저 눈!

왕자들, 사력을 다해, 왕의 몸을 붙잡는다.

왕, 정신 차린다.

왕, 왕자들의 얼굴을 바라보다가

왕   너희의 손에는, 결코 피를 묻히지 않으리라. 너희의 임금은 너희
가 스스로 택하라.
나를 이을 세자는, 경연으로 정한다.

왕의 포고와 왕자들의 속마음이 동시에 보인다.

안영대군   수치스럽다! 날 때부터 세자였던 나에게, 세자가 되기 위해 노력
하라니!

왕   모든 왕자는 세자전에서 함께 먹고 함께 자며 선의의 경쟁을 치
른다!

진평군   꿈인가 생시인가! 어미 없는 자식도 임금이 될 수 있단 말인가!

왕   과목은 '문' '무' '예'를 두루 살펴 정한다!

동진군   나라의 역사는 인간의 역사! 인간의 역사는 책! 읽고 읽고 또 읽
으면 왕도의 길이 열리리라!

왕   다섯 왕자 중 최종 3인을 선정하여, 임금의 업무를 하루 동안 맡
긴다!

칠성군   풍류! 노래하듯 법을 만들고 춤추듯 정책을 펼쳐 온 나라가 춤
추고 노래하게 만들리라!

왕   임금의 책무를 가장 잘 치러낸 왕자를 세자로 책봉한다!

완덕군   삼시 세끼! 한 톨의 쌀이 밥을 만들고 그 밥은 백성을 배부르게
하며 배부른 백성은 나라를 배부르게 한다! 그러니 먹여라!

왕자들, 퇴장한다.

다시 등장. 왕 앞에 나란히 선다.

왕　　　　이 제도를 취하면, 다시는 왕자들 사이에 피바람이 불지 않으리
　　　　　라!

시강관(광대), 상당히 엄숙한 걸음으로 걸어 나와 앉는다.

왕자들, 예를 갖추며.

왕자들　　　스승에게 가르침을 얻고자 합니다.

시강관(광대)　소신은 부덕한 자입니다. 당치 않습니다.

왕자들　　　스승에게 가르침을 얻고자 합니다.

시강관(광대)　소신은 부덕한 자입니다. 당치 않습니다.

왕자들　　　스승에게 가르침을 얻고자 합니다.

시강관(광대)　소신은 부덕한 자입니다. 당치 않습니다.

안영대군, 벌떡 일어나

안영대군　　참기 힘들구나. 어차피 가르칠 것을, 왜 자꾸 사양하는 척을 하
　　　　　는가.

시강관(광대)　저하, 그것은…….

왕　　　　어허, 아직 저하가 아니다.

안영대군, 발끈한다.

시강관(광대)　대군마마, 그것은 공자의 가르침으로, 배우는 자도,

14

가르치는 자도 겸양을 미덕으로…….

안영대군   겸양! 그래서 대대로 외적이 쳐들어올 때마다 알아서
춤을 추며 땅을 내어 주는가? 겸양을 지켜야 하니까?

시강관(광대)   그것은 문을 숭상하는 선비의 나라가, 칼을 들고 행패를 부리
는 오랑캐와 어울릴 수 없어 그저 형의 심정으로…….

안영대군, 시강관에게 달려가 행패를 부린다.

시강관(광대)   아니 이게 무슨 행패십니까.

안영대군   행패를 부렸다! 우리 모두가 동생이다! 형님! 땅 좀 내어 주시오!

왕자들, 모두 달려가 시강관에게 행패를 부린다.

시강관(광대)   주상전하! 주상전하 앞에서 이 무슨 해괴한 언동을…….

왕   아니다. 나도 어렸을 때, 할바마마 앞에서 자주 농을 부렸다. 뜨
거움이 식은 후에야 차가움이 생겨나는 법. 시강관은 오늘 잠시
공자를 잊어도 좋다.

왕자들, 신나서 얼싸안고 빙글빙글 돈다.

시강관(광대)   전하, 예로부터 공자의 도는 국가의 기틀과 법도를…….

왕   어명이다. 어기면 귀양이다.

시강관(광대)   따르겠나이다!

왕자들, 환호하며 각자 자신의 자리로 가 앉는다.

시강관(광대)	소학에 이르기를.
왕자들	소학!
시강관(광대)	오직 성인만이.
왕자들	성인!
시강관(광대)	천성을 보존한 자이다, 라고 하였습니다.
왕자들	천성!
시강관(광대)	이에 대한 생각을 자유롭게 토론하시기 바랍니다.
진평군	성인이기에 천성을 보존한 것인가, 천성을 보존했기에 성인이 되는 것인가?
동진군	고전에 따르면, 성인들은 모두 스스로 배우고 익혀서 성취를 이룬 분이라 하였네.
진평군	그 성취는 과거를 밟고 이룰 수 있는가? 성인이 되었다 한들, 성인을 바라보는 이들의 눈이 과거에서 벗어나지 못한다면 성취가 무슨 소용인가?
완덕군	밥을 많이 먹을수록 자신의 밥그릇은 커지는 법! 그렇다면 노력한 만큼 더 큰 성취를 이룰 수 있는 거 아닌가?
칠성군	노래와 춤은 홀로 익히는 것이지만, 선대로부터 이어받은 스승이 없다면 익힐 수 없다네. 허나 이 또한 내 스스로 익히는 것! 나 또한 노력한다면 스승이 될 수 있는 것 아닌가?
안영대군	군자와 소인의 차이는 그릇에서 나오고 그릇의 크기는 애초부터 정해져 있으며 그 크기는 선대로부터 이어져 내려오네.
진평군	자네의 말은 핏줄을 성취로 인정한다는 뜻인가? 자네가 노력하지 않고 얻은 그릇을 자네의 성취라 볼 수 있는가? 배우려는 마음을 먹었기에 수행을 하고, 수행을 거쳤기에 스승이 된 것일세. 스승보다 중요한 것은 스승이 되려는 마음이고, 핏줄보다 중요한 것은 핏줄을 이어갈 수 있는 다짐인 것일세.

왕자들, 감탄하는 웃음과 박수.

안영대군, 거슬린다.

안영대군   (진평군에게) 자네가 하는 말은 어디에서 왔는가? 자네가 거품
을 물면서 과거를 부정하는 이유는, 자네의 과거가 부정적이기
때문이 아닌가?

진평군   그다음 말은⋯⋯ 신중히 택해야 할 걸세.

안영대군   왜 신중함이 필요한가? 내 말에 거짓이 없거늘. 자네를 낳은 어
머니가 누군지도 모르는데 어찌 누군지도 모르는 자식의 천성
을 논할 수 있는가?

진평군과 안영대군, 서로 바라보다가 달려가려 한다. 형제들, 급히 말린다.

시강관(광대)   무과! 곧바로 무과를 시행합니다!

왕자들, 퇴장한다.

곧바로 무과 대련이 펼쳐진다. 중전, 등장한다.

다섯 명이 동시에 펼치는 검술 대련.

왕자들마다 개성이 있다.

한 명씩 차례로 쓰러지고

진평군, 안영대군만 남는다.

정도의 진평군과, 사도의 안영대군.

사투 끝에, 진평군이 승리한다.

왕자들의 환호.

곧바로 활쏘기에 들어간다.

(음악 리듬에 맞춘, 안무에 가까운 활쏘기.)

시강관(광대)이 표적이 그려진 깃발을 들고 등장한다.

시강관(광대)   자, 멧돼지!

완덕군   형제들! 오늘 야참은 멧돼지 어떠한가! (활을 쏜다.)

왕자들   명중이오!

시강관(광대)   자, 다음은 노루요!

동진군   노루는 초식성의 동물로, 수명은 십 년에서 십이 년! (활을 쏜다.)

왕자들   명중이오!

시강관(광대), 꿩 깃발을 들고 등장.

시강관(광대)   다음은 꿩!

칠성군   꿩아! 어디를 바삐 가느냐! 머리카락이 길구나!

   (활을 쏜다.) 명중이오?

왕자들   아니오!

시강관(광대)   자, 다음은 참새요! 한 마리!

진평이 활을 쏜다.

왕자들   명중이오!

시강관(광대)   두 마리!

왕자들   명중이오!

시강관   세 마리!

그리하여 진평군이 세 번째 참새를 쏘려고 할 때,

안영이 등장하여, 진평에게 활을 겨누다가

뒤돌아 세 번째 참새(광대)에게 가까이 다가간다.

안영대군, 대놓고 활을 쏜다.

모두가 야유.

안영대군　멀리서 쏘면 날아가는 데 지쳐 심장 깊숙이 들어가지 않을까 겁이 납니다. 다가갈 만큼 다가가서 전력으로 쏜다면 쏘는 이나 맞는 이나 기다릴 필요가 없겠지요..

모두들 야유, 그리고, 나직하게 울리는 중전의 목소리.

중전　격이 존재하면 파격 또한 존재하는 법. 낡은 격은 파격을 통해 새로운 격으로 나아간다. 오늘 이 자리에 격과 파격이 모두 모여 있구나. (퇴장.)

왕　하루 쉬어라. 기운을 회복한 후, 계속 경연을 시행한다.

왕, 퇴장하며 공간이 세자전으로 바뀐다.

왕자들, 각자의 자리에서, 묵묵히 자기 일을 한다.

동진군은 공부, 칠성군은 춤 연습, 완덕군은 요리, 진평군은 명상, 안영대군은 검 닦기.

칠성군, 춤 연습을 하며 시조를 읊는다. 그러다 왕자들에게,

칠성군　동숙을 한 지 수 날이 지났건만, 이토록 어색할 일인가. 우리 어릴 때처럼 다시 좀 친해지면 안 되겠는가?

동진군	서책과 친해지게! 서책을 소리 내서 읽으면 어색하지 않을 걸세.
칠성군	공부하면 무엇을 하겠는가. 타고난 재능 앞에 노력 따위 추풍 낙엽인 것을. 그저 이 시간을 나 칠성이, 동진이! 완덕이! 안영이! 진평이! 자네들과 우정을 쌓는 데 쓰겠네.
안영대군	타고난 재능은 누구를 두고 말함인가?
칠성군	아, 그것은, 자네들 모두…….
안영대군	진평군인가?

정적.

칠성군	아, 아닐세, 결코 아닐세. 진정으로 아닐세.
안영대군	강한 부정은 긍정이라 했네. 내 자네 심정을 꼬옥, 꼬옥, 아주 꼬옥 기억하겠네.
진평군	나를 노리는 시비는 나에게 걸게. 소인처럼 행동하지 말고.
안영대군	소인이라, 소인들은 본시 성정이 거칠어서 잠시만 성이 나도 살인까지 일삼는다 했던가.
진평군	자네가 소인이면 그리 하시게. 나도 기꺼이 소인이 되겠네.

두 사람, 살벌해지는데,
왕자들, 둘을 어떻게든 말려 보려고 호들갑.

칠성군	허허허허! 재미없구만! 참으로 재미없어! 재미없는 얘기는 그만두고, 재밌는 얘기나 해 보세! 어떤가?
동진군	재밌는 얘기! 좋네! 내가 소학을 100번 읽었던 얘기를 들려줄까? 처음 읽은 건 3살 때…….
왕자들	아니 아니야!

완덕군	내 어제 먹은 야참 이야기를 해 주겠네…….
왕자들	아니 아니야!
안영대군	재밌는 얘기……. 내가 재밌는 얘기해 줄까?
왕자들	아니 아니야!
안영대군	무서운…… 얘기일세.
왕자들	오오!

안영대군, 자신의 겉옷을 벗어 일인극을 시작한다.

| 안영대군 | 선대 임금의 후궁이 투기가 심하여, 임금께서 중전에게 향할 때마다 악을 썼다지. 어느 날 그 악이 극에 달해 임금의 용안을 할퀴어 버리고, 분노한 임금께서 사약을 내렸는데, 애초에 악독하여 독약마저 듣지 않아 마셔도 마셔도 죽지 않았다지. 그래서 임금은 연거푸 "한 사발 더 부어라"를 외치시고, 결국 들이켜고 들이켠 후궁은 마침내 피를 토하고 죽어 버렸다네. |

왕자들, 헛기침 한다.

진평군	……그게 왜 무서운 얘기인가?
안영대군	난 참 무섭네. 분수를 넘어 악을 쓰다 피를 토하고 죽었으니. 그런 일이 또 벌어질까 봐 참 무섭네.
진평군	나도 무서운 얘기 하나 들려줄까?
왕자들	아니 아니야!
진평군	그럼 재밌는 이야기일세!
왕자들	오오!

진평군, 자신의 겉옷을 벗어 일인극을 시작한다.

진평군   아기씨 때부터 세자로 책봉된 왕자가 있었네. 날 때부터 세자라
그런지 천하에 무서울 것이 없었네. 훈계하는 이가 없으니 온갖
패악은 다 부리고, 참지 못한 임금이 뒤주에 가둬 죽을 때까지
내버려 두었다지. 목이 마르면 소피를 받아 입술을 적셔가며 버
티던 세자는, 결국 눈물마저 말라 죽어 버렸다지.

안영대군   ……사관의 기록을 너무 믿지 말게. 임금과 당파의 눈치를 보느
라 왜곡하기도 하니.

진평군   자네도 너무 믿지 말게. 투기와 질시는 본디 양쪽에서 흐르는
법이라네.

잠시 정적. 안영대군, 분개하여 진평군에게 향하려는데,
왕자들, 싸움을 말리고 사라진다.
칠성군 혼자 남아,

칠성군   슬프구나! 풍류 없이 논쟁만 흐르는 삶이여!
이 고독한 밤에 나라도 홀로 저 달을 벗 삼아 노래하고 춤추어
보자!

시강관(광대), 예과천을 들고 등장.
자연스럽게, '예과' 시험 날로 바뀐다.

시강관(광대)   (예과 천을 깔아 놓고) 예과! 예과를 시작합니다! (퇴장.)

왕자들이 돌아가며, 노래와 춤을 선보인다.

왕과 중전이 나란히 참관을 하는데
중전은 대놓고 담배를 피우며 왕을 불편하게 만든다.
중전, 묘한 미소로, 진평군을 보고 있다.

M2. 악학궤범 〈여민락〉

칠성군   이 땅에 여섯 용이 태어나

             하는 일마다 하늘의 복을 받으시니

             그 자태가 옛 성왕과 같도다

동진군   뿌리 깊은 나무는 바람에

             움직이지 않으니

             꽃이 좋고 열매가 풍성하도다

완덕군   샘 깊은 물은 가뭄에도

             마르지 아니하니 내를 이루어

             바다에 가노라

안영대군   붉은 새가 글을 물어

             침실 문 앞에 앉고 뱀이 까치를 물어

             나뭇가지에 앉으니

             하늘이 내린 복을 미리 보이시는도다

진평군   말씀을 올리는 사람은 많되

             천명을 의심하시니 하늘이 재촉하노라

왕자들   노래를 부르는 사람은

             하늘명을 모르시므로

             노래를 부르는 사람은

             하늘이 호통치노라

중전, 천천히 일어나, 묘한 표정으로 진평군을 보다가
진평군을 향해 걸어 내려온다.

중전	노래와 춤이 훌륭하구나.
진평군	예를 따랐을 뿐입니다.
중전	네가 생각하는 예는 무엇이냐.
진평군	노래도, 춤도, 시작과 끝이 있습니다. 그저 순리대로 따랐을 뿐입니다.
중전	순리, 좋은 말이다. 허나,
진평군	…….
중전	순리가 아닌 역리로 성취한 자는 어찌 되는 것이냐.
왕	중전, 그만 하시오.
중전	흐름을 거슬러 살던 이가, 다시 흐름대로 살려 하면 그것은 순리인 것이냐, 역리인 것이냐.
왕	중전!

중전, 궁의 바닥에 깔린 예과 천을 들어낸다.
피 얼룩이 생생하다.
그와 동시에 왕과 중전은, (동생을 죽였던) 과거의 기억으로 빠져든다.
광, 검을 들고 다가온다.
왕자들 퇴장.

광	논어, 맹자, 소학, 효경, 대학, 중용.
왕	아우님.
광	상서, 주역, 예기, 춘추좌전, 통감강목.
왕	동생아!

| 광 | 네 이놈! 어디 함부로! |

왕, 분노에 차서 비명 지르듯

왕	세자 저하!
광	너의 처소에서 나온 서책이다. 무엇을 위한 공부더냐.
중전	(왕에게) 답하시오!
왕	…….
광	왕세자의 교육에 쓰이는 서책들이니, 왕세자를 위한 공부더냐?
중전	(왕에게) 이대로 무너질 것이오? 이대로 사라질 것이오? 답하시오!
왕	…….
광	네 놈이 정녕 순리가 아닌 역리를 따를 것이냐?

중전, 마치 왕의 말을 대신하는 것처럼.

중전	순리를 논하고 싶으냐. 순리대로 하면 내가 너의 형이니 내가 세자가 아니더냐.
광	어리석은 놈. 고작 먼저 세상을 보았단 이유로 네놈이 세상을 가져야 한단 말이냐? 하늘은 저마다의 천성을 내려 주는 법이다.
중전	저마다의 천성을 내려 준다면, 분명 저마다의 하늘도 있을 터. 내 하늘은 나에게 임금의 천성을 내렸다.
광	어리석은 놈.

왕자들, 광의 호위무사가 되어 등장.

광	너는 그릇된 하늘을 따르는 바람에 오늘 이 자리에서 죽는다.

광, 호위무사들에게 손짓한다.
그러나, 그들의 검은 광을 겨눈다.

중전	고작 백 년도 안 된 나라의 왕족이 천성을 논하느냐.
광	…….
중전	우리 가문은 천년이 넘게 왕들을 섬겼다.
광	…….
중전	나라는 바뀌어도 우리는 바뀌지 않았다.

광, 중전을 빤히 바라보다가.

광	이토록…… 무서울 정도로…… 지혜로운 이가…… 어찌 나의 형 같은 이와 함께 있는가.
중전	…….
광	……이 또한 천성인가.

왕, 그 말에 발끈하여, 스스로 검을 든다.
무사들(왕자들) 퇴장한다.
왕과 광, 검을 겨룬다.
마침내, 왕의 검이 광을 제압한다.
그러나, 형은 동생을 찌르지 못한다.

광	……형님!

왕의 눈이 중전과 마주친다.

중전의 눈빛을 보고, 왕은 결심한다.

천천히, 광을 찌른다.

광, 죽는다.

그리고 잠시 후, 영혼으로 깨어나

광   형님……. 드디어…… 이루었군요……. 허나…… 이것이…… 정 녕 형님이 이룬 것입니까.

왕   ……닥쳐라.

광   나는…… 생각이…… 다릅니다.

왕   저 눈! 저 눈!

광   저하! 세자 저하!

왕   저 눈! 저 눈! 저 눈!

광, 피투성이의 천을 질질 끌고 사라진다.

왕, 절규하며, 옥좌로 올라가 검을 치켜든다.

왕자들, 등장한다.

시간이 현재로 돌아온다.

왕   잘했다……. 잘했어. 이 아비는…… 매우 흡족하구나……. 순리 를 따르지 마라……. 이대로 무너지지 마라……. 이대로 사라지 지 마라.

왕, 갑자기 옥좌에서 내려와, 왕자들에게, 보란 듯이.

왕	저 옥좌는 누구의 것도 아니다! 너희들 모두 돌아가면서 앉아라! 임금 실습을 경연으로 채택한다!
왕자들	…….
왕	(버럭) 누가 먼저 앉을 것이냐!

중전, 왕의 행동을 경멸하듯 바라보다가,
뚜벅뚜벅 내려와, 안영대군을 향하는 듯,

중전	어서들 오르시지요!

안영대군, 앞으로 나아가 빈 옥좌에 절을 올린다.
안영대군, 뚜벅뚜벅 걸어가 옥좌에 앉는다.

흰 천이 천장에서 우수수 쏟아지며 임금 놀이가 시작된다.
시신(완덕군)을 한가운데 두고 한삼 천을 아무렇게나 쌓고 있는 백성들(진평군, 동진군).
옥좌 위에, 만장처럼, 흰 천이 걸려 있다.
칠성군이 관리의 역할을 한다.

백성들	아이고! 아이고! 아이고! 아이고!
안영대군	이 시신들은 다 무엇이냐?
관리(칠성군)	별일 아닙니다. 역병이 돌아 죽은 시신들이온데, 한군데 모아 태운다고 하니, 저리 난리들이지 않습니까.
안영대군	왜 시신을 모아 태우느냐? 죽은 시신도 전염성이 있느냐?
관리(칠성군)	그런 것은 아니온데, 뭔가 불길하고, 뭔가 끔찍해서…….
안영대군	(위편에 걸린 만장을 가리키며) 저 시신들은 어찌 따로 묻고 비석까지 세워놓았는가?

관리(칠성군)   역병에 걸린 고을 양반들의 시신입니다.

안영대군   이상하구만. 양반들도 역병에 걸린 거라면, 저 구덩이에 넣고 같이 태워야지 않나?

관리(칠성군)   천부당만부당입니다. 어찌 사대부의 시신을 천한 시신과 함께 태운단 말입니까.

안영대군, 잠시 생각하다가, 걸려 있는 천을 뜯어, 천 무더기에 던져 놓고 섞어 버린다.
천을 너울너울 흔들며, 춤추듯 섞어 버리는 안영대군.

관리(칠성군)   어이쿠! 이 무슨 해괴한 짓을!

안영대군   어이쿠? 이를 어쩌나? 시신들이 섞여서 누가 양반이고 누가 천민인지 도무지 모르겠구만. 이제 어찌하나? 태워야 하나?

관리(칠성군)   천부당만부당입니다! 어찌 사대부의 시신을!

안영대군   괜찮다! 임금이 하늘이고 하늘 아래 모든 것은 모두 똑같다! 모두 태워라!

모두 환호한다.
안영대군, 진평군, 동진군, 완덕군 만장을 들고 퇴장.
칠성군은 옥좌로 향한다.

칠성군   들어오너라.

대신들(동진군, 완덕군, 진평군) 등장.

대신1(동진군)   전하! 명나라에서 사신이 도착했습니다.

칠성군   좋구나!

대신2(완덕군)	사신의 노고를 위로하기 위하여 연회를 준비하였사옵니다.
칠성군	좋구나!
대신3(진평군)	연회에서 부를 곡 또한 준비하였습니다.
칠성군	좋구나! 어떤 곡을 준비하였는가?
대신1(동진군)	(아주 느리게) 청사아아아아아아아아아아아아아안~
칠성군	그만! 길다! 다음!
대신2(완덕군)	(아주 변화무쌍하게) 아흐어으어으흐어으어으어이히이이이 이이~
칠성군	그만! 요란스럽다! 다음!
대신3(진평군)	(곡소리가 포함된 노랫소리) 아이고! 아이고!
칠성군	그만! 그 곡이 그 곡이냐! 슬프구나! 이 궁궐에는 어찌하여 이토록 심심한 노래만 흐르는 것이야!
대신1(동진군)	전하, 노래라는 것은 예와 악이 하나로 모여 성인의 마음 을…….
칠성군	그만! 그만! 그만! 그대가 제일 진부하오! 노래란 마음에서 흐르 는 것이며 그 마음이 아름답게 울리면 자연스레 성인이 되는 법! 성인의 마음 말고 그대들의 마음을 노래하시오! (대신1에게) 그대의 마음 상태를 아주 솔직히 말해 보라!
대신1(동진군)	전하한테 시달려서 피곤하여 하품이 나옵니다.
칠성군	소리로 표현해 보라!

M3. 〈여민락〉 아카펠라

대신1(동진군)	*하하하 하하 하하하 하하. (반복)*

칠성군	(대신2에게) 그대는?
대신2(완덕군)	이런 젠장! 대신이고 뭐고 다 때려치우고 아내가 보고 싶습니다.
칠성군	표현하라!

대신2(완덕군)	*아내아내 아내 아내아내 아내. (반복)*

칠성군	(대신3에게) 그대는?
대신3(진평군)	다음 생에는 왕으로 태어나고 싶습니다.
칠성군	표현하라!

대신3(진평군)	*왕~ 왕~ (반복)*

칠성군, 대신들의 화음에 맞춰, 여민락을 아카펠라로 노래한다.

칠성군	*이 땅에 여섯 용이 태어나*
	하는 일마다 하늘의 복을 받으시니
	그 자태가 옛 성왕과 같도다
	샘 깊은 물은 가뭄에도
	마르지 아니하니 내를 이루어
	바다에 가노라
	말씀을 올리는 사람은 많되
	천명을 의심하시니 하늘이 재촉하노라
대신1/2/3	*노래를 부르는 사람은*
	하늘 명을 모르시므로
	노래를 부르는 사람은

하늘이 꿈으로 호통치노라

칠성군　　　그래! 이것을 명한다. 아름다울 아, 노래 가, 나눌 배, 펼칠 라, 아 가배라!

왕자들(칠성군, 완덕군, 동진군) 퇴장.
진평군은 옥좌로 향한다.
(꼭두각시 놀음)
북소리에 맞춰, 나이 지긋한 양반(인형, 안영대군)과 어린 아이(인형, 동진군)가 들어온다.

양반(안영대군)　(들고 온 책 한 권을 던지며) 천자문, 동몽선습, 논어, 맹자, 소학.
진평군　　　그 아이는 누구며 그 서책은 무엇인가.
양반(안영대군)　이놈은 소신이 소유하고 있는 노비의 자식이온데, 어느 날 보니 세상에, 무엄하게도 땅바닥에 글씨를 쓰고 있지 뭡니까. 그리하여 이놈의 집을 뒤졌더니 세상에, 이 서책들이 나왔습니다. 이 천벌을 받을 놈.

진평군, 아이를 빤히 바라보다가

진평군　　　천민의 자식이면 글을 읽어도 과거를 볼 수 없어 무용지물인데, 왜 글을 읽었느냐?

아이, 망설인다.
진평군, 아이에게 내려와 눈높이를 맞추며

진평군　　　괜찮다. 말해 보거라.

양반(안영대군) 전하!

진평군 어허!

아이(동진군) 저는…… 과거…… 이런 생각은…… 꿈에도 꾼 적 없습니다……. 다만…… 글을 읽으면…… 제가 보이고…… 세상이 보입니다……. 저와 세상이 보이니…… 힘들어도 힘들지가 않고, 슬퍼도 슬프지가 않습니다.

진평군, 마음에서 무언가가 올라온다.

진평군 하늘 천은 어떤 글자인 것 같으냐?

아이(동진군) 하늘 천! 하늘 천은…… 사람 위에…… 하늘이 있습니다……. 그리하여 사람은…… 하늘을 거스를 수 없습니다.

진평군 ……하늘 아래 가장 먼저 사람이 있다는 생각은 안 해 보았느냐?

아이, 마음에서 무언가가 올라온다.

진평군 가장 좋아하는 서책의 구절은 무엇이냐.

아이, 잠시 생각하다가

아이(동진군) 맹자가 말했다. 사람은 누구나 차마 남의 고통을 외면하지 못하는 마음을 가지고 있다. 차마 남의 고통을 외면하지 못하는 마음으로 차마 남의 고통을 외면하지 못하는 정치를 실천한다면, 천하를 다스리는 것은 손바닥 위에서 움직이는 것같이 쉬울 것이다. 만약,

진평군 만약 한 어린아이가 우물 속으로 빠지게 되는 것을 보게 된다

면, 누구나 깜짝 놀라며 측은하게 여기는 마음을 가지게 된다.
이것을 통해서 볼 때 측은하게 여기는 마음이 없다면 사람이 아
니고,

동진군, 같이 낭송한다.

진평군/동진군 부끄러워하는 마음이 없다면 사람이 아니며, 사양하는 마음이
없다면 사람이 아니고, 옳고 그름을 판단하는 마음이 없다면
사람이 아니다.

진평군 사람의 천성은…… 하늘이 막을 수 있는 것이 아니로구나.

완덕군, 칠성군 등장한다.
진평군, 모두에게 들으라는 듯.

진평군 스스로 글을 찾고 스스로 깨우친 이 아이를 벌할 수 있는 명분
이 나에게는 없다!

왕, 잠시 말이 없다가, 진평군의 어깨를 어루만지며

왕 고맙구나……. 그리 말해 줘서 고마워.

안영대군, 그런 왕을 보며, 분노가 올라온다.
경연장을 벗어나려는데
중전, 그런 안영대군을 붙잡으며, 불쑥

중전 전하! 역모를 일으킨 죄로 유배당해 죽은 전하의 아우 광을 아

직도 따르는 역적들이, 제사를 핑계로 자주 모이며 불손한 음모를 꾀하고 있다 하옵니다.

왕 중전…… 멈추시오.

중전 순리를 따르지 않고 역리를 따르는 이 간교한 무리를 어찌하면 좋으리까?

왕 ……그만두시오, 중전!

중전 다시 한번 묻습니다. 어찌하면 좋으리까?

진평군, 중전의 눈빛과 왕의 눈빛을 본다.
진평군, 고민하다가, 중전과 왕의 마음에 들고 싶어, 결심한 듯

진평군 구천을 떠도는 이광에게 아직 귀가 있다면 들으라. 네 일찍이 어리석고 아둔하여 소인의 천성을 지닌 것을 알았으나, 아우의 모자람 또한 형 된 자의 탓이라 여기고 너를 지극정성으로 아꼈다. 그러나 너는 사악하고 간교한 마음을 이기지 못해 임금인 나에게 칼을 들었고, 순리에 따라 피눈물을 흘리며 사약을 내렸다. 허나 어찌하여 너의 그 뱀 같은 무리들은 아직도 너의 백골을 향해 절하며 이 거룩한 옥좌를 저주받은 핏줄로 더럽히려 하는가. 내 더는 두고 볼 수 없어 침통한 마음으로 너의 뼈를 다시 파내어 부관참시하노라.

중전, 백골을 가리킨다.
광(백골), 가슴을 치며 등장한다. 왕자들, 백골을 본다.

진평군 너의 뼈는 녹슨 칼로 수만 번 조각내어 가루가 될 것이고, 너의 가루는 이 궁궐 아래 가장 차갑고 축축한 땅에 파묻히게 될 것

이니, 너는 죽어서도 죽지 못 하고 영원히 비명을 지르며 피눈물을 흘리게 될 것이다.

왕, 진평군의 말을 들으며, 몸이 바들바들 떨린다.

중전 과연, 선왕들의 천성을 뛰어넘는 명문장이옵니다.
      (옥좌에 앉아서) 역적 이광의 뼈를 파내어라!

중전, 진평군에게

중전 너의 아비가 길을 떠나는데, 어찌 인사를 하지 않는 것이냐.

긴 정적.
그리고 점점, 진평군의 몸이 바들바들 떨린다.
진평군, 저 멀리 서 있는 백골을 향해
떨리는 걸음으로 한 걸음씩 다가가는데
왕, 진평군의 앞을 가로막는다.

왕   여기서 멈추어라.
진평군 저 백골이…… 어찌 저의 아비라는 것입니까.
왕   부탁이다. 멈추어라.
진평군 저 백골이, 어찌 저의 아비라는 것입니까.
왕   너의 아비는 나다.
진평군 저 백골이! 어찌 저의 아비라는 것입니까!
왕   네 이놈! 저 눈! 저 눈!

진평군, 소리 지르며 백골에게 달려가려는데

왕, 진평군을 부둥켜안고 놔주지 않는다.

진평군, 빠져나가려 악을 쓰는데

왕, 필사적인 포옹으로 놔주지 않는다.

진평군, 마침내 무너진다.

백골, 서서히 멀어져 간다.

안영대군, 무너지는 진평군의 뒷모습이 안쓰러워, 자신도 모르게 다가가다가

중전의 말에, 그 자리에 멈춘다.

중전   (조롱하듯) 과연, 격과 파격이 한자리에 모여 있구나.

중전, 퇴장. 뒤이어 안영대군, 퇴장.

진평군, 주저앉은 모습 그대로 멈춰 있다.

왕자들, 진평군에게 다가가는데

왕   울지 마라. 죄인을 위해 우는 이 또한 죄인이다.

왕자들, 분노에 찬 눈으로 왕을 바라본다.

왕, 그 순간 다시 동생(광)의 환영을 본다.

광1(칠성군)   형님, 나비가 참 많소.

왕   다시 한번 명한다.

광2(완덕군)   네 놈이 정녕 순리가 아닌 역리를 따를 것이냐.

왕   울지 마라. 왕은 마음속으로만 우는 자다.

광3(동진군)   나는 너를 저주한다.

왕   미치지 마라. 왕은 내내 견디는 자다.

왕, 퇴장.

왕자들(칠성군과 완덕군), 진평군에게 다가가 곁에 있는다.

그러나 진평군은 계속 멍하니 멈춰 있다.

칠성군과 완덕군, 어쩔 수 없이 떠난다.

동진군, 홀로 남아 진평군과 자신 손에 들린 책과 인형을 바라보다가 자리에 앉는다.

동진군　　맹자가 말했다. 사람은 누구나 차마 남의 고통을 외면하지 못
　　　　　하는 마음을 가지고 있다. 차마 남의 고통을 외면하지 못하는
　　　　　마음으로 차마 남의 고통을 외면하지 못하는 정치를 실천한다
　　　　　면, 천하를 다스리는 것은 손바닥 위에서 움직이는 것같이 쉬울
　　　　　것이다. 만약 한 어린아이가 우물 속으로 빠지게 되는 것을 보
　　　　　게 된다면……. 만약 한 어린아이가 우물 속으로 빠지게 되는
　　　　　것을 보게 된다면…….

동진군, 자리를 박차고 달려가,

서고의 책을 무더기로 뒤지다가 책 한 권을 펼쳐 읽는다.

동진군　　"역적 이광을 폐서인하고 사약을 내리다. 이광의 아내 윤녹주를
　　　　　유배하다."

시강관, 들어와 동진군의 혼잣말을 듣고, 놀라서,

시강관(광대)　　세상에! 무서운 책을 읽으셨습니다!

동진군　　스승님! 진평군의 어머니가 살아 계십니까?
　　　　　살아 계시다면 어디로 유배를 가셨습니까?

시강관(광대)　　그 책을 들추면 또 한 번 피바람이 불 겁니다!

38

동진군   간절히 청합니다! 형제가 울고 있습니다!

시강관(광대)   간절히 청합니다! 그 책을 덮으시지요!

동진군, 절규하며 바닥에 머리를 찧는다.

시강관(광대)   이러지 마시오! 그 영특한 머리가 다치면 어쩌려고!

동진군   형제의 울음 하나 달래지 못하는 머리가 무슨 쓸모가 있습니까.

동진군, 시강관을 뿌리치며 다시 머리를 찧는다.

시강관, 황급히 막는다.

시강관(광대)   가슴이 아프구나! 아직 뼈도 여물지 않은 아이들이 어찌!

시강관, 머리를 찧는다. 동진군이 막는다.

시강관, 머리를 찧는다. 동진군이 막는다.

시강관, 머리를 찧는다. 동진군이 막는다.

시강관(광대)   진평군의 어머니는 강화도에 있습니다! 아! 말해 버렸다! 주상
                을 뵐 면목이 없구나! 사직하리라!

시강관, 도망친다.

동진군, 벌떡 일어나

동진군   형제들이여!

왕자들(칠성군, 완덕군, 안영대군)이 달려온다.

동진군	떠나세!
칠성군	······어디로?
동진군	진평군의 어머니가 계신 곳으로.
안영대군	어림없는 소리! ······역적의 자식일세.
동진군	역적의 자식이면 함께 공부하고 함께 놀고 함께 울고 웃었던 기억이 다 사라지는가?
안영대군	사라지지 않지. 사라지지 않지! 그 사라지지 않는 기억이 자네들을 해칠 수도 있다는 말일세.

동진군, 잠시 안영대군을 바라보다가

동진군	······. 그렇다면 자네는······ 저절로 세자가 되겠구만······. 참 아름다운 흐름일세.
안영대군	······그리 되는가. 그럼 내 어디 잘해 보겠네.
완덕군	······둘이 가면 어찌나 배고플까. 비상식량은 나에게 맡기게.
칠성군	······셋이 가면 어찌나 심심할까. 내 가면서 노래라도 불러 줌세.

동진군, 안영대군에게 책 한 권을 건넨다.
안영대군만 빼고, 모두가 방을 나선다.
안영대군, 방에 홀로 남는다.
안영대군, 길 떠나는 형제들의 모습이 눈에 선한 듯,
하지만, 애써 외면하려는 듯 자세를 바로잡는다.

안영대군	맹자가 말했다. 사람은 누구나 차마 남의 고통을 외면하지 못하는 마음을 가지고 있다. 차마 남의 고통을 외면하지 못하는 마음으로 차마 남의 고통을 외면하지 못하는 정치를 실천한다

면, 천하를 다스리는 것은 손바닥 위에서 움직이는 것같이 쉬울 것이다. 만약 한 어린아이가 우물 속으로 빠지게 되는 것을 보게 된다면, 누구나 깜짝 놀라며 측은하게 여기는 마음을 가지게 된다. 이것을 통해서 볼 때 측은하게 여기는 마음이 없다면 사람이 아니고, 부끄러워하는 마음이 없다면 사람이 아니며, 사양하는 마음이 없다면 사람이 아니고, 옳고 그름을 판단하는 마음이 없다면 사람이 아니다. 재미없구나! 재미가 없어! (홀로 방에 누워) 고독하구나. 고독해. 허나 고독하지 말자. 임금이 되면, 이보다 더 고독할 테니. 오직 나일 뿐이다. 친구도, 가족도, 하나도 없이…….(벌떡 일어나며) 으아아아! 심심해!

왕자들이 들어온다.
안영대군, 반갑지만 반갑지 않은 표정으로.

안영대군   꽤 일찍 왔구만. 그래, 잘 만나고 왔는가.

왕자들, 말 없이 자리에 앉는다.
진평군, 옷 하나를 들고, 불쑥 들어온다.
동진군에게 옷 한쪽을 주며,

진평군   재밌는 얘기 들려줄까? 밤새 말을 타고 달려 어머니가 유배된 집에 도착했네. 말에서 내리자마자 울며 뛰어갔네. 어머니! 그 안에 있는 당신이 어머니가 맞습니까! 방문이 잠겨 있었네. 방문을 당기며 소리쳤네. "어머니! 당신이 정녕 어머니가 맞습니까! 그렇다면 제 절을 받으소서! 저를 안아 주소서! 어머니의 그 따뜻한 손으로 제 볼을 어루만져 주소서! 어머니! 어머니!" 방문은 여전히 잠겨 있었네. 난 미친 듯이 계속 잡아당겼네. "어머니! 당신은 왜 나를 두고 떠났습니까! 어머니! 내 아버지는 왜 역적입니까! 어머니! 난 왜 죽지 않고 살아 있습니까! 문을 여소서! 문을 여소서! 어머니! 어머니!" 마침내 문이 열렸는데, 세상에! 한 여인의 몸뚱이도 함께 딸려 나왔네. 그 여인의 얼굴을 보았는데, 세상에! 내 얼굴이 거기 있었네! 신기하다! 어찌 내 얼굴은 어머니 얼굴을 그리 빼다 박았을까. 그게 중요한 게 아니지. 어머니가 방문에 목을 매고 돌아가셨는데, 아들은 그것도 모르고 방문을 이렇게! 이렇게! 잡아당긴 것이야! 이미 목매달고 죽은 어머니를 아들이 한 번 더 죽인 것이야! 이렇게! 이렇게! 목을 졸라서! 어머니의 두 손에는 가루가 된 아버지가 한 움큼 있었지! 누가 내 아버지의 가루를 어머니에게 보낸 것이냐! 누가 내 아버지의 가루를 어머니에게 보낸 것이냐! 누가 내 아버지의 가루를 어머니에게 보낸 것이냐! 여기! 아버지가 내 볼을 어루만진다! 아! 따뜻하다! 따뜻해!

진평군, 방을 구르며 웃는다.
그러다, 울음이 터져 나온다.
그러다 다시 웃는다.
안영군, 아무것도 할 수 없어 그저 보기만 한다.
완덕군과 동진군, 우는 진평군 앞에 앉아 모습을 가려 준다.
칠성군, 진평군의 울음소리를 감추려는 듯, 노래를 시작한다.

M4. 〈정읍〉

칠성군　　　*달님이여 높이 높이*

돋으시어 떠나는

임을 멀리멀리

온화하게 비추어 주소서

달님이여 그대는 정녕

모든 곳을 비추나이까

떠나는 임이

추울까 두렵나이다

진평군을 두고, 왕자들은 노래를 부르며 망루로 이동한다.

칠성/완덕/동진 *어기야 어강도리 어기야 어강도리*

어기야 어강도리 어기야 어강도리

광대(목소리) 그동안의 경연에 애쓴 왕자들을 위로하기 위해 주상께서 친히

잔치를 여시니, 모두 참석도록 하라.

잔치가 열린다. 왕과 중전과 왕자들, 연회에 참석한다.

진평군, 실성한 채 연회 주변을 떠돈다.

진평군 잔치…… 잔치…….

진평군, 어머니의 옷에 절을 한다.

광, 등장한다.

광, 진평군이 들고 있는 녹주의 옷에 술을 뿌려 준다.

왕과 중전, 왕자들 모두 술을 마신다.

진평군	너는 누구냐?
광	…….
진평군	너는 누구냐!

안영대군, 그런 진평군을 묘한 표정으로 바라보는데

중전	바라보지 말아라.
안영대군	계속 눈에 밟히는데 어찌 바라보지 않을 수 있습니까.
중전	네가 임금이 되면, 눈에 밟히는 이들이 더더욱 많아질 것이다.
안영대군	그렇다면 어찌 미치지 않을 수 있습니까.
중전	그럼 너도 미쳐라. 네가 가장 많이 미쳐라. 더 많이 미친 자가 살아남는다.
진평군	(중얼거리며) 구천을 떠도는 이광에게…… 아직 귀가 있다면 들으라. 내 일찍이 어리석고…… 아둔하여! 허나…… 어찌하여 너의 그 뱀 같은 무리들은, 아직도 너의 백골을 향해 절하며 이 거룩한 옥좌를 저주받은 핏줄로 더럽히려 하는가! 내 더는 두고 볼 수 없어…… 침통한 마음으로 너의 뼈를…… 다시 파내어, 부관참시하노라!

진평군, 마음이 아파 자신의 가슴을 내리친다.
광, 퇴장한다. 왕, 망루에서 내려와 옥좌로 향한다.
중전, 망루에서 옥좌로 향한다.

중전	(왕을 보고) 울지 마라. 죄인을 위해 우는 이 또한 죄인이다.

왕, 분노와 슬픔이 섞인 눈으로 중전을 바라본다.

진평군	(왕 목소리) 울지 마라. 죄인을 위해 우는 이 또한 죄인이다.
	……. 너의 뼈는 녹슨 칼로 수만 번…… 조각내어 가루가 될 것이고, 너의 가루는 이 궁궐 아래 가장 차갑고 축축한 땅에 파묻히게 될 것이니!

왕, 옥좌에서 내려와 진평군을 와락 껴안는다.

왕	그래, 차라리 미쳐라.
진평군	너는 죽어서도 죽지 못하고!
왕	미쳐서 영영 돌아오지 마라.
진평군	영원히 비명을 지르며! 피눈물을 흘리게 될 것이다!
왕	미안하구나. 참으로 미안하구나.

안영군도 중전 뒤따라 이동.
왕이 그렇게 진평군을 끌어안으며 마음이 점점 무너진다.
진평군은 아버지 품에서 빠져나와 궁궐을 뛰어다닌다.
칠성군과 동진군이 진평군을 잡으러 쫓아간다.

안영대군	아버지는 저를 애정하지 않습니다.
중전	네 아비가 너를 애정해야만, 네가 왕이 되는 것이냐?
안영대군	…….
중전	내가 지닌 능력을 꽃피우는 재능과 남이 지닌 재능을 묻어 버리는 재능. 이 두 가지 재능을 모두 지니고 태어난 자가 왕이 되는 것이다.

완덕군, 망루에서 내려와 망연자실한 왕 앞에 서서 보고 있는데

왕, 취한 목소리로,

왕 ······너의 임금 실습을 보지 못 하였구나. 지금이라도 보여 주련?

왕, 완덕군에게 절하며.

왕 전하! 전하를 증오하는 자들이 궁궐의 도처에서 눈을 희번덕거리고 있사옵니다. 언제 어느 때 수라상에 독을 탈지 모르온데, 어찌 전하께서 맘 편히 물 한 모금 드실 수 있단 말이옵니까. 소신의 가슴이 찢어질 듯 아프옵니다. 죽여 주시옵소서 전하!

완덕군, 왕의 얼굴을 슬프게 바라보다가, 갑자기 대범하게.

완덕군 네 이놈! 먹고 죽은 귀신은 때깔도 곱다했거늘, 네 놈의 때깔을 보니 내 마음이 찢어질 듯 아프구나. 그래, 어디 한번 보자.

완덕군, 음식을 먹는 시늉.

완덕군 쌀밥에 독을 탔으면 쌀밥의 색깔이 이토록 하얗고 뽀얗지 않을 터, 쌀밥에는 독이 없다! 우걱 우걱 우걱.

완덕군의 쌀밥 먹는 소리가 ASMR처럼 울려 퍼진다.

완덕군 동치미에 독을 탔으면 필시 동치미의 우수한 해독 성분이 독을 중화시킬 터! 동치미에는 독이 없다! 꿀꺽 꿀꺽 꿀꺽 아그작!

완덕군의 동치미 들이키는 소리가 ASMR처럼 울려 퍼진다.

완덕군   요것 봐라! 갈비찜에 독을 탔으면……. 그래도 맛있으니까 먹을
         거다. 쮜왑 쮜왑.

완덕군의 갈비찜 씹는 소리가 ASMR처럼 울려 퍼진다.
왕, 바라보다가 앞다투어 흡입하며, ASMR의 향연을 벌인다.
완덕군, 아버지가 먹는 모습을 말없이 바라본다.
왕, 웃는다. 그러다 고개를 숙이며 운다.
안영대군, 아버지의 그런 모습이 더 경멸스럽다.

안영대군   아버지는 이따위 경쟁을 정의라고 생각하시겠지요. 허나 그것
         은 자신이 혈육을 죽였다는 죄책감을 덜기 위한 지극히 나약하
         고 비겁한 행동일 뿐입니다.
중전   그 나약함과 비겁함 때문에, 애써 이룬 성취가 모래처럼 사라지
         게 생겼구나. 한번 묻은 피 얼룩은 다시는 지워지지 않으련만.
안영대군   저는 어머니를 닮았습니다. 제 운명을 절대로 빼앗기지 않을 것
         입니다. 제 손에 무엇이 묻더라도.
중전   ……그 손에 묻을 것이 형제의 피일지라도?
안영대군   …….

안영대군, 뛰어다니는 왕자들을 오랫동안 바라본다.
안영대군, 결심을 굳힌다.
미친 진평군을 추격하는 동진군과 칠성군.
우는 왕 앞에 말없이 앉아있는 완덕군.

이들 모두가 보이는 가운데.

암전.

쿵쿵거리는 소리.

어둠 속에서 진평군, 노래한다.

M5. 정동방곡

진평군　　　*사특하고 방자한 꾀로*

　　　　　　군사를 일으켜 재앙이 극에 달했으니

　　　　　　평정할 사람 누구인가.

옥좌의 바닥을 두드리는 진평군.

진평군　　　*우리 임금의 덕성이 선함이여*

　　　　　　우리 임금의 덕성이 선함이여

동진군, 그런 진평군에게 다가와.

동진군　　　계속 거기에 머무르려는가?

진평군　　　쉿! 들어보게. 비명 소리가 들리는가? 내가 이렇게 옥좌의 바닥
　　　　　　을 쿵쿵 두드릴 때마다 저 땅 밑에서 질러 대는 비명 소리 말일
　　　　　　세. 이전에는 못 들었지. (벌떡 일어나 춤추며) 우리의 춤은 죄다
　　　　　　저 하늘을 향하게 만들어져 있으니 (다시 드러누워 바닥을 두
　　　　　　드리며) 이제야 들리네. 한없이 추락해 진창을 구르니, 나는 들
　　　　　　려. 다 들린다고.

진평군, 계속 바닥을 쿵쿵거리며

진평군   *우리 임금의 덕성이 선함이여*
       우리 임금의 덕성이 선함이여

동진군   금서들을 보관한 서고에 몰래 다녀왔네. 그날의 일을 기록한 실
       록이 있더군. 이상하게도 빈칸이었네. 그토록 무시무시했던 역
       사를 왜 빈칸으로 남겨 놓았는지. 책으로만 봐선 모르겠네.

어머니의 예전 옷을 들고, 궁의 지붕 위로 올라가 흔들어 댄다.

진평군   어머니! 날이 찹니다! 이 옷을 걸치소서! 소자는 어머니를 향해
       고작 이 정도만 팔을 뻗을 뿐입니다! 어머니!

동진군, 진평군을 향해 외친다.

동진군   빈칸을 기록한 그 사관이 자네 어머니의 묘를 몰래 지키며 가꾼
       다는 소문이 있네! 그 사관을 만나면 빈칸에 담긴 진실을 알 수
       도 있지 않겠는가!

진평군   어머니! 날이 찹니다! 이 옷을 걸치소서! 소자는 어머니를 향해
       고작 이 정도만 팔을 뻗을 뿐입니다!

동진군   자네가 나에게 말했지! 스스로 글을 읽고 스스로 깨우친 아이
       를 벌할 수 있는 명분이 없다고. 헌데 왜 자네는 스스로 한 게 아
       닌 일로 스스로를 벌하고 있는 겐가!

진평군   …….

동진군   그러니 부탁일세! 제발 돌아오게!

진평군, 그제서야, 소리 지름을 멈춘다.

그때, 중전, 어느새 등장.

중전, 진평군에게 불쑥.

중전　　돌아오고 싶으냐?

진평군, 비명을 지르고, 다시 하늘을 향해 옷을 흔들며.

동진군, 퇴장.

진평군　　어머니! 날이 참니다! 이 옷을 걸치소서! 소자는 어머니를 향해
　　　　고작 이 정도만 팔을 뻗을 뿐입니다!

중전　　(옷을 빼앗으며) 네 어미는 죽었다.

진평군　　어, 어어…….

중전　　네 아비는 가루가 되었다.

진평군　　어, 어어…….

중전　　헌데 너는 왜 여기에 있는 것이냐?

진평군　　으아아아아아아!

중전, 울부짖는 진평군은 아랑곳없이.

중전　　모두가 너를 미쳤다고 하는구나. 허나 내 생각은 다르다. 너는
　　　　미친 것이 아니라 떠난 것이다. 이 궁궐의 미친 것들로부터. 태어
　　　　났을 때부터 내 주변에는 미친 것들 투성이었다.
　　　　권력을 잡겠다고, 재물을 모으겠다고, 적을 없애겠다고, 억지로
　　　　웃고, 억지로 울고, 억지로 눈을 감고, 억지로 귀를 막고, 억지투
　　　　성이의 미친 것들. 나는 달아나지 않았다. 그 미친 것들로부터,

사랑하는 것을 지키기 위해 나도 미쳤다. 그리고 깨달았다. 애초에 궁궐 자체가 미친 것들이 서로 찔러 댄 피범벅 위에 세워졌다는 걸. 너는 지킬 것이 있느냐? 그저 맨정신이 두려워 미친 척을 하는 것이라면…… 돌아오지 마라.

중전, 진평군의 어미의 옷을 2층에서 떨어뜨린다.

중전　　떠나라. 이 피투성이 궁궐을 벗어나라. 저기, 네 어미와 아비가 기다린다.

진평군, 천천히, 2층에서 뛰어내리려 하다가

진평군　잠깐……. 누가…… 내 아버지의 가루를…… 내 어머니에게 보냈나.
중전　　…….
진평군　……너로구나?
중전　　…….
진평군　그대의 아들이 참 재미난 얘기를 해줬지. 한 중전이 지극히 악독하여 임금께서 사약을 내렸다. 온몸에 독이 가득해서 그런지 아무리 독을 마셔도 멀쩡했다는구나. 임금께서 계속 외치셨다지. "한 사발 더 부어라. 한 사발 더 부어라. 한 사발 더 부어라." 마침내 그 독한 인간이 눈구멍 귓구멍 콧구멍으로 피를 토하며 죽어 버렸다지.
중전　　……돌아오지 말았으면 좋았을 것을.
진평군　난 이 얘기가 참 좋다. 상상만으론 지겨워 반드시 두 눈으로 보고 싶다.

중전	……내 용서를 받아 주겠느냐.
진평군	제 어미 목을 조른 놈이 무슨 짓인들 못 할까.
중전	지난 일에 대한 용서를 비는 것이 아니다. 앞으로 일어날 일에 대한 용서를 비는 것이지.

왕, 등장한다.
중전과 진평군, 그렇게 서로를 노려보는데.
왕, 어느새 그 모습을 보고 있다.

왕	이번에는 또 무슨 일이냐.
진평군	…….
왕	이번에는 또 무슨 짓을 저지를 것이냐.

진평군, 천천히, 왕을 노려보며.

중전	전하!
진평군	……아바마마.
왕	…….
진평군	제가 왜…… 이곳에 있습니까.
왕	……돌아온 것이냐?

왕, 그대로 얼어붙는다.
진평군, 천천히 망루에서 내려온다.
왕, 옥좌에서 내려와 진평군에게 다가간다.
그와 동시에, 광의 모습이 보인다.
그러나 광에게 다가가는 것처럼 보인다.

진평군의 볼을 만진다.

광의 볼을 만지는 것처럼 보인다.

진평군 앞에 무릎 꿇는다.

광 앞에 무릎 꿇는 것처럼 보인다.

진평군, 왕을 노려보며 무릎 꿇는다.

동진군, 완덕군, 칠성군, 달려 나온다.

진평군을 부둥켜안는다.

그 모습이 마치 거대한 봉분같다.

진평군, 천천히 그 봉분에서 빠져나와

어머니의 옷을 들고, 미친 듯이 춤춘다.

광, 사라진다.

형제들, 진평군의 주위에서 함께 춤춘다.

왕, 그 모습을 보며, 웃음인지 울음인지 모를 표정을 지으며

옥좌로 비틀비틀 올라간다.

왕　　　　정녕 좋은 날이다. 마음껏 취하리라. 왕자들아! 돌아가면서 건

　　　　　　배를 하자!

왕자들, 춤을 추며,

칠성군　　첫 잔은 종묘사직을 보전해 주신 선대의 임금을 위해.

동진군　　둘째 잔은, 당대의 위업을 쌓고 계시는 주상전하를 위해.

완덕군　　셋째 잔은!

안영대군　……셋째 잔은,

안영대군 등장. 왕자들, 춤을 멈춘다.

안영대군　　　가엾게 돌아가신 진평군의 어머니를 위해.

진평군, 불쑥 안영대군을 안는다.

진평군　　　……망극하옵니다. 안영대군 마마.
안영대군　　……천만의 말씀……. 형제를 위한 건배일 뿐.

안영대군, 퇴장한다.

중전　　　　보기 좋구나. 진평군이 돌아왔으니, 다시 세자 경연에 나서야
　　　　　　겠지?
진평군　　　천부당만부당하옵니다. 저의 아비가 대역죄인인데, 죄인의 자
　　　　　　식이 어찌 옥좌를 바랄 수 있습니까. 저는 이대로 조용히 숨만
　　　　　　쉬며 살고 싶습니다. 중전마마.

'중전마마' 소리에 중전은 더욱 약이 오른다.

중전　　　　아름다운 생각이다. 고맙고 또 고맙다. 이토록 아름다운 진평
　　　　　　군에게 상을 주어야 하지 않겠습니까. 전하?
왕　　　　　…….
중전　　　　진평군은 소원을 하나 말하라. 무엇이든 들어줄 것이다.
진평군　　　어머니의 묘소에 자란 풀을 베러 가고 싶습니다.

안영대군, 등장한다.

중전	풀을 베러 가는 것이냐. 무덤을 뒤집으러 가는 것이냐.
진평군	…….
중전	그 무엇이건, 참 아름다운 생각이다. 이뤄 주시지요.
왕	…….

동진군, 왕 앞에 엎드리며

동진군	전하! 소신의 임금 실습이 아직 남아 있습니다. 전하의 너그러운 마음을 따르기 위해, 소신이 직접 진평군을 이끌고 다녀오게 윤허해 주십시오.

왕자들, 동진군과 함께 엎드린다.
침묵이 흐르다가.
다른 공간의 안영대군, 붉은 겉옷으로 갈아입는다.

왕	……너의 생애에 단 한 번만이다. 떠나라.

왕과 중전 퇴장.

휘파람으로 정읍을 부르는 왕자들.
동진군, 진평군을 일으켜 세운다.
칠성군, 등불과 완덕군의 검을 들고 등장하여 완덕군과 동진군에게 전달 후 퇴장.

동진군	어서 가세. 해가 지기 전에 묘소에 닿아야지.
완덕군	가는 동안 규칙을 알려 줌세. 아침이 오면 아침을 먹고 저녁이 오면 저녁을 먹으며 비가 오면 전을 부쳐 먹어야 하네.

셋, 웃는다.

진평군   자네들의 마음 평생 잊지 않겠네.

완덕군   진평군, 자네 그거 기억하는가? 우리 어릴 적, 내 어머니를 여의
          고 얼마 지나지 않아 자네를 만났지. 그때 자네가 나에게 사탕
          을 두 알 건네줬어. 울먹이며 나는 그것을 한입에 다 털어 넣었
          었지. 그때 어린 자네가 내 등을 토닥이며 말했었네.
          두 알 중 한 알은 돌아가신 자네 어머니를 위한 사탕일세.
          그러니 어머니의 마음과 같이 달다고 생각하고 천천히 오래 녹
          여 먹으시게.

진평군   …….

완덕군   ……왜 나한테 두 알을 줬었나. 자네도 어머니가 그리웠을 텐데.

셋, 말없이 길을 가는데
중전, 옥좌에서 가면을 쓴다.
가면을 쓴 자가 나타난다.
세 사람, 그와 맞닥뜨린다.
진평군, 결심한 듯, 그들 앞에 나서는데
완덕군, 먼저 앞에 나선다.
진평군, 계속 망설이는데
동진군, 진평군을 끌고 도망친다.
가면을 쓴 자가 가면을 벗는다. 안영대군이다.

안영대군   난 자네가 좋네. 애써 불구덩이에 뛰어들지 말게.

완덕군   나도 자네가 좋네. 확 뛰어들게 해 주게.

56

완덕군, 씨익 웃으며, 안영대군에게 달려든다.

안영대군과 완덕군의 싸움이 벌어지고

중전, 그 광경이 눈에 선한 듯 바라보고 있는데

왕, 분노한 표정으로, 망루에 올라

옥좌 위의 중전에게 묻는다.

왕　　　왕자들이 사라진 것에 그대가 관계되어 있소?

중전　　사라졌습니까? 몰랐습니다.

왕　　　안영대군이 며칠째 보이지 않는 것도 모르시오?

중전　　예, 다 모릅니다.

왕　　　어찌 그리, 어찌 그리 독해질 수가 있소.

중전　　'어찌 그리'라 하셨소?

왕　　　…….

사이

중전　　사람이란, 참 잔인하구나. 제 손에 피 한 방울 안 묻힌 채, 고기
　　　　　를 먹길 바라지. 배 터지게 고기를 먹느라, 제 손 대신 피범벅이
　　　　　된 사람은 안중에도 없지. 그 고기가 모조리 자기 것인 양, 꾸역
　　　　　꾸역 배에 처넣으면서!

왕　　　…….

안영대군, 완덕군을 제압한다.

안영대군, 그 말이 들리는 듯, 마음을 먹고, 천천히 완덕군을 찌른다.

중전　　전하, 제가 피를 흘렸으니, 앞으로는 제가 고기를 좀 먹지요. 전

하는 그저 거기 앉아서 편히 지켜만 보소서.

왕, 곤룡포를 신경질적으로 벗어 옥좌의 중전을 향해 던진다.

중전   버리실 옷이면 제가 입습니다.

왕, 대답하지 못한다.
중전, 웃으며 퇴장.

완덕군, 죽어 간다.
안영대군, 털썩 주저앉아서,
죽어 가는 완덕군의 눈을 감겨준다.
안영대군이 사라지고, 스님(광대), 진평군, 동진군 등장.

M6. 관음찬

스님(광대)   *모든 곳에 두루 통하는 관세음보살*

                    열네 가지 두려움을 물리치는 관세음보살

                    천 개의 손과 천 개의 눈의 관세음보살

진평군이 완덕군에게 사탕을 내민다.
완덕군, 사탕을 물고 저승길을 떠난다.
스님이 완덕군의 옷을 받아 칠성군에게 건넨다.
칠성군, 완덕군의 옷을 받아 들고 노래한다.

칠성군   *한 가지 마음으로 부처님을 부르면*

재앙은 사라지고 은혜가 내리고

서늘한 비가 혼탁한 티끌마저 없애나니

뼈저린 소원을 어찌 그만두시리오

칠성군이 옷을 옥좌 단 위에 놓으면

왕, 들어와 완덕군의 겉옷을 껴안는다.

칠성군 퇴장.

진평군   이곳에 있으니 시간이 어찌 흐르는지 가늠이 안 갑니다. 시간이
         점점 사라집니다.

스님(광대)   그렇게 사라지다 결국은 나라는 존재도 사라질 것입니다.

진평군   ……나는……. 사라지면 안 됩니다……. 나는…… 꼭 할 일이 있
         습니다.

스님(광대)   사라지면 안 된다니, 꽤 중하신 분인가 봅니다.

진평군   …….

스님(광대)   오늘의 행동은 내일의 업을 쌓지요. 오늘 내가 꿀벌 하나를 죽
         이면, 그 꿀벌이 향했을 꽃이 사라지고, 꿀벌이 생산했을 꿀이
         사라지고, 그 꿀을 모아 쌀을 구했을 한 사람이 사라지게 될지
         도 모르지요.

옥좌 단에 앉아있던 완덕군, 퇴장.

진평군   꿀벌이 아니라 사람을 죽인다면 얼마나 많은 것들이 사라집
         니까.

스님(광대)   소승의 눈으로는 감히 담을 수 없을 만큼 사라지겠지요.

진평군   …….

스님(광대)   그 뜻은 누구의 뜻입니까.

진평군   …….

스님, 피 묻은 세자복을 들고 온다.

스님(광대)   아버님의 옷입니다. 사약을 드신 것이 아니라 검에 베여 돌아가셨지요.

진평군   ……누구의 검이 아버지를 베었습니까.

스님(광대)   ……그것이 궁금하시면, 다시 궁으로 돌아가셔야 합니다.

진평군   …….

스님(광대)   그러나, 돌아가면 또 무엇이 달라집니까?

진평군   …….

스님(광대)   정녕 그러셔야 하는지, 잠시 대화를 나눠 보시지요.

스님, 진평군의 어깨에 세자복을 걸쳐 준다.
그리고, 부모의 마음이 되어.

스님(광대)   내가 너를 낳았을 때, 눈은 어찌나 맑고 입은 어찌나 고운지. 그 눈으로 눈물 흘리고, 그 입으로 울음 울 때마다 나의 가슴이 찢어지는 줄 알았다. 네가 아장아장 걸으며 웃을 때마다 나는 울었다. 내가 먼저 떠나면 저 고운 것을 어쩔까 하고. 저 고운 것을 위해 어떻게든 살아야지. 진창에서 노래하고 가시밭에서 춤추더라도 살아야지. 했는데, 이리 먼저 가 버렸구나. 울어 줄 얼굴도 없고, 안아 줄 몸뚱아리도 없구나. 미안하고 미안하고 미안하다. 내 새끼야. 내가 이곳에 없어서 미안하다. 내가 이곳에 없어서 미안하다. 내가 이곳에 없어서 미안하다.

진평군, 한동안 눈을 감고, 울음을 참다가

천천히, 눈을 뜬다.

진평군	스님의 말이 맞습니다. 내 아비와, 내 어미는, 이곳에 없습니다.
스님(광대)	…….
진평군	하지만, 나는, 아직 이곳에 있습니다.
스님(광대)	…….
진평군	그리고, 나는 아직, 내가 누군지, 더 알고 싶습니다.
스님(광대)	…….
진평군	나는…… 이 옷을 입고…… 궁으로 돌아가겠습니다.

동진군, 그 말을 듣고, 잠시 생각하다가.

자신의 겉옷을 벗으며.

동진군	궁으로 가는 길에 잡히면 자네는 죽네. 내 옷을 바꿔 입고 떠나시게.
진평군	…….
동진군	그리 해 주시게. 나도 한 번쯤은 미쳐 보고 싶었네.

동진군, 자신의 겉옷을 진평군에게 걸쳐 준다.

동진군, 진평군의 옷을 걸치고, 미친 척을 한다.

동진군	너는 누구냐?
진평군	…….
동진군	너는 누구냐?
진평군	…….

동진군   어서 가게.

진평군, 말없이 동진군을 안아 주고, 길을 나선다.

진평군이 궁으로 걸어가는 동안
동진군, 눈을 감고 앉아 있다. 안영대군, 등장하여 동진군을 바라본다.
중전, 옥좌로 장례 종을 들고 등장.

동진군   만약 한 어린아이가 우물에 빠지는 것을 보게 된다면…….

상여 종소리가 들린다.
동진군의 죽음.

동진군, 일어나 진평군의 겉옷을 벗는다.
저 멀리서, 왕이 완덕군의 옷을 들고 걸어온다.
동진군, 왕에게 다가가, 진평군의 겉옷을 건네고 떠난다.

중전, 옥좌 위에서 종을 울리고 있다.
왕자들의 장례가 시작된다.
왕, 비틀거리는 걸음으로 옥좌로 향한다.

M7. 동동

중전   *구월에 피는 꽃을 보니*
          그 꽃이 국화꽃일세
          그리하여 너는 이리도

떠났는가

시월에 누운 너는 마치

붉은 산수유 같구나

네가 누운 자리는

영원히 붉으리라

왕이 옥좌에 올라서면,

옥좌 단이 상여가 되어 움직인다.

조문 행렬이 상여를 따라 이동한다.

상여가 궁을 벗어나는데

광의 세자복을 입고 동진의 겉옷을 걸친, 가면을 쓴 광대 하나(진평군)가 나타난다.

함께 *십일 월의 상여 위에 적삼만을*

   덮고 누운 너는 슬프게도 허수아비구나

   십이 월의 깊은 산속 봉분 속에

   들어가도 허수아비는 춥지 않네

광대, 마구 웃는다.

안영대군 무엄하구나! 감히 왕자의 장례 행렬 앞에서 어찌!

광대   나의 장례 행렬을 내가 조문하고 있으니 어찌 웃지 않을 수 있
    을까.

광대, 다시 마구 웃다가, 가면을 벗는다. 동진군의 겉옷을 벗는다. 진평군이다.

왕   정녕…… 너냐.

진평군   정녕…… 저입니다.

진평군, 왕에게 다가가 죽은 동진군의 옷을 바친다.

왕, 넋 나간 표정으로, 동진군의 옷을 건네받으며

왕   돌아온다……. 이 모든 게…… 또다시 돌아온다.

왕, 웃음인지 울음인지 모를 소리를 낸다.

진평군   (옥좌 앞으로 가서) 종을 제게 주시면 이 장례 행렬을 잔칫날로
            바꾸어 보겠습니다.

안영대군   ……어머니.

중전   …….

안영대군   이제는 어찌합니까.

중전   …….

안영대군   어머니.

중전   둘 중 하나다. 남의 피를 계속 묻히면서 살거나, 너의 피가 묻은
            채 죽거나.

안영대군   …….

중전   허나, 너는 어떻게든 살아라.

중전, 말을 끝내자마자, 종을 던진다.

종이 바닥에 닿자마자, 궁궐은 어둠으로 바뀌고
가면의 무리는 왕의 편과 중전의 편으로 바뀐다.

그 어둠 속에서 왕의 편과 중전의 편이
서로를 죽이기 위해 필사적으로 허우적댄다.
그 허우적거림은 어둠의 시공간 속에서
한없이 빠르기도 하고, 한없이 느리기도 하다.

서로를 죽고 죽여도 끊임없이 다시 일어나며
어둠 속에서 펼쳐지는 무한의 학살.
진평군, 그 싸움의 복판을 누비며 종을 울린다.
종이 울릴 때마다, 왕과 중전은 점점 과거를 향해 걸어간다.

> *(종소리)*

중전　　　당신은 참으로 비겁한 사람이야.

왕　　　　당신은 참으로 무서운 사람이요.

> *(종소리)*

중전　　　말을 안 해도 다 알지. 날 원망하지. 날 저주하지. 가증스러운
　　　　　　저 입.

왕　　　　저 눈, 나를 한없이 깔보고 내려다보는, 저주스러운 저 눈.

> *(종소리)*

중전　　　이미 묻은 피입니다. 당신을 위해서라면 이 몸에 얼마든지 묻히
　　　　　　지요.

왕　　　　미안하오. 당신 몸에 피를 묻혀 한없이 미안하오.

(종소리)

왕 내 아우는 나를 죽일 거요. 나는 두렵소.

중전 세자 저하가 대군을 두려워하게 만들 것입니다. 반드시 그리할 것입니다.

(종소리)

왕 당신을 지킬 것입니다. 당신을 지키지 못하면 당신과 죽을 것입니다.

중전 당신을 지킬 것입니다. 당신을 지키지 못하면 당신과 죽을 것입니다.

(종소리)

왕 나와 함께 산책을 하지 않으시려오?

중전 대군과 나란히 걷는 시간이 참 좋습니다.

(종소리)

중전 지안, 제 이름입니다.

왕 홍, 내 이름이요.

진평군, 종을 떨어트린다.

점점 새벽이 오고.

지친 왕과 중전만이 보인다.

왕, 거친 숨을 헉헉거리는데

중전, 단도를 들고, 왕에게로 향한다.

왕, 그런 중전을 물끄러미 보고 있다.

중전, 그 눈빛에 검을 멈춘다.

왕, 그런 중전의 손을 잡고,

천천히 자신의 옆구리를 찌른다.

중전   ……어째서?

왕   이래야만…… 다시 돌아갈 결심이 설 것 같아서.

중전   ……웃음이 나는구나.

왕과 중전, 서로를 마주 보고

왕   죄인은 들으라. 그대가 비록 중전이긴 하나, 음모를 꾸며 왕자
          들을 해한 죄, 용서받지 못할 것이다. 또한 임금을 해하려 한 죄,
          용서받지 못할 것이다. 즉, 그리하여…….

정적.

중전, 옥좌에 앉는다.

왕, 곤룡포를 벗어서, 중전을 덮어 준다.

왕   ……그대를 살릴 ……아무런 명분이 없다.

왕이 옥좌에서 내려오는 순간,

중전	……정작 나를 지키지 못하였구나.

옥좌가 천천히 뒤로 떠난다.

중전	참…… 좋은 날이다!
안영대군	어머니! 어머니!
중전	울지 마라. 죄인을 위해 우는 이 또한 죄인이다.

안영대군, 중전이 떠난 자리에 울부짖는다.

안영대군	어머니! 어머니!
왕	울지 마라. 죄인을 위해 우는 이 또한 죄인이다.
안영대군	마음이 깨끗해지셨습니까?
왕	…….
안영대군	어머니를 죽여 전하의 죄책감을 더셨으니.
왕	……. 너의 눈이…… 참으로…… 너의 어미를 닮았다.
안영대군	전하의 눈은 죽은 숙부를 닮았습니다.

왕, 그 모습을 보다가, 떠난다.
안영대군, 그 상태에서 천천히 미쳐 간다.
자신의 옷을 벗어 들고 흔들어 대며

안영대군	어머니! 날이 찹니다! 이 옷을 걸치소서! 소자는 어머니를 향해 고작 이 정도만 팔을 뻗을 뿐입니다! 어머니! 어머니!

안영대군, 어머니를 외치며 망루로 오른다.

안영대군   어머니! 날이 춥니다! 이 옷을 걸치소서! 소자는 어머니를 향해 고작 이 정도만 팔을 뻗을 뿐입니다! 어머니! 어머니! 어머니! 날이 춥니다! 이 옷을 걸치소서!

안영대군, 망루 위에서 광기에 찬 목소리로 계속 어머니를 외치다가
점점 목이 잠겨 간다. 그리고 마침내 침묵의 비명.

그렇게 망루에서 시간이 흐르고
진평군, 그대로 멈춰 있는데
칠성군, 죽은 동진군의 옷을 들고

칠성군   여봐라! 오늘 이후 칠 세에서 십삼 세까지의 어린 백성들은 모두 서당에 다녀 공부할 수 있게 하라! 이 정책을 의무 교육이라 명하노라!

칠성군, 죽은 완덕군의 옷을 들고

칠성군   여봐라! 오늘 이후 칠 세에서 십삼 세까지의 어린 백성들은 모두 하루 세끼 공짜 밥을 배불리 먹을 수 있도록 하라. 이 정책을 무상 급식이라 명하노라!

칠성군, 웃는다.
칠성군, 진평군의 옷을 진평군에게 건넨다.
그리고, 무릎 꿇으며

칠성군   자네의 목소리가 오랫동안 그리웠네.

진평군   …….

처참한 피의 흔적이 보인다.
진평군, 칠성군 앞에 마주 보고 무릎 끓은 채.

진평군   ……. 길을 나서겠다……. 이 땅의 곳곳을…… 빠짐없이 살펴보
                 겠다……. 또 어디선가…… 어떠한 고통 때문에…… 서럽게 눈
                 물을 흘리고 있는 이가 없는지……그 눈물을 닦아줄 수가 있는
                 것인지…… 끝없이 살피겠다.

이때, 망루 위에서 보던 안영대군.

안영대군   내 눈물을 먼저 닦아 줄 수 있겠는가?
진평군   …….
안영대군   내 고통을 먼저 닦아 줄 수 있겠는가?
진평군   …….

안영대군, 망루에서 내려와, 진평군에게 다가온다.

안영대군   ……날 용서해 주겠는가?
진평군   …….
안영대군   ……지난 날의 용서를 비는 것이 아닐세.
진평군   …….
안영대군   앞으로 일어날 일에 대해 용서를 비는 것이지.

안영대군, 단도를 꺼내 진평군을 찌른다.

진평군, 쓰러진다.

안영대군, 진평군의 심장을 찌르려는데

칠성군, 가까스로 막는다.

안영대군, 칠성군에게 단도를 휘두른다.

칠성군의 눈을 벤다.

칠성군이 비명을 지른다.

칠성군, 쓰러져 괴로워한다.

진평군, 다시 안영대군에게 덤빈다.

두 왕자의 사투.

안영대군, 진평군의 심장에 단도를 찌르려는데

왕　　　　멈추어라!

왕이 활을 들고 등장한다.

왕　　　　멈추어라……. 돌아가자…….

안영대군　　……(진평에게)용서해 주게……. 애초부터 자네를 미워한 것
　　　　　　은 아니나…… 나를 둘러싼 어른들이…… 그 귀신 같은 존재들
　　　　　　이…… 자꾸만 자네를 미워하게 만드네.

진평군, 죽음을 받아들이려는 듯, 눈을 감는다.

안영대군, 진평군을 찌르려는데 갑자기 날아오는 활.

안영대군, 비틀거리며 옥좌에서 내려온다.

왕, 달려가 안영대군을 안는다.

그리고, 죽기 직전까지 토닥거려 준다.

안영대군	……. 제 죽음은…… 순리입니까.
왕	…….
안영대군	…….어찌하여…… 여기까지 오게 된 것입니까.

안영대군, 천천히 일어나, 저승길을 향한다.
칠성군, 눈이 멀어 비틀거리며 기어간다.
왕과 진평군은 그 둘의 모습을 모두 본다.

칠성군	어이고…… 어이고…….
안영대군	……. 여봐라……. 저승길이 어디냐……. 늘 가라는 곳으로만 걸었더니…… 저승길마저 홀로 걷지 못하겠구나……. 허나 좋구나……. 이렇게라도 어머니를 다시 만날 수 있어서…… 어머니…… 제가 갑니다……. 어머니.

죽은 안영대군과 눈이 먼 칠성군이 퇴장하면
왕, 안영대군의 옷을 들고 걸어간다.
죽은 왕자들의 옷 옆에 안영대군의 옷을 내려놓는다.

왕과 진평군만 남아 있다.
왕, 진평군을 보는 것인지, 세자복을 보는 것인지 모르는 눈빛으로.
두 사람만의 세자 책봉식이 거행된다.
왕, 홀로 노래한다.

M8. 초헌 수안지악

광대, 술 세 잔을 쟁반에 받쳐 나온다.

왕	여기 세자가 나라 품에
	안겼도다 안겼도다
	때에 맞는 제사를
	바르고 지체 없이 했도다

광대, 독이 든 술을 왕에게 바친 뒤, 왕에게 깊은 절을 하고 퇴장.

> 신께서 편히 내리시어
> 세자를 장성케 하시어
> 종묘와 사직이 이어져
> 억만년 계속되게 하소서

왕	……. 옷이…… 참으로…… 잘 어울리십니다……. 세자…… 저하.

왕과 진평군이 술잔을 두고 마주 앉는다.

왕	첫 번째 잔은, 세자로 책봉된 진평군을 위해 마신다.

왕, 마신다.

왕	두 번째 잔은, 먼저 떠난 중전과 왕자들을 위해 마신다.

왕, 마신다.
피를 토하듯 괴로워한다.
진평군, 놀라며, 왕의 손목을 잡는다.
왕, 진평군을 뿌리치며 세 번째 잔을 집어 든다.

| 왕 | ……. 그리고…… 세 번째 잔은…… 이 궁궐 밑 축축한 땅에 서…… 비명을 지르고 있는…… 백골들을 위해…… 마신다. |

왕, 마신다.
그대로 주저앉아 죽어 간다.

진평군	…….
왕	……. 혼자 가려니…… 무섭구나……. 뭐든 좋으니…… 아무 말이나 해 주련.
진평군	……. 왕은 마음속으로만 우는 자라고 하셨지요. 저는 이제 소리 내어 울렵니다. 왕은 내내 견디는 자라고 하셨지요. 저는 이제 견디지 않고 벗어나렵니다.
왕	…….
진평군	……아버지. (아바마마.)
왕	꿈을 꾸었다. 어린 내가, 더 어린 아우를 이끌고, 아장아장 걸으며 나비를 잡고 있었다. 하늘하늘 날아가는 나비의 움직임을 따르다 보니 어느새 나와 동생의 걸음이 춤 같았다. 우리는 나비와 함께 춤을 추었다. 춤을 추다 보니 해가 지고 달이 떴다. 나는 돌아가기 위해 아우의 손을 잡았다. 아니, 잡지 못 했다. 내 손은 계속 허공에서 맴돌았다. 나는 계속 어둠에 손짓하며 아우를 불렀다. 아우야. 아우야. 돌아가자. 돌아가자.

멀리 아우(광)의 모습이 보인다.
왕, 미소를 지으며 죽어 간다.
저승으로 떠나는 왕을 위해
진평군, 홀로 노래한다.

M9. 하늘이 내린 임금.

진평군　　　　하늘이 내린 임금이시어

　　　　　　그 덕이 크고 훌륭해

　　　　　　그 선함과 명성이 사방에

　　　　　　빛나시도다

저 멀리서, 광이 기다리고 있다.

광　　　　　형님!

진평군, 왕의 곤룡포를 펼쳐 형제들의 옷 위에 덮는다.

왕(홍), 광에게 걸어간다.

진평군　　　　성신으로부터 본받으시어

　　　　　　자손을 창성케 하시고

　　　　　　백관을 편하게 하시고

　　　　　　백성을 번성케 하시니

홍과 광, 멀리 사라져 간다.

진평군　　　　임금을 칭송하는 노래가

　　　　　　아름답고 웅장하도다

　　　　　　임금을 칭송하는 노래가

　　　　　　아름답고 웅장하도다

음악이 계속 흘러나온다.

진평군, 홀로 옥좌와 옷 무덤 사이에 서 있다가 궁을 둘러보고

진평군   붉다. 이 궁궐은, 참으로 붉다.

암전.

-막-

천사의 공모원

등장인물

갑돌

갑순

그리고 다양한 공무원들, 군중들.

1. 해방 직전과 직후의 처형장에서 갑돌과 갑순이 만나다.

세계 대전 시기,
다급하게 처형이 진행되는 광장.

경찰처럼 보이는 남자가 공무원처럼 보이는 남자를 밧줄에 묶어 끌고 간다.

군중들이 그들을 따라 몰려간다. 그들은 어떤 광기에 차서
(그것은 실제 흥분일 수도, 공포일 수도.)
그 시대를 찬양하는 노래를 부른다.

누군가의 다급한 숨소리에 무대가 밝아지면
헌병이 공무원처럼 보이는 남자 곁에 서 있다.
그 모습을 바라보며 변사, 그들에게 가까이 다가선다.

SONG1 — 보병의 본령

방다노 사쿠라카 에리노 이로
하나와 요시노니 아라시 후쿠
야마토 오토코토 우마레나바
산페이센노 하나토 치레
샤쿠요노 츠츠와 부키나라즈
승요노 츠루기 나니카센
시라즈야 코코니 니센넨

키타에 키타에시 야마토 다마[1]

변사   아, 때는 바야흐로 일천구백사십사 년 하고도 유월 어느 날.

저 먼 남양 군도에서도 지고, 유황도 혈전은 어디로 갔단 말

이냐?

이제는 제국의 영토인 오키나와에서 황군이 귀축 영미와 건곤

일척의 결전을 벌이던 그야말로 풍전등화의 대 일본 제국! 내지

의 산골 마을 어드메에선 비국민, 후테이센진의 반동이 일어나

고 있었으니!

제국의 면서기, 그의 이름은 알아 무엇하랴! 우리는 이 남자의

최후를 바라본다. 그의 죄명은 그 무어길래 후테이센진이 되었

는가? 헌병의 늠름한 자태가 그의 죄를 말하는 것이렷다. 수많

은 군중들이 비국민에게 돌을 던진다. 그때, 그의 딸이 광장에

나오는데!

두 남자가 처형대 위로 올라간다.

갑순, 저 멀리서 '아버지'를 외치며 뛰어온다.

공무원 남자가 고개를 든다.

(부녀가 대화하는 동안 경찰이 얼굴에 천을 씌우고 처형 준비를 한다.)

---

1) 이와타의 벚꽃인가, 옷깃의 색인가.
   벚꽃은 요시노에서 폭풍 속에 흩날리네.
   야마토 남자로 태어났다면
   세 잔의 술을 마시고 꽃처럼 흩어져라.
   자(尺)의 그릇은 무기가 될 수 없고
   촌(寸)의 검으로 무엇을 하겠는가.
   모르는가, 여기에 2천 년의 역사.
   단련하고 단련한 야마토 정신이 있음을.

80

(군중들은 이유 없이 욕을 하고 침 뱉으며 돌멩이를 비롯해 온갖 물건들을 던져 댄다.)

변사가 그들의 상황을 대신 말한다.

갑순   아버지!

갑순父   내 딸아!

갑순   퇴근 시간이 지났는데 왜 집에 안 오세요.

갑순父   영영 못 갈 것 같구나.

갑순   왜 밧줄을 묶고 계세요?

갑순父   딸아, 아버지는 이제 끝이다.

갑순   끝이요? 왜요? 면사무소 공무원은 정년 보장이라면서요?

갑순父   아버지가 전쟁 징용 대상자 명단을 불태웠다.

갑순   이럴 수가! 왜 공무원이 국가 서류를 불태우신 거예요? 대체 왜!

갑순父   글쎄.

갑순   하루 종일 서류에 도장만 찍으면 된다고 좋아하셨잖아요!

갑순父   그러게.

갑순   저도 아버지 같은 공무원이 되고 싶었는데!

갑순父   내 딸아, 너는 절대로, 아버지 같은 공무원이 되지 마라. 그저 서류를 올리라면 올리고, 도장을 찍으라면 찍는, 그런 훌륭한 공무원이…….

총소리가 들리며 갑순父가 쓰러진다.

군중들, 환호하며 박수 치는데 비행기 소리가 들리며 하늘에서 삐라들이 떨어진다.
조선 청년이 해방 글씨가 적힌 종이를 날린다.

군중1   해방이다!

군중들, 환호하며 경찰을 잡아 밧줄로 목을 매단다.

SONG 2 — 해방의 노래

조선의 대중들이 들어 보아라
우렁차게 울려오는 해방의 날을
시위자가 울리는 발굽 소리와
미래를 고하는 아우성 소리

부자가 대화하는 동안 군중들의 대표가 열심히 밧줄을 매단다.
군중들은 이유 없이 욕을 하고 침 뱉으며 돌멩이를 비롯해 온갖 물건들을 던져 댄다.
경찰, 죽어 가는 와중인데 갑돌이 '아버지'를 부르며 달려온다.

변사가 그들의 목소리를 대신한다.

갑돌	아버지!
갑돌父	내 아들아!
갑돌	어머니가 밥 식는다고 빨리 오시래요.
갑돌父	영영 식을 것 같구나.
갑돌	왜 밧줄을 묶고 계세요?
갑돌父	아들아, 아버지는 이제 끝이다.
갑돌	끝이요? 왜요? 아버지는 나라에 충성한 애국 공무원이시잖 아요.
갑돌父	아버지가 충성한 나라가 사라졌다.

갑돌	이럴 수가! 그 나라는 왜 사라지는 거예요? 대체 왜!
갑돌父	글쎄.
갑돌	영원히 해가 지지 않는 나라라고 하셨잖아요!
갑돌父	그러게.
갑돌	저도 아버지 같은 공무원이 되고 싶었는데!
갑돌父	내 아들아, 너는 절대로, 아버지 같은 공무원이 되지 마라. 무조건 애국하지도 말고, 무조건 충성하지도 말고, 항상 정세를 잘 살피는 그런 훌륭한 공무원이⋯⋯.

갑돌父, 쓰러진다. 군중들이 환호한다.

군중1	새로운 시대에는 우리들의 목소리로 직접 얘기하겠다!
군중2	주상 전하 만세!
군중3	대통령 만세!
군중4	수령님 만세!
군중1	뭐야! 이 공산주의자!
군중2	이 자본주의자!
군중3	이 수정주의자!
군중4	이 근본주의자!
군중들	(동시에) 이 새로운 세상에 어울리지 않는 새끼들!

군중들, 처형대 위에서 서로를 구타하며 난장판을 벌인다.

갑돌과 갑순의 아버지들이 그 난장판 속에 짓밟힌다.

갑순	아버지! 우리 아버지가 밟히고 있네! 죽어서도 밟히고 있네! 밟

지 마세요! 우리 아버지 밟지 마세요!

갑순, 처형대 위로 뛰어 올라가 사람들을 모두 물리치고
아버지 시신을 업고 나온다.
갑돌, 처형대 위로 뛰어 올라간다.

갑순   아버지! 우리 아버지가 밟히고 있네! 죽어서도 밟히고 있네! 밟
지 마세요! 우리 아버지 밟지 마세요!

갑순, 갑돌의 모습을 바라본다.

갑돌   초면에 실례지만, 저희 아버지도 부탁해도 될까요.
갑순   당신 아버지는 당신이 해결하세요.

갑순, 외면하고 돌아서고
갑돌, 처형대 위로 뛰어 올라가지만 상당히 허약해서 계속 쓰러진다.

갑순, 다시 처형대로 뛰어 들어와
갑돌과 갑돌父의 시신을 동시에 끌고 나온다.

내레이션   *오갑순. 방년 18세. 아리따운 미모와 개미 한 마리 죽이지 못하
는 고운 심성을 지닌 그녀이지만.*
동병상련이라 했던가.
갑순이의 코가 석 자 넉 자임에도 불구하고
측은지심에 갑돌이의 도움의 손길을 차마 뿌리칠 수 없어
그녀는 칼을 빼 들었다.

그렇다. 그녀는 약약강강. *ENFJ.*
정의로운 사회운동가 엔프제 타입이었던 것이었다.

갑돌   고마워요.

갑돌父   고마워요.

갑순   시신이 말을 한다.

갑돌父   매국노가 애국자가 되는 세상인데, 시신이 말을 하는 것 정도야 뭐, 안 그렇습니까?

갑순父   그렇죠, 학살자가 독립군이 되는 세상인데, 시신이 말하는 건 아무도 안 놀라요.

갑돌父   그럼 우린 저세상으로 떠납시다.

갑순父   잘 있어라 얘들아.

두 아버지, 어깨동무하고 퇴장.
두 자식, 아버지들에게 손을 흔든다.

갑순   우리 아버지는 공무원이었어요.

갑돌   신기하네요, 우리 아버지도요.

갑순   난 아버지의 뒤를 이어서 공무원이 될 거예요. 불명예를 회복할 거예요.

갑돌   신기하네요, 저도요.

갑순   우리 열심히 공부해요. 꼭 새 나라의 공무원이 돼요.

갑돌   좋아요! 근데 새 나라는 어떤 나라죠?

갑순   아직 모르죠, 그러니까 모조리 공부해야죠.

2. 제1회 공무원 시험이 열리다.

두 사람, 『목민심서』부터 『공산당 선언』까지
온갖 세상에 관한 책을 들고 와 달달 왼다.
이들이 외는 책 내용이 노래가 된다.

와호장룡 액션.

광장에 책상들이 설치되고
풍운의 꿈을 꾼 젊은이들이 모여든다.

제1회 공무원 시험이 펼쳐진다.
시험관이 공무원 보통고시 시작을 알리는 족자를 펼친다.

시험관　　제1회 공무원 보통고시. (갑돌과 갑순에게) 시험지! (전달 후)
　　　　　　비켜!

근왕주의자처럼 보이는 시험관이 들어와 벽에 순종의 사진을 건다.
사회주의자처럼 보이는 시험관이 들어와 스탈린의 사진을 다시 건다.

근왕주의자　　순종!
사회주의자　　스탈린!

두 사람, 이념 싸움을 담은 칼싸움을 시작하자 갑돌, 갑순을 그들을 피한다.

사회주의자 승리. 갑순과 갑돌, 다시 시험장 안으로 들어온다.
의회주의자처럼 보이는 시험관이 들어와 벽에 김구의 사진을 건다.

의회주의자   김구!

두 사람, 이념 싸움을 담은 싸움을 시작한다.
의회주의자 승리.

의회주의자   시험 보세요. 편안하게 보세요.

자본주의자처럼 보이는 시험관이 들어와 벽에 이승만의 사진을 건다.

자본주의자   (사진을 보며) 후, 아, 유. 리, 승, 만.

갑돌과 갑순, 지겹다는 듯 자본주의자를 바라본다.

갑돌   빨리 들어와요.
갑순   시험 시간 얼마 안 남았어요. 빨리.

두 사람, 이념 싸움을 담은 싸움을 시작한다.
의회주의자 승리.

갑돌과 갑순은 사진이 바뀔 때마다
시험지를 바꿔 가며 문제를 푼다.

의회주의자, 모두를 물리친다.

시험관 시험 시간 종료! 시험지 내세요!

갑돌과 갑순. 시험지를 제출한다.

시험관 합격!

갑돌과 갑순, 환호.
두 사람의 합격을 축하해 주는 사람들.

SONG — 공무원 합격은 에듀윌[2]

> *우린 공무원 영광스러운 대한의 공무원*
>
> *이 몸을 영원히 겨레 위해 바치리*
>
> *우린 공무원 영광스런 대한의 공무원*
>
> *오늘도 겨레 위해 민족 위해 바치네*

갑돌 우리는 민족사적 정통성 앞에 온 신명을 바침으로써
갑순 통일 새 시대를 창조하는 역사의 주체가 된다.
갑돌/갑순 (같이) 우리는 겨레의

> *우린 대한의 공무원*

갑돌 국가에는 헌신과 충성을
갑순 국민에겐 정직과 봉사를

---

2) 1980년도에 나온 헌장이지만, 극적 허용으로 삽입되었다.

갑돌	직무에는 창의와 책임을
갑순	직장에선 경애와 신의를

우린 대한의 공무원
우린 공무원 영광스러운 대한의 공무원
이 몸을 영원히 겨레 위해 바치네
우린 공무원 영광스러운 대한의 공무원
오늘도 겨레 위해 공무원 준비는 에 듀 윌

노래가 진행되고 5년의 세월이 흐른다.

갑순	오 년 뒤. 오 년 뒤.

3. 삼팔선 앞에서 장교 파티가 열리다.

신나는 파티 음악이 연주되면서 광장이 삼팔선 앞의 야외 파티장으로 바뀐다.

장교들이 몰려들어 와 춤을 춘다.

춤을 추는 와중에 한 명씩 돌아가면서 장기자랑처럼 썰을 푼다.

장교1   (술병들을 일렬로 세워 놓고 나이프로) 그때 내가 만주에서 독
          립군 놈들을 일렬로 세워 놓고 일본도로 모가지를 팍! 팍! 팍!
          (나이프로 병목을 깐다.)

장교들이 환호하며 박수 친다.

다시 정신없이 춤을 추다가

장교2   (바비큐가 꽂힌 꼬치 위에 촛불과 보드카를 들고) 내가 제주도
          를 생전 처음 가 봤다 이거야. 누가 빨갱이고 누가 민간인인지
          알게 뭐냐 이거야, 그냥 마을 놈들 전체를 회관에 모아 놓고 화
          염방사기를 확! 푸우우우! (불을 뿜는다.)

장교들이 환호하며 박수 친다.

다시 정신없이 춤을 추다가

장교3   (권총을 꺼내서) 민족의 지도자 같은 소리 하고 있네. 아무리 군
          대가 경호를 서 주면 뭘 해, 내가 군인인데. 군복 입고 그대로 들
          어가서 가슴팍에 권총을 빵! (누군가가 쓰러진다.)

장교4	앗! 누군가가 총에 맞았다!
장교5	삼팔선 앞에서 총 맞는 거야 당연하지! 이게 다 민족의 비극이야!

장교들이 환호하며 박수 친다.
갑돌, 국방부장관을 모시고 파티장에 들어선다.

장교4	주목! 우리의 파티를 격려하시고자 국방부장관님께서 오셨습니다!

장교들이 박수친다.

장교3	부대 차렷. 장관님을 향하여 경례!
장교들	충성!

장관이 연단 위에 올라간다.

장교3	바로.
국방부장관	술 마시는 것도 전투야! 우리는 전투 중이야! 술잔 일장 장전! (모두가 술잔을 든다.) 발사! (모두가 마신다.) 저 삼팔선 너머로 술잔 투척!
장교들	(술잔을 삼팔선 너머로 던지며) 이 빨갱이 새끼들아!
국방부장관	각하께서 딱 한 마디 하셨어! 전쟁이 벌어지면 아침은 개성에서 점심은 평양에서 저녁은 신의주에서!
장교4	지당하신 말씀이십니다.
장교3	최전방으로 보내 주십시오!
장교2	군침이 도는군요.

장교4	대령 민병호.
장교3	대령 방귀봉.
장교2	대령 만두귀.
장교1	전 군! 장관님을 향해 일장 장전!

장교들 모두가 잔을 채워 국방부장관에게 내민다.

장교들	마셔라! 마셔라! 마셔라!

국방부장관, 장교들이 주는 술을 몇 잔 마시다가 바로 취한다.

국방부장관	항복! 취했어! 다 못 마셔! (갑돌에게) 어이! 공무원! 대신 마셔!
갑돌	네? 저는 술을 못 마시는…….
국방부장관	(헛기침)
장교1	(불호령) 이 새끼! 우리는 삼팔선 앞에서 목숨 걸고 조국을 지키는데 니 새끼는 간 지키겠다고 술을 안 마셔?
갑돌	아니, 저는 이따가 장관님 모시고 운전을…….
장교2	이 새끼! 우리는 술이 떡이 돼도 장검 들고 만주 시골 마을로 돌격했어 새꺄! 마셔!
갑돌	저는 한 잔만 마셔도 얼굴이 빨개져서…….
장교3	얼굴이 빨개져? 이런 빨갱이 새끼! 이 새끼 삼팔선 너머로 던져 버려!

술 취한 장교들이 갑돌을 들어 올려
정말로 삼팔선 너머로 던져 버린다.
잠시 후, 갑돌이 다시 날아온다.

국방부장관   저 새끼들 봐라? 우릴 도발해? 다시 던져!

장교들, 갑돌을 다시 삼팔선 너머로 던진다.
잠시 후, 갑돌이 다시 날아온다.

국방부장관   저 새끼들! 저 빨갱이 새끼들! 끼니마다 고기도 못 먹는 새끼들!
전원! 총공격!

장교들, 파티장에 있는 물건들을
죄다 삼팔선 너머로 집어던진다.

삼팔선을 사이에 두고 물건들이 날아다닌다.
슬랩스틱 영화처럼.

이 물건들 중에는 일제 강점기 훈장처럼 장교들의 과거가 드러나는 물건도 있다.
나중에는 권총을 꺼내 마구 쏴 댄다.

갑돌, 사색이 돼서 장관을 말린다.

갑돌   장관님, 고정하십쇼. 이러다가 저쪽에서 정말로 쳐들어오면.
국방부장관   바보 같은 놈, 전쟁이 그리 쉽게 일어나는지 알아? 전쟁이란 건
말야, 순간의 도발로 일어나는 게 아니야, 수많은 시뮬레이션과
전략적 판단을 다 마친 후에, 승산이 있다고 생각될 때, 그때야
비로소 움직이는 게 전쟁이야, 알겠어? (권총을 마구 쏴 대며)
봐봐, 아무리 도발해도 승산이 없는 이상 절대로…….

이때, 탱크 몰려오는 소리가 들린다.

갑돌　　　　그렇다면 저건…… 이미 시뮬레이션과 전략적 판단을 마치
　　　　　　　고…… 승산이 있어서 쳐들어오는 건가요?

국방부장관　그런가 봐……. 우린 아직 그런 거 안 했는데……. 시발…… 할
　　　　　　　수 없지! 반드시 삼팔선을 사수한다! 전 군 전투 태세!

장교1　　　오늘 전 군 휴가령이 내려서 복귀하려면 시간이 걸립니다!

국방부장관　그렇다면 포병부대에 명령해서 탱크와 자주포 최전방 배치!

장교2　　　우리는 아직 탱크랑 자주포가 없습니다!

국방부장관　그럼 대체 뭐가 있어? 참모총장한테 연락해서 있는 걸 총동원해
　　　　　　　서 당장 작전 짜라 그래!

장교3　　　아까 폭탄주 드시고 연락이 두절되셨습니다.

국방부장관　젠장! 부총장한테 연락해!

장교4　　　주일에는 연락을 안 받습니다. 미국에서 왔거든요.

국방부장관　대체 뭐야! 왜 이런 시국에 휴가를 가고 탱크 한 대도 못 사고
　　　　　　　술 먹고 뻗어 있고 주일이라 연락을 안 받냐고! 대체 누구 때문
　　　　　　　이야!

장교들, 국방부장관을 쳐다본다.

국방부장관　작전상 후퇴! 후방에서 만나자! (갑돌에게) 시동 걸어!

국방부장관이 먼저 도망치고
갑돌이 그 뒤를 쫓고
장교들도 우왕좌왕하며
알아서 도망친다.

4. 갑순이 국회에서 벌어지는 일들을 속기하다.

장교들이 우왕좌왕하며 퇴장.

사이

대한뉴스 아나운서가 들어온다.

아나운서 대한늬우스 오늘은 국회에서 리 대통령 연임제에 대한 법안을
논의 하였습니다,

갑순과 의장 들어온다.

갑순은 국회 일을 보조하는 공무원이다. 벌어지는 모든 일을 기록하고 있다.

의장 자, 그럼, 가장 중요한 대통령 연임제 법안은 다수의 찬성으로
통……. (야당 의원들에게 의사봉을 빼앗긴다.) 가져와! 의사봉
가져와!

아나운서 야당 의원들의 격한 몸싸움에도 우리의 의장은 의사봉을 굳건
하게 다시 쥐어 시작을 알렸습니다,

갑순, 의사봉을 필사적으로 빼앗아 의장에게 패스한다.

의장 자, 그럼, 가장 중요한 대통령 연임제 법안은 다수의 찬성으로
통……. (야당 의원들이 의장의 팔다리를 잡아챈다.) 아 정말 왜
그래!

아나운서 야당의 정신없는 의원들은 대통령을 물러가라며 규탄하고 신

성한 국회를 마비시키는 사태가 벌어지고야 말았습니다.

의장   아 이 개새끼들 진짜! 공무원! 이 새끼들 짓거리를 다 기록해!

갑순   "아 이 개새끼들 진짜! 공무원! 이 새끼들 짓거리를 다 기록해!"

의장   아니 욕은 기록하지 말고!

갑순   "아니 욕은 기록하지 말고!"

의장   됐어! 하지 마! (의원들에게) 의원님들! 국민의 대표답게 싸우지 말고 대화로 해결합시다!

아나운서   의장은 국회를 진정시켰습니다. 깡패 야당 의원들이 끊임없이 해명을 외쳤습니다.

의장   몇 번을 말씀드립니까. 각하는 여기 안 계십니다.

아나운서   그때 공무원이 뛰어 들어왔습니다,

갑돌, 의회로 뛰어 들어온다.

갑돌   의원님들! 삼팔선이 뚫렸습니다!

의장   자네 누구야?

갑돌   국방부장관님 차를 삼팔선까지 운전했던 공무원입니다.

의장   국방부장관 어딨어! 당장 브리핑하라고 해!

갑돌   장관님은 피난 기차를 타러 가셨습니다!

의장   이런 민족의 배신자! 속기사! 그 배신자의 행동을 당장 각하에 게 보고해!

갑순   각하는 안 계신다고 하셨잖아요.

의장   그래, 여기 없어. 자기 방에 있지. 대통령실에 가 봐.

갑순   (밖으로 나갔다가 돌아오며) 각하도 기차 타러 가셨다고 합 니다.

의장   뭐야?

아나운서	대통령은 먼저 피난을 선택했고 야당 의원들은 민족의 배신자들이라며 주민들에게 피난 명령을 내리겠다며 국회를 떠났습니다.
의장	이런! 야당 의원들이 모두 퇴장하다니! 그렇다면 우리는, 지금 당장 법안을 통과시킵시다!

의원들 환호하며 들어온다.

의장	대통령 연임제 찬성합니까?
의원들	찬성합니다!
의장	국회의원 활동비 500% 인상 찬성합니까?
의원들	찬성합니다!
의장	국회의원 임기 후 연금 10년 연장 찬성합니까?
의원들	찬성합니다!
의장	자, 그럼, 이 모든 법안을 한 번에 통과…….

이때, 갑순, 의사봉을 빼앗는다.

의장	뭐, 뭐야?
갑순	죄송합니다. 이건 아닌 것 같습니다.
의장	어디 감히 하급 공무원 따위가!
갑순	(기록한다) "어디 감히 하급 공무원 따위가!"
의장	미안해! 기록하지 마! 전쟁 시기니까 일단 법안부터 통과시키고…….
갑순	전쟁 시기면, 일단 전쟁부터 막아야 하는 게 맞을 것 같습니다.
의장	안 되겠다! 의사봉을 빼앗아라!

여당 의원들, 의사봉 빼앗으러 달려오는데

갑순, 갑돌에게 패스한다.

갑돌, 얼떨결에 의사봉을 잡고 달리다가

다시 갑순에게 패스.

의원들 계속 빼앗으려고 우왕좌왕하는데

저 멀리서 탱크 소리.

아나운서   국회는 결국 엉망이 되어 의원들이 우왕좌왕하는 가운데 멀리
          서 탱크 소리가 들려왔습니다.

의원들   탱크! 탱크 소리다!

의장   폐회를 선언합니다! 개회는 피난 기차에서 하겠습니다! (갑돌
          과 갑순에게) 거기 공무원 두 명! 의사봉이랑 법안 서류 들고 따
          라와!

아나운서   의장과 의원들이 가장 먼저 도망갔습니다, 결국 끝까지 법안을
          통과시키지 못한 채 모두 기차에 몸을 실었습니다. 이상 오늘의
          뉴스를 마칩니다.

의장과 의원들 도망친다.

갑돌   안녕하세요, 정말 오랜만이네요.

갑순   정말 번듯한 공무원이 되셨네요.

갑돌   그쪽두요.

갑순   나머지 얘기는 피난 기차에서 할까요?

갑돌   좋은 생각이에요.

갑순과 갑돌, 의사봉과 서류를 들고 퇴장.

5. 마지막 피난 기차에 타려고 아수라장이 벌어지다.

광장에 피난 기차가 들어온다.

구의원　　　전쟁이라니. 무슨 전쟁!

경찰청장　　보좌관. 기차 어딨어.

회장　　　　피난 기차 어디 있어!

구의원　　　피난 기차, 저기 있다. 저기 있어!

다 함께　　　저기다. 저기.

온갖 권력자들이 피난 기차로 몰려든다.

경호원　　　(각하를 모시며) 각하 이쪽입니다.

대통령 경호원들이 그들을 통제하고 있다.

사람들　　　여기다. 여 어.

경호원　　　죄송합니다! 기차 객실은 각하랑 각하 가족이랑 각하 친척이랑 각하 옷들이랑 각하 가구들이랑 각하 전자제품들이 다 타서 자리가 없습니다! 기차 지붕 말고는 자리가 없습니다!

권력자들, 서로 지붕에 타려고 하는데

경호원, 다시 막으며

경호원	죄송합니다! 이게 단순한 피난 기차가 아닙니다! 각하가 타고 있으니 움직이는 정부 그 자체입니다! 그래서 정부 요직이 아니면 타실 수 없습니다!

권력자들, 서로 지붕에 타려고 하는데
경호원, 다시 막으며

회장	넌 누구야.
의장	난 국회의장이야!
경호원	탑승!
구의원	난 종로구 구의원이야!
경호원	꺼져!
회장	난 후원회장이야!
경호원	꺼져!
경찰청장	난 경찰청장이야!
경호원	탑승!

이런 식으로, 정부 요직들만 차례대로 기차 지붕에 올라탄다.
갑돌과 갑순, 뒤늦게 도착한다.

갑돌/갑순	잠시만요!
경호	너흰 뭐야?
갑돌	국가의 하급 공무원…….
경호	꺼져!
갑순	의사봉이랑 법안 서류를 가져왔어요!
경호	탑승! 지붕 위로 탑승. (사이) 기차 출발!

변변치 않은 직함들이 계속 줄줄이 떨어진다.

시민들   대통령과 정부 요직들이 피난 기차를 타고 도망친다!

구의원   잡아! 뭐야! 구의원은 정부 요직이 아니란 말이냐!

회장   내가 그 당에 헌납한 돈이 얼만데!

이 말이 끝나자마자 시민들이 이곳저곳에서 서로 기차에 타려고 몰려든다.

시민   대통령과 정부 요직들이 피난 기차를 타고 도망친다!

몰려드는 시민들의 모습은 마치 영화 〈부산행〉의 한 장면 같다.

총을 맞은 회장과 구의원이 달려든다. 회장이 경찰청장에게 달려들어 팔을 문다.

경호   비켜! 숙여!

권력자들이 회장을 기차 밖으로 떨궈 낸다.

권력자1   대체 누구야! 피난 기차가 출발한다는 건 국가기밀인데 누가 기밀을 누설한 거야!

권력자2   난 친정집이랑 외갓집 말고는 얘기 안 했어.

권력자3   나도 사돈에 팔촌까지 말고는 얘기 안 했어.

권력자1   이상하군! 그렇게밖에 얘기 안 했는데 어찌 다 알고 있을까! 최대한 빨리 힘을 모아 저 폭도들을 물리칩시다! 어이 하급 공무원들! 빨리 붙어!

갑돌   실례지만, 정말 저분들이 폭도들인가요?

권력자1   엄청난 폭도들이야! 각하가 기차에 타고 계시잖아. 지금 이 기

차는 청와대[3]나 마찬가지야. 저들은 지금 청와대 지붕 위로 올
라오려는 너무나 악독한 폭도들이야!

시민   대통령과 정부 요직들이 피난 기차를 타고 도망친다!

권력자들, 시민들을 향해 총을 쏜다.

기차, 서울을 벗어난다.

권력자3   만세! 정부가 수도 이양에 성공했다!

권력자1   수고했어. 수고했어,

---

3) 시기상 '경무대'가 맞으나, 극적 허용으로 '청와대'로 표기.

6. 기차 지붕 위에서 대통령의 일주일 치 녹음과 녹화를 하다.

권력자들은 기차 지붕 위에서 난장을 벌이는데
갑순, 아직도 저 멀리를 바라보고 있다.

갑순   아직도…… 사람들이 기차를 쫓아오고 있어요.

권력자1   이런, 안심 좀 하고 집에 좀 있지.

갑순   정부가 통째로 도망을 치는데 안심이 되겠어요?

권력자2   일리가 있어, 안심을 시켜 줄 방법이 필요해. 좋은 방법이 없을
                까. (갑돌에게) 거기 공무원! 좋은 방법 없나?

갑돌   제 생각에는…… 정부 때문에 불안한 거니까…… 정부가 안심
                시켜 주는 것이…….

권력자3   잠깐! 그래 맞아. 우리가 안심시켜 줄 방법이 필요해. 그건 바로.

권력자2   그게 뭔데?

권력자3   (사이) 각하께 여쭤보고 오겠어.

권력자3, 지붕에서 기차 객실 창문으로 들어간다.
잠시 후 방송 장비와 녹음 장비를 들고 올라온다.
권력자3, 마이크를 갑돌에게 건넨다.

권력자1   국민들을 안심시켜 주는 방송을 녹음하라고 각하가 명령하셨
                어. 각하가 직접 친필로 쓰신 원고니까 실수하지 마.

갑돌   왜 높은 분들이 아니라 저희 같은 하급 공무원이 녹음하죠?

권력자2   기록에 남으니까, 먼 훗날 역사가 어찌 될지 모르잖아. 그래서

우리는 안 돼, 너희 같은 하급 공무원들은 나중에 자르면 그만
이니까.

갑돌　　　아, 그렇구나.

권력자3　자, 그럼 곧바로, 레디! 큐!

갑돌　　　서울 시. 민. 여러분.

권력자2　서울 시민 여러분! 서울 시민 여러분!

갑돌　　　서울 시민. 여러분. 안심하고.

권력자3　아 좀! 웅장하게!

권력자1　목청 높여서 이만큼!

갑돌　　　"서울 시민 여러분, 안심하고 서울을 지킵시다. 적군은 패주하
고 있습니다. 정부는 여러분과 함께 서울에 머물 것입니다."

권력자3　컷! 좋았어!

갑순　　　잠깐! 적군이 아직 서울에 안 왔잖아요?

권력자1　오늘 중으로 들어올 거야. 미리 녹음하는 거야. 다음 녹음, 큐!

갑돌　　　"국군의 총반격으로 적은 퇴각 중입니다. 우리 국군은 적을 압
록강까지 추격하여 민족의 숙원인 통일을 달성시키고야 말 것
입니다."

권력자1　컷! 좋았어! 배우 해도 되겠어!

갑순　　　잠깐! 국군이 언제 총반격을 했어요?

권력자3　일주일쯤 후에 할 거야. 미리 녹음하는 거야. 다음! 레디! 큐!

갑돌　　　"시민 여러분! 드디어 적들의 수도 평양을 점령했습니다! 드디
어 민족통일이 자랑스러운 대통령 각하의…… 단독적이고 독
자적이고 고유한 역사적이며 운명적이고 신화적인 결단에 의하
여……."

갑순, 마이크를 가로챈다.

권력자3	뭐야! 감정 좋았는데.
갑순	이건 언제 트는 거죠?
권력자3	글쎄, 한 1년 후?
갑순	안 돼요, 이런 건 정말 안 돼요.
권력자1	뭐야? 하급 공무원 주제에 국가의 명령을 거부해?
갑순	제가 각하한테 직접 말씀드리겠어요. 이건 정말 아니라고.

갑순, 창문을 통해 객실로 내려가려는데
권력자들이 놀라며 끌어올린다.

권력자2	미쳤어? 어디 감히 하급 공무원이 직접 각하에게!
권력자3	저 하급 공무원을 잡아!

기차 지붕에서의 추격전.
결국 갑순은 잡히고 밧줄로 묶인다.

권력자1	국가가 흔들리니까 이런 말단 공무원까지 흔들리는구만. (갑돌에게) 이번엔 영상이야, 대한뉴스 스타일. 적군의 수도 평양에서 적군 병사들을 사정없이 물리치는 육군 보병의 연기를 하면 돼.
권력자2	잠깐! 적군이 없는데?
권력자3	까짓거, 우리가 합시다. 우리도 한때는 자랑스러운 천황의 병사였잖소!
권력자들	요시!

권력자들은 북쪽 군복을, 갑돌 홀로 남쪽 군복을 입고

촬영이 펼쳐진다.

#촬영1

권력자1　　　레디.

권력자3　　　카메라 롤.

권력자1　　　액션.

슬로비디오처럼 공격해 오는 북쪽 병사들.

갑돌, 어색하게 피하며 그들을 물리친다.

엄청난 오버액션을 하며 쓰러지는 병사들.

각하, 마음에 들지 않는다.

권력자1　　　야. 그렇게 튀고 싶으면 네가 주인공 하던가.

권력자3　　　그래도 됩니까?

권력자1　　　지금 그걸. 정신 나간 소리를. 다시 한번 갈 테니까 똑바로 해.

#촬영2

권력자1　　　레디.

권력자3　　　카메라 롤.

권력자1　　　액션.

갑돌, 어설프지만 과하게 북쪽 병사들을 물리친다.

각하, 마음에 들지 않는다.

권력자2	모여. 우리가 지금 문제가 뭐냐면. 스토리가 없어. 너는 몸 사리 지 마. 너는 조금 더 영웅적으로.
권력자1	그래. 더 영웅적으로.
권력자2	목숨 걸고 찍어!

#촬영3

권력자1	레디.
권력자3	카메라 롤.
권력자1	액션.

각하, 자리에서 일어나 만족을 표한다.

각하	대한민국 만세. 대한민국 만세.
권력자1	감동이야.
권력자들	대한민국 만세. 대한민국 만세. 대한민국 만세!
진행 스탭1	웰컴 투
진행 스탭2	발리우드.

모두들, 박수 치며 환호하는데

SONG — 발리우드

저 하늘에서 전투기 소리가 들린다.

권력자1	저 소리는? 우리 전투기인가?

권력자2	무슨 소리! 우리가 전투기 도입 법안 기각시켰잖아!
권력자3	그럼 적군 전투기다!
권력자4	안 돼! 잡히면 안 돼! 달려! 기차 달려!
갑돌	실례지만 전투기가 기차보다 훨씬 빠를 것 같은데요.
권력자1	그렇구나! 그럼 멈춰! 기차를 멈춰!

기차가 멈추고

권력자들, 지붕에서 뛰어내린다.

전투기 소리 저 멀리 지나간다.

7. 권력자들이 자신들이 내린 땅이 임시 수도로 어울리는지 탐색한다.

권력자들, 자신들이 내린 땅을 둘러본다.
아마도 서울 근교의 작은 농촌인 듯.
농민들이 농사를 짓고 있다.
평화로운 농요를 부르며.

SONG5

권력자1   여긴 어디지? 여긴 왜 이렇게 평화로워?

권력자2   적군이 여기까진 침략을 못 했나 봅니다.

권력자3   좋네요. 어차피 임시 수도를 꾸려야 하는데. 이 정도가 어떻겠소? 너무 많이 내려가면 보는 눈도 있으니까.

권력자들 망설이자

권력자3   그럼 제가 각하에게 여쭤보고 오겠습니다.

권력자3, 기차 창문 안으로 고개를 들이밀고 이리저리 얘기하는 듯

권력자3   불순 사상을 가진 자들이 없다면 임시 수도로 정해도 좋다고 각하께서 말씀하셨습니다.

권력자1   불순 사상을 가진 자들이 없는지 확실히 조사합시다. (갑순 갑돌에게) 너희 둘, 공무원이니까 신원조사 같은 건 잘하겠지. 가

서 조사해.

갑순과 갑돌, 서로 흩어져서 말을 건다.

갑순   안녕하세요, 어르신.

농민1   처음 보는 처자인데?

갑순   전쟁이 났는데 계속 농사를 짓고 계시네요?

농민1   뭐? 전쟁이 났어? 처음 들어 보는데?

갑순   이제 곧 소식이 올 거예요, 피난 가셔야 돼요.

농민1   지금이 가장 바쁜 농사철인데 가긴 어딜 가.

갑순   적군이 이 땅까지 점령할지도 몰라요.

농민1   몰라, 농사는 짓게 해 주겠지. 지들도 같은 동포인데 설마. 미안
          해. 오늘 중으로 끝내야 해서 얘기할 시간이 없어.

갑순   도와드릴까요?

농민1   고맙지, 끝나고 막걸리 한잔하자고.

갑돌   저기, 아저씨.

농민2   어허! 나락 밟지 마!

갑돌   죄송합니다.

농민2   빨리 안 나가!

갑돌   나갈게요. 근데 전쟁이 났는데.

농민2   전쟁? 무슨 전쟁?

갑돌   삼팔선 너머에서 적군이 쳐들어왔는데, 계속 계시면 위험한데.

농민2   난 그런 거 몰라, 나랏님이랑 정치하는 분들이 알아서 하겠지.

갑돌   그분들 다 저기 기차에 계세요.

농민2   뭐? 기차에? 왜?

갑돌   피난 가시는 중인데, 여기가 임시 수도로 적합한지를……

| 농민2 | 뭐? 지들 국민은 이런 와중에도 새 빠지게 일하고 있는데 지들은 도망을 쳐? (소리친다) 이 개새끼들! 여러분! 지금 전쟁이 났는데 나랏님이랑 정치하는 놈들이 우릴 버리고 피난을 간답니다! |

사방에서 농민들이 연장을 들고 씩씩거리며 기차로 몰려든다.
권력자들, 모두 권총을 꺼낸다.
농민들, 모두 손 든다.

권력자1	이럴 줄 알았어, 이렇게 농사짓는 시골 땅일수록 불순분자 빨갱이들이 숨어 있기 쉽거든.
권력자2	맞습니다. 빨갱이들이 말하는 게 토지를 무상으로 공평하게 나누자 이런 거 아닙니까.
권력자3	미친놈들, 멀쩡한 내 땅을 왜 지들하고 나눠.
권력자2	이런 전시 상황에서 불순분자들은 즉결 처분인 거 알지? 여러분! 쏩시다!
만득	우와, 총이다.

권력자들, 총을 겨누는데
갑순, 몸을 던져 막는다.

갑순	잠깐만요! 이분들은 그런 분들이 아니에요!
권력자1	지금은 그런 놈들이 아니더라도 적군이 점령하면 싹 돌아설 것들이야! 비켜!
갑순	근거 있어요? 근거 있으면 그때 쏴도 되잖아요!
권력자2	먼저 쏘고 나중에 근거 없으면 사과할게! 비켜!
갑순	(갑돌에게) 뭐 하고 있어! 당신도 막아!

갑돌	아, 네.
권력자들	비켜!
갑돌	아, 네.
갑순	막아!
갑돌	아, 네.

한동안

비키라는 권력자들과 막으려는 공무원들의

실랑이가 벌어진다.

그런 와중에 들리는 포탄 소리.

만득	폭죽이네. (다시 한번 보고) 우리 집이네⋯⋯.
권력자1	이런! 적군이 가까이 오고 있어! 이 땅은 수도로 글렀어! 좀 더 내려갑시다!
권력자2	근데 저놈들은 어쩌죠? 우리가 총구를 들이댔으니 적군이 들어오면 정말로 협조할 것 같은데?
권력자3	빨리 가야 합니다!
권력자2	죽여야 한다고!
권력자1	일단 죽여.
권력자3	저희 이러다가 정말 큰일 납니다. 큰일.
갑순	(서류에 적으며) 경찰청장, 경호실장, 국회의장이 죄 없는 농민들을 함부로 사살하려고 했다.
권력자3	그럼 내가 각하한테 여쭤보고 오겠소.

권력자3, 다시 창문에 머리를 들이밀고

뭔가 얘기하는 시늉.

권력자3	각하께서 이때를 대비해서 리스트를 만드셨다고 합니다.
권력자들	리스트?

권력자3, 책 한 권을 들고 온다.

권력자1	이른바 보도연맹 가입자 명단이라고, 조금이라도 적군에게 우호적이라고 생각되거나 불온한 사상을 가졌다고 여겨지는 자들이 모두 이 단체에 자발적으로 가입했다고 합니다.
권력자2	그런 무서운 자들이 어떻게 자발적으로?
권력자1	가입하면 쌀 한 가마씩 준다고 하니까 모두 가입했답니다.
권력자들	오오!
권력자1	이 명단에 적힌 자들은 미래의 불순분자로 간주하고 가차 없이 처리하라는 각하의 지시입니다.

권력자들, 박수.
권력자4, 갑돌·갑순에게 책 한 권과 권총 한 자루를 던진다.

권력자4	자, 그럼 근거가 생겼지? 그 책의 근거에 따라 불순 세력들을 확실하게 정리하고 천천히 따라오길 바란다. 반드시 50퍼센트 이상 성과 달성해. 달성 못하면 징계 먹는다. 다들. 갑시다.

권력자들, 자리를 피한다.

갑돌	안 돼! 징계는 안 돼!

8. 갑순·갑돌이 농민들을 차마 죽이지 못하고 함께 피난을 간다.

갑돌 (책을 살핀다.) 어디 보자, 이 지역 목차가, 여기 있네. '김판술'. 김판술 씨?

농민1 전데요?

갑돌 죄송합니다. 김판술 씨가 명단에 있으시네요. 본의는 아니지만……. (눈을 질끈 감고 권총을 쏘려고 한다.)

농민1 아니에요! 난 마을 사람들이 소작료 내려달라고 데모할 때 같이 팔뚝질 한 죄밖에 없어요!

갑돌 ……그래도, 명단에 있어서, 죄송합니다.

갑돌, 농민1에게 총을 겨누는데 갑순, 그 앞을 막는다.

갑순 이 분은 정말 아닌 것 같아요. 뭔가 오류가 있었을 거예요.

갑돌 음…… 그럼…… '오만득'씨?

농민2 전데요?

갑돌 명단에 있으시네요. 죄송합니다.

농민2 아니에요! 난 일제 시대 순사 놈이 해방 후에 또 순경이 돼서 행패를 부리길래 가래침을 뱉은 죄밖에 없어요!

갑돌 그래도…… 명단에 있으니까.

갑순 잠깐! 이 분도 뭔가 오류가 있었을 거예요.

갑돌 오류가…… 두 번이나 생길 이유가…….

갑순 급하게 만든 책이라 그런가 보죠.

갑돌 그럼…… '황순자'씨?

농민3	아들놈이 쌀 받아온 걸로 밥해 준 것밖에 없는데. 뭐가 잘못됐당까?
갑돌	'최기봉'씨?
농민4	아버지가 마을 지주한테 두들겨 맞았길래 찾아가서 장독대를 때려 부순 죄밖에 없어요!

갑돌, 계속해서 이름을 부르지만 그들의 죄는 다 미미하다.

탱크 소리 점점 가까워진다.

갑돌	적군이 가까워지고 있어! 큰일이야! 50퍼센트 달성을 못 하면 징계 먹는데!
갑순	그렇다고 무고한 사람을 쏠 순 없어요. 우린 공무원이니까, 일처리를 정확하게 해야 해요.
갑돌	그렇다고 이대로 그냥 가면 우리는 징계를.

탱크 소리 계속 가까워진다.

갑순	(농민들에게) 여러분! 차라리 피난 가세요! 적군이 여길 점령하면 적군한테 당하거나, 피난 안 갔다고 나중에 아군한테 당할 거예요! 그냥 보내 드릴 테니 아무 데나 가세요! 아무 데나!
농민1	우린 한평생 여기에만 있어서 세상 밖이 어떤지 몰라.
농민2	차라리 우릴 데려가 줘, 임시 수도인지 뭔지가 있다며.
농민3	그래! 그리로 데려다 줘! 우리가 무고하다고 얘기해 줘.
농민4	가자! 이 공무원들을 따라가자! ……근데, 난 한쪽 다리가 없는데…….
농민6	난 한쪽 팔이 없어.

농민7	난 눈이 안 보여.
농민8	난 귀가 안 들려.
농민들	우리가 피난을 갈 수 있을까?
갑돌	그렇네요, 그럼 그냥 여기 계세요. (갑순에게) 우리는 빨리.
갑순	여러분! 안 보이는 분이랑 안 들리는 분이 다리 없는 분을 양쪽에서 어깨동무하세요, 만득 씨, 도와주세요.
만득	순자 할멈 이리 오셔요. 아재, 아재는 여기. 이리 오슈. 진철 성님이 가운데. 이렇게 합체.
농민6	나는. 나는 어째.
갑순	팔 없는 분은 이분들 옆에 서서 방향을 말해 주고 봇짐을 등에 둘러메고 따라오세요.
농민들	역시! 공무원이 다르긴 달라!
갑순	가요.
만득	가요.
갑순	가요!
만득	하나, 둘. 하나, 둘.
농민6	만득아 천천히 가. 진철이 넘어진다.
만득	왼발. 왼발. 왼발.
농민5	왼발밖에 없다고 놀리는 겨?
만득	성님만 할 수 있는 농이네요. 지금부터 군가를 시작한다. 군가는. 아는 게 없어유.

농민들, 서로를 도우며 함께 피난길에 오른다.

다시 불리는 평화로운 농요.

SONG7 — 한강수타령

한강수라 깊고 맑은 물에

수상선 타고서 에루화 뱃놀이 가잔다

아-아- 에헤요 에헤요

어허야 얼쌈마 둥게 디여라 내 사랑아

노래가 흐르며 계절이 바뀐다.

마치 만화처럼 끊임없이 비가 오고 눈이 오고 바람이 불지만

이들은 꿋꿋하게 걸어간다.

9. 피난민들이 커다란 다리를 만나다.

이들 앞에 마치 한강 철교같은 커다란 다리가 등장한다.

다리는 앙상해서 철골만 남아 있다.

건너편에서 병사들이 폭파 준비를 하고 있다.

갑돌　　　　저거, 저거 뭐 하는 거지?

갑순　　　　(소리친다.) 안녕하세요! 지금 뭐 하시는 거죠?

병사1　　　　보면 몰라! 폭파 준비 중이야!

갑돌　　　　폭파요? 왜요?

병사2　　　　척하면 몰라? 적군이 다리를 건널까 봐 폭파하는 거지!

갑돌　　　　언제 폭파할 건데요?

병사3　　　　지금으로부터 5분 뒤!

갑순　　　　폭파를 늦춰 주세요! 이 사람들은 선량한 양민들이에요!

병사4　　　　안 돼! 그렇게 멀리서 양민인지 적군인지 어떻게 알아!

갑돌　　　　우리는 국가 공무원이에요! 믿어 주세요!

병사1　　　　공무원? 신분증을 보여 봐!

갑순과 갑돌, 신분증을 열심히 흔든다.

병사2　　　　모르겠어! 멀리서 보니까 모르겠어!

병사들, 다시 설치를 시작한다.

갑순	우리가 건너가서 신분증을 보여줘야 해요.
갑돌	건너간다고요? 저기를?
갑순	그래요, 가요.
갑돌	글쎄요, 저는.
갑순	이러는 동안 시간 가요, 빨리.
갑돌	글쎄요, 저는.

갑순, 갑돌을 잡아끌어 다리를 건너기 시작한다.

마치 곡예사처럼 두 사람이 비틀비틀 건너는 동안

다리 양편에서 탄성과 비명이 오고 간다.

두 사람, 가까스로 다리를 건넌다.

양쪽에서 환호한다.

두 사람, 신분증을 보여준다.

병사1	정말 공무원이네, 반가워, 사실 군인도 국가 공무원이지 뭐.
갑순	그래요, 같은 공무원끼리 잘 통하겠네요. 빨리 폭파를 늦춰 주세요.
병사1	잠깐, 소대장님에게 보고하고.

병사1, 무전기로 한참 동안 말하는 듯.

갑순	뭐래요?
병사1	중대장님께 보고를 하겠대.

병사1, 한참 동안 무전기를 듣고 있다.

갑순	뭐래요?
병사1	대대장님께 보고를 하겠대.
갑돌	실례지만, 그 보고는 대체 언제 끝날까요.
병사1	글쎄, 대대장님 위에 연대장님이 있고, 연대장님 위에 사단장님이 있고 그 위에 군단장, 그 위에 사령관.
갑순	그러다 5분이 지나면요?
병사1	음, 아마도 폭파를 해야 할 거야. 어느 한 분이라도 허가가 안 떨어졌는데 5분이 지나면 명령을 어기는 것이 되니까.
갑돌	안 되겠어, 저분들은 그냥 다시 마을로⋯⋯.
갑순	안 돼요, 우릴 따라왔어요. 우리가 책임져야 해요.
갑돌	하지만 보고를 기다리는 동안 5분이 지나면⋯⋯.
갑순	(다리 건너로 소리친다) 여러분! 우리가 그리로 갈 테니까 조금이라도 다리를 건너오세요! 중간에서 만나요! 우리가 여러분을 이끌어 드릴게요!
갑돌	잠깐? 다리를 또 건너가자고?

갑순, 갑돌을 기다리지 않고 다리를 건너간다.

농민들, 웅성거리며 두려워하지만

갑순의 모습에 용기를 얻어

서로를 의지한 채 다리를 건너기 시작한다.

갑돌은 건너지 못하고 소리만 지른다.

갑돌	빨리 와요! 빨리! (병사에게) 어디까지 보고 됐어요?
병사1	연대장님, 그리고 3분 남았어.
갑돌	서둘러요! 빨리! (병사에게) 지금은요?
병사1	사단장님, 그리고 2분 30초 남았어.

갑돌	제발! 제발 빨리 와! 빨리!
병사1	군단장님, 1분 30초.

갑순, 피난민들과 중간에 만나서
그들을 인도해서 다시 다리를 건너온다.

병사1	사령관님, 1분.
갑돌	빨리요! 빨리!

갑순과 피난민들, 속도를 내려 하지만 속도가 안 난다.

병사1	사령관님 화장실 가셨대. 30초.
갑돌	빨리! 빨리!
병사	10, 9, 8, 7, 6, 5…….
갑돌	안 돼!

갑돌, 초인처럼 전속력으로 다리를 건너서
갑순의 손을 잡고

갑돌	(피난민들에게) 여러분! 뛰어내려요!

갑돌, 갑순과 뛰어내린다.
풍덩, 물에 빠지는 소리.

병사1	3, 2, 1…….
갑돌	뛰어내리라고!

병사1   폭파.

엄청난 굉음.

천정에서 우수수 쏟아지는

팔, 다리, 몸통들 그리고 암전.

한참의 시간이 어둠 속에서 흐른다.

10. 갑돌·갑순이 피난민들의 시신을 수습하고 명단을 적다.

다시 불이 들어오면
무대 위에 수없이 널브러진 팔, 다리, 몸통들.
그 뒤에서 그 널브러진 것들을 바라보며 울고 있는 영혼들.
이들의 곡소리가 노래처럼 들린다.
갑순과 갑돌만이 무사하다.

갑돌   사령관님이…… 화장실만 안 갔어도.

갑순   …….

갑돌   ……내가 같이 가기만 했어도.

갑순   이분은 한쪽 팔이 없었어. 이분은 한쪽 다리가 없었어. 이분은 들을 수가 없었어. 이분은 앞을 볼 수가 없었어.

갑돌   ……미안해요.

갑순   …….

갑순, 멈춰 서서 잠시 생각하다가
널브러진 팔다리와 몸통들을 한 명 한 명 맞추기 시작한다.
갑돌, 그 광경을 보고 있다가
한숨을 쉬고 함께 팔다리와 몸통을 맞추기 시작한다.

갑돌   *한강수라 깊고 맑은 물에*

수상선 타고서 에루화 뱃놀이 가잔다

아-아- 에헤요 에헤요

어허야 얼쌈마 둥게 디여라 내 사랑아

두 사람, 열심히 몸을 하나하나 맞춰 가며
기억을 복기하며 차근차근 맞춰 나간다.
저 뒤에서 그 광경을 말없이 보고 있던
피난민의 영혼들이 맞춰진 자신의 몸을 받아든다.
갑돌과 피난민들의 영혼, 꾸벅 인사를 한다.
갑순, 보도연맹 책 표지를 찢어서 그들에게 흔든다.

갑순   이 책은 학살된 피난민들의 명단을 적은 책으로 바뀔 거예요!
편하게! 부디 편하게 가세요!

피난민들의 영혼, 사라진다.

갑돌   그래도…… 우린 내려가야죠……. 임시 수도까지.

갑순과 갑돌 함께 피난길을 걷는다.

11. 갑돌과 갑순이 임시 정부로 변한 지방 여관에 도착하다.

여러 장르의 예술가들이 쏟아져 나오며
공간이 여관으로 바뀐다.
이곳은 피난 온 각하와 권력자들이
통으로 전세를 내어 임시 정부로 삼고 있다.
술판이 한창이다.
예술가들이 시, 노래, 춤, 막간극 등등 온갖 공연의 난장을 벌인다.

권력자2   하늘을 우러러 한 점 부끄럼이 없기를
           잎 새에 이는 바람에도 나는 괴로워했다.
           오늘 밤에도 별이 바람에 스치운다.

권력자4   이제 제 운명은 파멸입니다. 당신의 음악을 듣고 느꼈어요. 공
           허함을. 마치 아담이 자신의 나체를 처음 본 것과 같은 기분을.
           오늘도 당신은 미친 듯이 웃고 있겠죠.
           하지만 당신이 웃으면서 갈겨쓴 그 음악은
           내가 심혈을 기하여 만든 어떤 것보다 위대한 작품이 되겠죠.
           그래도 나는, 당신을 존경합니다. 당신을 존경합니다.

권력자5   거짓과, 위선과, 의심을 내 몸 안에서 모두 불태우리라. 뜨겁게.

권력자들은 그 광경을 즐기며 온갖 서류들을 쌓아놓고 무차별로 도장을 찍고 있다.
도장을 찍는 것도 놀음을 즐기는 듯 온갖 방식으로 찍어 댄다.
다 찍은 서류는 허공에 휘날리며 환호한다.
예술가들의 공연과 권력자들의 서류 놀음이 점점 난장판으로 변해 간다.

갑돌과 갑순, 극심한 거지 꼬락서니로 여관에 도착한다.

여관 안의 사람들이 그들을 보며 환호한다.

여관 주인   저기, 보이소. 오늘은 밀린 외상을 정리해 주셔야 되는데.

숙박비랑 식비랑 술값 안주값 그리고 의원님들이랑 장관님들

이 기생들 불러달라고 하셨던 거…….

총소리.

권력자3   컷트! 어디 국가 기밀들을 함부로 나불거려!

권력자4   기밀누설은 즉결 처형이야!

권력자들, 여관 주인을 끌고 나간다.

권력자들, 박수.

권력자1   우리 자랑스러운 공무원들이 업무를 하나하나 완수하면서 드

디어 임시 정부에 도착했습니다! 박수!

박수.

권력자1   하지만 과연 업무 처리를 잘했는지, 청문회를 통해 따져 보는

시간을…….

청문회가 펼쳐진다.

권력자1   김갑돌 씨, 삼팔선에서 최초 전투가 발발했을 당시, 왜 신속하

게 청와대에 보고하지 않았습니까.

갑돌   그땐, 다들 취해 계셔서, 저한테도 억지로 술을 먹이고, 참모총장님도 일찍 뻗으시고, 부총장님은 주일이라 연락을 안 받으시고,

권력자2   지금 책임을 회피하는 겁니까? 그게 공무원의 정신입니까?

갑돌   죄송합니다.

권력자3   오갑순 씨, 왜 국회의장의 의사봉을 빼앗아서 정당한 입법 절차를 방해했나요?

갑순   야당 의원들이 모두 없는 틈에 입법을 진행하는 건 정당하지 않다고…….

권력자4   일개 공무원의 재량을 넘어서는 행위 아닌가요?

갑순   죄송합니다.

권력자1   김갑돌 씨, 보도연맹 명단에 적힌 불온 세력들의 처리를 왜 진행하지 않았습니까.

갑돌   그건, 그들이 했던 일들이 너무 작고 시시한…….

권력자2   오갑순 씨, 왜 대통령이 지시한 녹음을 거부했습니까.

갑순   그건, 거짓된 녹음이었기에…….

권력자3   김갑돌 씨, 왜 다리의 폭파를 지연시키려 했습니까.

갑돌   그건, 피난민들이…….

권력자4   오갑순 씨, 왜 피난민들이 무모하게 다리를 건너게 했나요.

갑순   피난 가지 않으면 적으로 간주하겠다고 해서…….

권력자1   어떠한 상황에서도 공무원은 중립을 지켜야 하는 걸 모릅니까? 심각한 직무 유기를 저지른 두 공무원의 면직을 건의합니다.

권력자들   동의합니다!

권력자1   시말서 쓰고 꺼져.

권력자2   (의사봉을 들고) 자, 그럼 모든 과오에 대한 책임 소재를 다 물

었으니, 우리는, 대통령 연임제를 비롯한 백여 개의 법안들을 지금 이 자리에서 모조리 통과…….

이때, 또다시 들려오는 탱크 소리.

권력자2 젠장! 저놈들 정치를 못 하게 만드네! 정치를!

권력자3 제발 법안 통과 다 시키면 쳐들어오란 말야, 새끼들아!

권력자1 자, 수도를 다시 옮깁시다! 다들 기차에 타시오! (갑돌 갑순에게) 면직 풀어 줄 테니까 여기 있는 국가 기밀문서들 모조리 파쇄하고 따라와! 절대 적들의 손에 넘어가면 안 돼!

권력자들, 우르르 사라진다.

12. 갑순과 갑돌이 국가 기밀문서를 놓고 서로 다투다.

갑순과 갑돌, 널브러져 있는 서류들을 하나하나 확인한다.

갑순   정말…… 나쁜 사람들이구나.

갑돌   어쩌겠어요, 공무원이 까라면 까야지. 빨리 다 없애 버리고 가요.

갑돌, 서류들을 마구 찢으려는데
갑순, 잡아챈다.

갑순   잠깐, 서류 내용을 확인도 안 해 보고 파쇄하는 건 옳지 않아요.

갑돌   뭐에요? 일일이 읽어 보고 찢자는 거예요?

갑순   그게 원칙에 맞아요.

갑돌   저기 탱크 소리 안 들려요?

갑순   그래도 그게 원칙에 맞아요.

갑돌   어이구 죽겠네 진짜, 그럼 빨리 읽어요.

두 사람, 서류들을 차례로 읽는다.

갑순   세상에…… 이런 시기에 이런 법안을 통과시키려 했다고?

갑돌   읽었죠? 그럼 찢을게요.

갑순   안 돼요! 이건 남겨 놔요! 이런 어처구니없는 법안은 먼 훗날 역사로 알려야 해요.

갑돌	알았어요, 이건?
갑순	세상에! 이런 명령은 정말 말도 안 돼!
갑돌	찢어도 되죠?
갑순	안 돼요! 이것도 남겨요!
갑돌	이건?
갑순	세상에! 이런 협약을 맺었다고? 이건 아니야! 정말 아니야!
갑돌	찢어요, 말아요?
갑순	못 찢어! 절대 못 찢어!
갑돌	뭐야 그럼, 대체 뭘 찢어!

갑순, 널브러진 서류들을 다 주워 담는다.

갑순	이건 찢으면 안 돼, 하나도 찢으면 안 돼. 이걸 세상에서 없애 버리는 건 범죄야. 반드시 기록으로 남겨야 해.
갑돌	찢어야 해! 국가에서 찢으라고 했잖아!
갑순	국가 공무원으로서 못 찢어!
갑돌	국가 나고 공무원 났지 공무원 나고 국가 났어?
갑순	못 찢어! 절대 못 찢어!

갑순, 서류 뭉치를 들고 여관 밖으로 뛰쳐나간다.
갑돌, 갑순을 쫓는다.

저 멀리서 자신들의 군가를 힘차게 부르며
개선 행진으로 다가오는 적군의 행렬.
갑돌, 몸이 마비된다.
두 손을 번쩍 든다.

갑순, 서류를 들고 여관 안으로 잡혀 들어온다.

적군, 음식과 술을 먹으며 갑돌과 갑순을 위협한다.

암전.

13. 갑돌은 이른바 '해방 공간'의 행정을 맡고, 갑순은 서류 공개를 끝까지 거부하다.

불이 들어오면

갑돌, 붉은 완장을 차고 갑순, 저 멀리 기둥에 묶여 있다.

갑돌　　에, 그러니까 여러분, 우리가 앞으로 만들어갈 새로운 세상이란, 똑같이 일하고 똑같이 나누는 평등한 세상으로서…….

주민1　　나는 땅 주인이고, 저 사람은 소작농인데, 똑같이 일해야 한다고?

갑돌　　에, 그러니까, 이제, 땅을 골고루 나눠 가진 다음에, 똑같이 일하고, 똑같이 나누는…….

주민2　　땅을 똑같이 나눠 줬으면 죽이 되건 밥이 되건 그 땅에 달라붙어서 살면 되지 왜 다시 나눈다는 거야?

갑돌　　에, 그러니까, 이 땅은 개인의 것이기도 하지만 국가의 것이기도 하고…….

주민3　　뭐야? 그럼 결국 나라에서 다 가져간다는 거야?

갑돌　　에, 그러니까…….

주민4　　농사 안 짓고 공장 다니는 사람은? 그런 사람도 땅 나눠 주나?

갑돌　　에, 그러니까…….

주민5　　아파서 일 못 하는 사람은?

갑돌　　에…….

주민6　　집집마다 있는 가축들은? 그놈들도 똑같이 나누나?

갑돌　　에…….

주민들, 몰려들어서,

새로운 세상에 대한 온갖 궁금증들을 쏟아 낸다.

갑돌   잠깐만요! 저도 잘 몰라요! 저도 배운 지 3일 됐어요! 제가 다시
          배워서 다시 올 테니까 일주일만 기다려 주세요! 해산!

주민들, 투덜거리며 퇴장.

갑돌, 죽창을 들고 기둥에 묶여 있는 갑순에게로 간다.

갑돌   배 안 고프세요?

갑순   …….

갑돌   이제 이것도 마지막 기회라고 하더라구요.

갑순   …….

갑돌   그 서류들이 어디 있는지만 말해 주면 바로 풀어 준대요. 그리
          고 새로운 세상에서 다시 일할 수 있도록 해준대요. 하지만 오
          늘도 말하지 않으면, 새로운 세상의 반동으로 찍혀서 공개 처형
          을…….

갑순   그 새로운 세상이라는 걸 믿어요?

갑돌   아직 못 믿죠, 배운 지 3일 됐는데.

갑순   근데 왜 그렇게 열심히 일해요?

갑돌   별 수 있나요, 공무원인데, 공무원은 어떤 세상이건 그 세상 밑
          에서 일을 하는…….

갑순   정말 나쁜 사람이네요.

갑돌   나쁘다구요? 내가요? 내가 왜 나빠요? 내가 사람을 죽였어요?
          내가 전쟁 일으켰어요? 내가 이 나라가 이 꼴이 되도록 만들었어
          요? 난 공무원이에요. 어떤 세상이 밀려오면, 그 세상이 시키는
          대로 일을 할 뿐이라구요. 내가 왜 나빠요? 당신이 더 나빠요. 시

키는 대로 안 할 거면 왜 공무원이 됐어요? 왜 자꾸 시키는 대로

안 해서 일을 크게 만들어요? 이건 다 당신이 자초한 일이에요!

갑순   그래요⋯⋯. 내가 자초한 일이에요⋯⋯. 그래서 뿌듯하네요.

갑돌, 화가 올라오는데 그것을 꾸욱 참는다.

갑순의 밧줄을 잡아끌고 처형대의 단상 위로 올라간다.

첫 장면에서 그들의 아버지들이 했던 것처럼 흥분한 군중들이 몰려든다.

지휘관이 갑돌에게 권총과 판결문을 준다.

갑돌, 권총을 들고 연설문을 읽는다.

갑돌   "여기 있는 오갑순은 구시대의 국가 공무원으로 봉사한 자로

서, 추악한 진실들이 담긴 기밀 서류들을 숨기고, 새로운 시대

에 복무하기를 거부한 반동으로서, 인민의 이름으로 공개⋯⋯

공개⋯⋯."

저 멀리서 적군의 지휘관이 엄하게 손짓한다.

갑돌   "공개⋯⋯ 공개⋯⋯ 공개 처형을 명한다."

갑돌, 권총을 쏘려다 내려놓고

다시, 쏘려다 내려놓고

그럴 때마다 군중들은 열광과 실망을 반복한다.

지휘관, 권총을 들어 갑돌에게 겨눈다.

갑돌, 황급히 권총을 갑순에게 겨눈다.

눈을 질끈 감고

갑돌　　　　미안합니다, 정말 미안합니다.

갑돌, 권총을 당기려는데
저 하늘에서 들려오는 전투기 소리.

적군 지휘관　저건? 우리 전투기인가?
적군 부관　　우리 전투기는 얼마 전에 다 격추당했습니다.
적군 지휘관　그럼 적군 전투기다!

하늘에서 폭탄이 내려오는 소리.
우왕좌왕하는 사람들.
갑돌, 재빨리 갑순을 풀어서
함께 구석으로 몸을 날린다.
엄청난 굉음.
암전.

다시 불이 들어오면
다시 무대에 쌓여 있는 엄청난 팔과 다리와 몸통들.
생존자는 갑돌과 갑순뿐.
두 사람, 그 광경을 보며 할 말을 잃는다.
잠시 후, 저 멀리서 들려오는 아군의 군가 소리.
권력자들이 개선한다.

권력자1　　　무려 21개국이 우리를 돕기 위해 참전을 했어! 저 전투기가 그중
　　　　　　　하나야! 어때? 우방국의 무차별 폭격 작전이.
갑돌　　　　　정말…… 무차별이네요.

권력자2   국가의 운명을 건 전쟁이기 때문에 몇몇 국민의 희생은 어쩔 수 없지.

갑돌   몇몇…… 국민…….

권력자3   적군이 점령하는 동안 부역 행위를 한 건 아니겠지?

갑돌, 갑순의 눈치를 보다가

갑돌   ……네.

권력자들, 박수 친다.

권력자4   우리가 파쇄하라고 명령한 서류들은 다 처리했겠지?

갑돌, 갑순의 눈치를 보다가

갑돌   ……네.

갑순   아니요.

정적.

갑순, 어딘가로 뚜벅뚜벅 걸어가 서류들을 꺼낸다.

갑순   하나도 없애지 않았어요.

권력자4   아…… 그렇군……. 잘 보존했다가 우리들한테 다시 돌려주려고.

갑순   아니요.

정적.

갑순   제가 보존할 거예요. 죽을 때까지 계속, 제가 죽으면 자식에게,
          자식이 죽으면 손주에게, 계속 보존하라고 할 거예요. 국민들이
          이런 사실들을 모두 알 수 있게. 그게, 제가 공무원으로서 할 수
          있는, 유일한 일인 것 같네요.

권력자들, 몰려들어서 미친 듯이 서류를 잡아 찢고
갑순을 묶어 처형대 위에 세운다.

권력자1   (갑돌에게) 자네도 같은 생각인가?
갑돌   아, 아닙니다.

권력자1이 갑돌에게 권총과 판결문을 준다.
갑돌, 권총을 들고 연설문을 읽는다.

갑돌   "여기 있는 오갑순은 구시대의 국가 공무원으로 봉사한 자로
          서, 일급 기밀들이 담긴 국가 서류들을 숨기고, 새로운 시대
          에 복무하기를 거부한 불온 세력으로서, 국민의 이름으로 공
          개…… 공개……."

저 멀리서 권력자들이 엄하게 손짓한다.

갑돌   "공개…… 공개…… 공개 처형을 명한다."

갑돌, 권총을 쏘려다 내려놓고

다시, 쏘려다 내려놓고

그럴 때마다 권력자들은 열광과 실망을 반복한다.

권력자들, 권총을 들어 갑돌에게 겨눈다. 망설이는 갑돌을 향해 총을 쏜다.

권력, 갑돌의 손의 권총을 다시 힘 있게 쥐어 주며 총구를 갑순에게 겨눈다.

눈을 질끈 감고 그러다 다시 눈을 뜨고 하늘을 바라본다.

어떤 기적을 바라는 듯.

그러나 하늘은 잠잠하다.

갑돌   이제…… 아무 소리도 안 들리네……. 정말로…… 전쟁이 끝났
구나……. 미안합니다……. 정말 미안합니다.

갑돌, 권총을 당긴다.

총소리.

갑순, 쓰러진다.

권력자들, 박수 친다.

모두들, 서울로 향하는 기차에 올라탄다.

갑돌, 갑순의 시신을 업어서

기차 지붕 위에 올라탄다.

14. 갑순의 시신을 지붕에 신고 다시 수도로 가는 기차에서, 정파 전투가 벌어지다.

서울로 향하는 기차 지붕.

갑돌, 웅크리고 앉아서

갑순의 얼굴을 말없이 쓰다듬고 있다.

권력자들은 부푼 마음으로 토론 중이다.

권력자1	서울에 도착하면, 서울 수복 기념 카퍼레이드를 성대하게…….
권력자2	아니, 그 전에 부역자 소탕부터 먼저 해야지.
권력자3	내친김에 바로 평양으로 밀고 올라가야 하는 거 아닌가?
권력자4	답답한 양반들, 가장 시급한 게 있잖아.
권력자들	그게 뭔데?
권력자4	제3대 국회의원 선거.

권력자들, 경악.

권력자1	맞네, 그게 있었네.
권력자2	그럼, 빨리 지역별로 공천부터 마무리해야 할 텐데.
권력자3	내친김에 여기서 합시다. 놀면 뭐 해.
권력자4	이번에 종로는 접니다.
권력자1	어허 무슨 소리, 종로는 나지.
권력자2	나도 종로 좀 갑시다.
권력자3	그럼 나는 명동이나 가야지.
권력자1	명동은 야당 쪽에 밀어주기로 했는데.

권력자2	무슨 소리! 누구 맘대로!
권력자1	내 맘이다, 왜.
권력자2	이 양반 안 되겠네, 전쟁 중에 무슨 일이 벌어질 줄 알고.
권력자1	협박이야?
권력자2	예언이다.
권력자3	(총 쏘고 웃으며) 시끄러워 죽겠어. 말이 너무 많아.

총소리.
권력자들, 기차 지붕 위에서 저런 식의 다툼을 벌이며
서로에게 총을 쏴 대기 시작한다.
나중에는 기차 지붕을 누비며 싸움이 시작된다.

하나둘 기차에서 떨어진다.

그 와중에 갑순의 몸도 마구 밟으며 넘나든다.
살아남은 권력자들은, 죽은 권력자들의 짐을 뒤지고 훔치기 시작한다.
급기야 갑돌, 갑순의 모든 짐과 옷들까지 챙겨 기차에서 사라진다.

갑돌	밟지 마세요……. 함부로 밟지 마세요.

권력자들은 계속해서 지붕 위에서 하나둘 떨어지고
갑돌, 계속해서 "밟지 마세요"라는 말을 중얼거리며

–막–

등장인물

수호

명제

격수, 현수 등 정치인들

석규, 송면 등 노동자들

그 외

텅 빈 무대 위에서 1988년 굴렁쇠 소년이 굴렁쇠를 끌며 무대를 질주한다.

〈초선의원〉

1981년 9월 30일 독일 바덴바덴

1981년, IOC 위원장 사마란치가 올림픽 개최지를 발표 중이다.
사마란치가 자기 나라 말로 얘기하면, 곧바로 한국말로 통역한다.

사마란치   그럼 지금부터 1988년 올림픽 개최지를 발표하겠습니다. 1988
년, 제 24회 올림픽 개최지는, 쎄울! 꼬레아! (한국말) 서울은 세
계로, 세계는 서울로!
(아 씨, 튀르, 듀 만트농흐, 제 아농세 레 뤼으 데 쥬 올람피 듀
민네 송케 트반 위 앙 민네 송케 트반 위 르 시텅 올람피 데 벤케
탕 으 쥬 올람피 쎄웅 코레아.)

서울은 세계로, 세계는 서울로!

올림픽을 상징하는 음악이 흐른다.
시민들이 깃발을 들고 거리로 나와 뜨겁게 환호한다.
하지만 자세히 보면 환호 중인지 화난 건지 아직은 모른다.
기자와 카메라맨이 그들을 중계한다.

1987년 8월 서울

기자   가난한 나라는 올림픽을 개최할 수 없다! 올림픽의 불문율이었

습니다! 그러나 우리는 해냈습니다! 88올림픽 개최를 통해 자랑스러운 선진국 대열로 접어들었습니다! 그렇습니다! 우리는 선진국입니다. 저기 올림픽을 출전하는 선수들의 선진국스러운 모습을 보십시오! 그야말로 선진국스러운 모습이 아닙니까! (이때, 수호가 뜨겁게 시위를 하며 지나간다. 기자의 눈에는 환호로 보인다.) 오! 때마침 선진국스러운 정장을 빼입고 마음껏 환호 중인 시민이 계십니다! 인터뷰를 해 보겠습니다! 올림픽을 약 1년 앞둔 시점에서 선진국 국민으로서 기분이 어떠십니까?

수호   올림픽 좋지요. 전 세계의 대표들이 다양한 종목의 스포츠를 정정당당하게 겨루는 것이 바로 올림픽 정신 아닙니까?

기자   네!

수호   그런데 왜! 지금의 정부는 다양한 시민들이 외치는 다양한 요구를 정정당당하게 들어주지 않고 무조건 탄압만 하고 있습니까?

기자   네?

수호   이번 올림픽 개최지 선정에서 우리 대한민국이 놀랍게도 일본을 물리치고 올림픽 개최지가 된 것이 아닙니까! 자랑스러운 일이지요!

기자   네!

수호   그런데 왜! 아직까지 대한민국의 정치는 일본의 잔재에서 벗어나지 못하고 있으며 친일 청산에서 자유롭지 못합니까?

기자   네?

수호   제가 어릴 때만 해도 1인당 국민소득이 250달러가 안 됐습니다. 가난했지요. 하지만 지금은 1인당 국민소득 4000달러를 앞두고 있다고 합니다. 대한민국 경제가 정말로 선진국 대열에 합류하나 봅니다. 그야말로 뿌듯한 일이지요.

기자   네!

수호	그런데 왜! 대한민국 경제를 이끌어가는 노동자들은 일한 만큼의 정당한 대우를 받지 못하고 기계 부품처럼 함부로 쓰이고 함부로 버려집니까? 경제성장의 열매를 대체 누가 독차지하고 있는 겁니까?
기자	네?

수호, 주변을 뜨겁게 돌아다니는 이들을 가리키며 외친다.
수호의 말에 따라 올림픽에 환호 하는 것 같던 시민들은,
복직을 외치는 노동자들로 바뀐다.
공장의 소음이 들린다.

수호	언론보도를 똑바로 하십쇼! 이들이 올림픽에 환호하며 거리로 나온 사람들 같습니까? 저들은 조선소에서 큰 배를 만드는 노동자들입니다. 이들이 만드는 배가 세계 각국으로 수출되면서 이 나라 경제를 살렸습니다. 하지만 이들은 왜 최저임금도 안 되는 돈을 받습니까? 왜 정당한 요구를 하면 끌려가서 두들겨 맞고 쫓겨납니까? 저들의 회사는 역대 최고 흑자를 기록했는데 이들은 왜 거리로 나와서 복직을 시켜 달라 외치고 있습니까?
기자	시청자 여러분 죄송합니다. 선진국 시민이 아니라 운동권 시민이었습니다. (이때 명제가 상당히 학구적인 차림에 종이 꾸러미를 한 손에 품고 지나간다. 마치 공부를 열심히 하는 수재 같은 느낌.) 오! 때마침 공부를 아주 열심히 할 것 같은 대학생이 지나가고 있습니다! 대학생이야말로 선진국의 상징이죠! (명제에게 카메라를 들이대며) 선진국의 대학생으로서 올림픽을…….
명제	(종이꾸러미를 뿌리며) 호.헌.철.폐! 독.재.타.도! 호.헌.철.폐! 독.재.타.도!

기자	이럴 수가! 노트가 아니라 유인물이었어!
명제	독재자를 향해 이런 구호를 외친 지 얼마 지나지도 않았는데! 어찌하여 대학생들은 죽어 가고 있습니까? 박종철 열사의 죽음과 이한열 열사의 죽음은 어찌하여 사라지고 있습니까? 87년 6월 항쟁의 정신은! 어디로 갔습니까! 국민들의 이런 절실한 질문은! 어찌하여 올림픽 뉴스에 가려서 하나도 보도가 되지 않습니까! 이 시대의 청년 학생으로서 뜨겁게 규탄합니다!

명제, 유인물을 뿌리며 돌아다닌다.

기자	시청자 여러분 죄송합니다. 선진국 학생이 아니라 운동권 학생이었습니다. 자, 그럼 카메라를 어디로…….
수호	(카메라를 빼앗아 명제를 비롯한 노동자 시위대를 찍으며) 어허! 이렇게 당당한 모습들을 보도하지 않으면 무엇을 보도합니까! 이게 바로 선진국의 풍경이지요! 자유롭게 말하고 자유롭게 거리에 나올 수 있는 모습! 과연 올림픽을 치를만 한 나라 맞는 것 같습니다!
명제	올림픽 정신을 이어받아! 마치 100미터 달리기처럼 시청 앞으로 전력 질주합시다!

모두 환호하며 달린다. 전경들이 등장한다.

수호	올림픽 정신을 이어받아! 마치 허들처럼 뚫고 나갑시다!

전경들과 레슬링처럼 맞붙으며 뚫고 나가려 한다.
기자가 해설자처럼 생중계한다. 그러나 결국 시위대가 제압당한다.

| 명제/수호 | 올림픽 정신을 이어받아! 마라톤처럼 도망갑시다! |

모두 도망을 치고, 수호와 명제도 간신히 몸을 피한다. 둘만 남는다.

서로 엉망이 된 옷을 추슬러 주며

수호	대학생입니까? 아까 보니 말도 잘하고 싸움도 잘하던데.
명제	최수호 변호사님이시죠?
수호	나를 어찌 압니까?
명제	모르면 간첩이죠. 민주화 운동을 하다가 잡힌 학생들을 무료 변론해 주고 계시잖아요. 저도 언젠가 신세질지도 모르겠네요. 미리 잘 부탁드립니다.
수호	민주화 운동만 변호하는 건 아니고 노동 운동, 환경 운동, 양성 평등 운동 등등등. 모든 운동은 다 합니다. 올림픽 시즌 아닙니까. 종목이 다양해야죠.
명제	그래도 중심은 확실해야죠. 변혁의 중심을 이끌어가는 힘은 청 년 학생에게 나옵니다.
수호	청년 학생만 열심히 뛰어다녔으면 87년 6월의 봄이 왔겠어요? 학생, 선생, 현장 노동자, 사무직 노동자, 여성, 남성, 노인, 청년 모조리 뛰어나왔으니 세상을 한 번 바꾼 거지요. 앞으로도 두 번 세 번 네 번 계속해서 바꿔야 하구요.
명제	세상을 바꾸는 가장 큰 무기는 뭐라고 생각하십니까?
수호	별거 있겠습니까. 대한민국은 민주 공화국이고 공화국은 법이 있지요. 법대로 행동하고 법대로 살자고 하면 누가 허튼 소릴 하겠습니까.
명제	……법대로 행동하고 살자.

명제, 품속에서 또 다른 유인물을 꺼내 수호에게 건넨다.

명제　지금의 정권이 또다시 만들어내는 억울한 죽음들에 관한 진실을 밝히는 내용들입니다. 걸핏하면 간첩으로 조작해서 국가보안법 사건을 만들어 버립니다. 안보에 관한 사건이라고 해서 어떤 신문사에서도 실어 주지 않는데, 법을 이용하면 실을 수 있습니까?

수호　……법에는 언론의 자유가 명시되어있지요. 어떤 기사를 보도할 것인가에 대한 자유는 언론사에 있습니다. 억지로 실을 수는 없지요.

명제　그렇다면 그건 법을 이용한 회피라고 생각해도 될까요?

수호　…….

명제　국가보안법도 법대로 잡아들이고 법대로 구속시키는데, 그렇다면 그 법을 그냥 지키면 되는 건가요?

수호　…….

명제　그래서 제가 매일 밤 몰래 이 유인물을 신문가판대에 배치하는 겁니다.

수호　그건…… 지금의 정권에서는…… 불법인데…….

명제　그래서 말씀드렸잖아요. 미리 잘 부탁드린다고.

명제, 수호에게 공손히 인사하고 떠나려는데

수호　그걸 혼자 어떻게 다 돌리려고? 차는 있어요?

명제　학생이 무슨 차가 있습니까. 면허도 없습니다.

수호　이 밤중에 차도 없이 그걸 언제 다?

명제　해 질 때부터 시작하면 해 뜰 때쯤이면 다 돌립니다.

수호	어허, 명색이 변호사라 불법 행위를 도와줄 수는 없고 이걸 어 쩐다.

명제, 다시 공손히 인사하고 떠나려는데

수호	잠깐, 사는 곳이 어디요?
명제	저요? 저는 여기는 아니고 옆 동네에서…….
수호	아니, 그러니까 사는 곳이 어디냐고. 내가 거기까진 태워다 줄 수 있으니까.
명제	사는 곳은 옆 동네고 지금은 거기 안 가고 이걸…….
수호	아니, 그러니까 내가 당신이 사는 곳까지 태워다 주는 건 불법 이 아니니까 태워다 준다고. 그러니까 사는 곳을 잘 얘기해 보 라고. 아주 잘.
명제	아…… 저는 사는 곳이…… 한 열 군데 되는데 괜찮을까요?
수호	좋네! 선진국 시대에 사는 곳이 열 군데 정도는 돼야지. 그럼 첫 번째 사는 곳은 어디요?
명제	저기 길 건너 신문가판대 앞에 삽니다.
수호	갑시다! 아주 합법적으로 태워다 줄 테니!

앵커가 나온다.

자막: 유인물 야밤 배포 작전

앵커	음악이 흐릅니다. 대한의 자랑스러운 대학 청년 명제의 야밤 유 인물 배포 작전이 펼쳐집니다. 마치 올림픽의 다양한 육상 종목 처럼! 1단계 백 미터 달리기! 1초 2초 3초 4초 5초 10초 12초 청년

대학생 세계 신기록입니다. (호루라기/ 영상 신촌—안암) 아, 때마침 민중의 지팡이 경찰이 도우러 왔습니다.

삼단뛰기로 이동합니다, 제치고! 제1 한강교에서 제2 한강교로 제2 한강교에서 제3 한강교로! 환상적입니다. 저기 저 여의도 63 빌딩이 보이십니까? 아! 이번엔 단번에 63빌딩 옥상으로 올라 갑니다! 힘찬 박수 부탁드립니다. 그렇게 밤이 깊어지며, 두 사 람의 우정이 쌓여 갑니다, 그리고 아쉬운 마음으로 이별을 합니 다. (의자를 들고) 이건 내가 치웁니다.

이. 석. 규. 1987년 거제도

다른 공간에서 전경 한 명이 최루탄 직사포를 성화 봉송처럼 들고 나와서,

그대로 앞을 겨냥하여 쏘는 시늉.

그리고 곧바로 경찰 두어 명이 포대기로 돌돌 싼 어떤 물체를 들고 들어온다.

(최루탄에 맞아 죽은 노동자의 시신이다.)

병원 의사가 베드를 끌고 나온다.

은밀하게 속닥속닥 주고받더니, 그대로 그 베드를 냉동고에 넣어 버리는 의사.

잠시 후 몇 명의 노동자들이 들어와 의사를 찾는다.

양쪽에 위치한 스크린에 글자가 써진다.

대우병원

노동자1	여기 우리랑 같은 작업복 입은 환자 들어왔지요?
의사	아니요.
노동자2	이쪽으로 실려 오는 걸 똑똑히 봤습니다. 어디 있습니까?
의사	의료상 기밀입니다. 가족이 오지 않으면…….

노동자1	내가 걔 삼촌인데 무슨 기밀입니까! 어디 있습니까!
의사	아, 삼촌이세요? 그럼 국가 안보상 기밀입니다.
노동자2	최저 임금을 보장해 달라고 시위한 것밖에 없는데 무슨 국가 안보가 나옵니까?
의사	그건 당신네 사장에게 물어보시죠.

사장, 갑자기 등장.

사장	아 이런 빨갱이 새끼들. 지금 너희들이 북괴의 선전 선동에 놀아나서 공산주의 사상에 물든 구호를 외치면서 국가 안보를 위협하고 있는 거잖아! 이런 시뻘건 새끼들!

사장, 시신을 탈취하려 한다. 수호, 갑자기 등장.

수호	어허! 노동법상에 교섭권과 단결권이 보장되어 있는데, 나라에서 만든 법대로 행동한 노동자들한테 빨갱이라고 하면 법 만든 국회의원들도 다 빨갱이들입니까?
사장	아이고 변호사님, 왜 제가 있는 곳마다 등장하십니까.
수호	당신이 있는 곳마다 부당한 일이 벌어지니까 그렇지요, 그리고 시신을 땅바닥에 두는 게 이게 맞는 일입니까?

눈을 뜨고 누워 있는 노동자 규석의 모습.
울먹이며 눈을 감겨 주는 노동자들.

사장	음, 소중한 직원의 죽음에 가슴이 아픕니다. 삼가 고인의 명복을 빕니다. 그럼 이제 적법한 절차에 따라 장례 절차를…….

수호	(분노) 가만 있어!
사장	…….
수호	적법한 절차? 사람을 죽여 놓고 적법한 절차? 그래, 적법한 절차대로 부검 진행하고 정확한 사인을 밝히고 회사 측이 이번 사태에 대한 입장을 정확히 밝히지 않으면 절대로 장례 못 치릅니다.
사장	그건 좀, 가족 같은 직원을 차가운 바닥에 두는 것은 망자에 대한 예의가…….
수호	차가운 바닥에 둔 게 누군데! 진실을 밝히는 게 망자에 대한 예의야! 자기가 왜 죽었는지! 죽기 전까지 뭘 원했는지! 뭐가 해결돼야 편하게 눈을 감을 수 있는지!
사장	알겠습니다. 회사 차원에서 진행할 테니 오늘은 밤이 늦었으니 일단 돌아가시고, 내일…….

사장, 한동안 수호를 노려보다가

수호	지금 이 시간부터, 부검 및 사측과의 대화가 마무리될 때까지, 한 발자국도 못 움직입니다.
사장	음, 좋습니다. 법대로 해 보시죠. 이건 엄연히 우리 직원에 대한 장례식 방해와 회사의 업무에 대한 제3자 개입입니다. 우리도 법대로 하겠습니다.

사장, 퇴장.

노동자1	음, 아마도 사장님이…….
수호	저런 인간한테도 '님' 자를 붙입니까? 당신들 아직 멀었네.
노동자1	음, 아마도 사장 놈이 용역 깡패들을 끌고 올 것 같은데, (시신

노동자2	을 어루만지며) 저희끼리 우리 석규, 지킬 수 있을까요?
노동자2	뭐가 문제야. 법대로 하면 된다잖아. 변호사님이.
수호	문제는 저들도 믿을만 한 법이 있다는 거예요. 아까 말했잖아요. 장례식 방해와 회사의 업무에 대한 제3자 개입. 저걸로 밀고 들어오면 답이 없어요.
노동자1	그럼 어쩌죠? 법으로 안 되면?
수호	뭐, 법으로 안 되면 힘으로 해야죠. 여긴 잠시 내가 지키고 있을 테니까 여러분은 이곳을 함께 지킬 사람들을 최대한 많이 데려오세요.

노동자들, 퇴장.
수호, 품에서 소주와 종이컵을 꺼내서 석규의 시신 앞에 한 잔 따른다.

수호	그 차가운 바닥에서 홀로 얼마나 추웠습니까. 이제라도 한 잔 따라 드릴 테니 몸이라도 녹이시죠.

석규, 갑자기 벌떡 일어나 환상처럼 술을 마신다.

석규	아, 소주가 목구멍을 타고 짜르르 넘어가네. 이제야 좀 살 것 같네. 아니, 죽을 것 같네.

둘, 웃는다. 서로 술잔을 주고받으며

석규	꼭 한 번 인사 드려야지 했는데 이런 식으로 인사드리게 되었습니다.
수호	내가 그 회사 노동자들한테 국밥 많이 사줬는데, 당신한텐 못

사주겠네요. 미안합니다.

석규 저 장례식 치르면 육개장 나오잖아요. 많이 드세요.

수호 육개장 좋죠. 근데 죽음을 제대로 규명하고, 사측과 협상까지 하려면 그 안에 좀 더 있어야 할 텐데 괜찮겠어요?

석규 …….

수호 어쩌면 당신을 뺏겨서, 지켜 주지 못 할 수도 있는데. 괜찮겠어요?

석규, 말없이 소주를 마시다가

석규 저희가 노동조합 만들어 보겠다고 이리저리 애쓸 때, 근로기준법 강연해 주러 오셨었죠. 그때 가슴이 탁 트이는 것 같았습니다. 회사가 그 법만 잘 지켜 주면 진짜 신명 나게 일할 수 있을 것 같아서, 법대로만 해 달라고 거리로 나온 건데, 제 가슴팍에 최루탄을 쏴 버리대요. 경찰이 사람 가슴에 최루탄 쏘는 것도 법으로 보장이 되어 있습니까?

수호 ……지금의 정권이 만든 법이니까요. 그들이 법 위에 있으니까, 어떤 법도 귀에 걸면 귀걸이 코에 걸면 코걸이죠. 그래도, 아무리 엉터리 같은 법이더라도, 법에라도 기대지 않으면 아무것도 할 수 없으니까…….

석규 …….

수호 후회 안 합니까?

석규 …….

수호 그때 근로기준법 강연을 안 들었으면, 거리로 나갈 일도 없고, 이렇게 될 일도 없었을 것 아닙니까.

석규 어쩌면 죽지는 않았겠죠.

수호 …….

석규	대신 죽은 것처럼 살아갔겠죠. 죽은 것처럼 일하고, 죽은 것처럼
	잠자고, 죽지 않을 만큼 돈 받고. 아주 잠깐이었지만 근로기준
	법이 저한테 살아 있는 기분을 줬습니다.
수호	그래도 결국…… 제가 가르쳐 준 법이…… 당신을 지켜 주진 못
	했잖습니까.
석규	그럼 뭐가 우리를 지켜 줄 수 있을까요?
수호	…….
석규	우리는 어떻게 하면 될까요?

수호, 대답하지 못 하는데, 그 뒤에서 명제의 목소리.

| 명제 | 변호사님, 우리가 어떻게 하면 될까요? |

수호, 돌아보니 명제와 노동자들이 있다.

수호	……자네가 여기 웬일이야?
명제	세상에는 학생 말고 여러 가지가 있다면서요. 여러 가지를 배우
	러 왔습니다.
수호	여긴 위험한데?
명제	(수호 목소리 흉내) 별거 있겠습니까. 대한민국은 민주 공화국
	이고 공화국은 법이 있지요. 법대로 행동하고 법대로 살자고 하
	면…….
수호	이건 법을 어기는 일인데.
명제	뭐야? 진작 얘기했어야지!
수호	후회되나!
명제	더 좋아요! 저는 뭔가 어기는 게 더 마음이 편합니다!

수호	좋았어! 협상이 마무리될 때까지 반드시 시신을 사수하라!
석규	투쟁!

사장, 투쟁 머리띠를 하고 비서와 등장.
스포츠 음악이 흐르며, 용역 깡패들이 들어온다.

사장	투쟁! 투쟁! 투쟁 투쟁 투쟁!
수호	뭐야? 사장이 왜 노동자 흉내를 내고 있어!
사장	법은 만인에게 평등하다! 사장에게도 집회 및 시위에 관한 권리가 있다! 정당한 이윤 추구 활동을 가로막는 불량 근로자들과 불량 변호사를 규탄한다!
수호	얼씨구! 억울한 척하면서 경찰, 구사대는 다 데리고 왔네!

양측, 복싱 대형으로.

사장	자! 협상 시작하시죠!
수호	깡패들을 앞세워 놓고 협상? 그래! 해 보자! (명제에게) 자네 이름이 뭔가?
명제	이명제입니다!
수호	명제야! 협상이 끝나기 전에 절대 시신을 빼앗기면 안 된다! 사수!

구사대 패거리는 시신을 빼앗으려 하고, 명제 패거리는 사수하려 한다.
이것이 마치 복싱 경기처럼 펼쳐진다.
그들의 한복판에서 수호는 사장과 협상을 진행한다.

사장	지금 곧바로 장례를 치르면 밀린 월급, 퇴직금, 유가족에 대한

특별 위로금을 지급하겠습니다.

수호 부검 결과가 나오면 공식적으로 발표를 한 후 장례를 치러야
합니다. 밀린 월급, 퇴직금, 유가족에 대한 특별 위로금은 당연
히 지급해야 합니다.

사장 그런 법이 어딨어!

수호 그런 법이 여깄어!

싸움꾼이 나오자 명제가 나온다.

명제 고인과 함께 해고된 동료들을 포함한 전 직원의 최저 임금을 보
장해 주십시오.

사장 그런 법이 어딨어!

명제 그런 법이 여깄어!

사장, 싸움의 판도를 본다. 명제 패거리가 우세하다.

노동자1 고인이 추진하던 노동조합 설립을 공식적으로 인정하고,

노동자2 공장 안에 노조 사무실을 마련해 주십시오.

사장 그런 법이 어딨어!

노동자들 그런 법이 있어!

명제와 싸움꾼 권투를 하고 명제가 이긴다.

사장 (깡패들에게) 야 이 새끼들아! 월급도 많이 주는데 왜 적게 주는
놈들보다 못 싸워!

깡패 이 새끼들이 너무 죽기 살기로 싸우는데요! 무섭습니다!

	작업 환경이 너무 고됩니다! 우리도 임금 좀 올려주십쇼!
사장	웃기고 있네! 내 눈에 흙이 들어가기 전까지는!
깡패	스발! 퇴직하자! 이러다 죽겠다!

용역 깡패들, 모조리 퇴직하고 떠나간다.
명제 패거리가 사장을 둘러싼다.

사장	······그렇게 하겠습니다.

노동자들, 환호하고 얼싸안는다.
그런데 저 멀리서 들려오는 경찰 사이렌 소리.

사장	저 소리 들리지! 대한민국의 법이 나를 지키러 오는 소리다! 이 불법 시민 새끼들아! 하하하하!

아까 그 용역 깡패들이 경찰들로 들어와 명제 패거리를 연행한다.

명제	뭐야? 아까 그 깡패들 아니야?
경찰1	이 새끼가! 딱 봐도 다른 얼굴이잖아! 어디 감히 깡패들이랑 경찰을 비교해!

명제, 끌려간다. 수호 따라간다.

수호	뭐야? 난 왜 안 끌고 가?
경찰1	어이구, 저희 경찰 따위가 어찌 변호사님을 연행할 수 있겠습니까. 적어도 검찰 정도는 되어야죠.

검사 한 명 들어와 소리친다.

검사	당신! 이건 엄연히 장례식 방해와…….
수호	나도 알아! 회사의 업무에 대한 제3자 개입! 갑시다! 조사받으러! (수호, 스스로 나간다.)
검사	젠장, 지금 등장했는데. 내 대사 다 해 버리고. (검사, 억울하게 퇴장.)

노동자들, 석규를 영안실에 눕히고 퇴장한다.

1988년 서울. 도시 미화 캠페인

88올림픽의 마스코트들이 거리에 나와 캠페인 중이다.
올림픽 음악에 맞춰 춤을 추며 신나는 분위기를 만든다.
그렇게 한참 올림픽 캠페인이 펼쳐지고 있는데,
수호, 홀로 관객들에게 유인물을 나눠 주고, 홀로 연설한다.
그러나 올림픽 캠페인에 묻혀서 하나도 들리지 않는다.

| 소리 | 구민 여러분, 우리 거리에 똥이 많습니다. (사이) 아름다운 올림픽의 도시 서울에 똥이 있는 게 말이 됩니까! 외국인에게 자랑스러운 서울을 만듭시다! 제발 길에 똥 좀 싸지 마세요. 여러분! |

음악 나온다.

| 소리 | (확성기로) 서울도 이제 국제도시고, 우리도 세계 시민입니다. |

수호	거리를 지나는 시민 여러분, 작년 대우조선소에서 일하던 22세의 이석규 노동자께서 세상을 떠났습니다. 최저임금 한 번 받아 보는 게 소원이었던 아주 소박한 사람이었습니다. 경찰은 허공에 대고 쏴야 할 최루탄을 이 사람의 가슴에 대고 쐈습니다. 장례식도 제대로 치르지 못했습니다. 진실을 규명하려던 대학생이 감옥에 들어갔습니다. 시민 여러분, 시민 여러분! 오늘은 조선소 내일은 왕십리의 공장, 모레는 인천의 직물 공장에서 노동자들은 죽어 가고 있습니다!
소리	왕십리로 갑시다.

제2 야당의 지도 위원 유격수 의원이 등장해 홀로 연설을 듣다가.

격수	아무도 듣지 않네요. 그렇게 하루 종일 크게 말하면 목 안 아픕니까?
수호	마음이 아픈 것보다는 목 아픈 게 낫지요.
격수	마음이 왜 아픕니까? 아무도 당신 연설을 들어주지 않아서?
수호	…….
격수	작년에 당신이랑 같이 싸운 대학생이 감옥에 있어서?
수호	……당신 누구야?
격수	당신도 구속이 되고 변호사 자격이 정지되는 바람에 이제 법이라는 무기도 사라져서? 근데 나름 변호사라 20일 만에 빨리 풀려 나와서? 그래서 그 대학생이 할 일을 대신해 주고 있는 겁니까? 죄책감이 들어서?

수호, 격수에게 달려들어 유도 기술로 제압하며

수호	당신 누구야? 정보기관에서 나왔어?
격수	(비명) 아! 아! 내 주머니! 양복 안쪽 주머니!

수호, 격수 양복 안쪽 주머니에서 국회의원 배지를 꺼낸다.

수호	이게 뭔데?
격수	아, 이 배지로 말할 것 같으면.

격수, 배지를 단다.
국회의원 배지를 달자마자 주위의 모든 사람들(마스코트들도)이 몰려와
격수에게 악수를 청한다.

사람들	의원님! 반갑습니다. 의원님! 영광입니다. 의원님!
격수	(그들과 악수하며) 반드시 살기 좋은 세상을 만들겠습니다! 민주주의를 회복하겠습니다! 87년 6월 정신을 계승하겠습니다!
보좌관	여러분 사인 받으려면 줄을 서세요!
소리	여러분 에티튜드를 지켜 주세요.

격수, 뿌듯한 표정으로 수호를 본다.
(이때부터 격수가 말만 하면 사람들이 박수 치고,
수호가 말하면 그냥 지나가는 풍경이 펼쳐진다.)

격수	인사가 늦었습니다. 제1 야당의 국회의원 유격수입니다.
수호	아, 김 총재가 당 대표로 계시는…….
격수	경상도의 자랑이지요! 경상도가 낳은 가장 큰 인물!
수호	쩨쩨하게 무슨 경상도의 자랑입니까. 대한민국의 자랑은 돼

야지.

격수 이유가 있습니다. 제2 야당에서 자기네 대표가 자꾸 전라도의 자랑이라고 홍보를 하니까요!

수호 그래서 이번 대통령 선거에서 진 거 아닙니까. 두 야당 후보가 단일화를 했으면 독재자의 후계자가 대통령이 되는 일은 일어나지 않았을 겁니다.

격수 우리는 하려고 했죠! 근데 저쪽에서 자꾸만 조건을 들이밀어서 못 했죠!

수호 저쪽에서도 똑같이 말하던데요? 누구 말이 진실입니까?

격수 아직은 서로 반반이죠. 앞으로 지지자가 더 많은 정당의 말이 진실이 되겠죠. 정치란 내 말을 들어주는 사람이 많을수록 영향력이 커지니까요.

수호 무슨 놈의 진실이 들어주는 사람 많다고 진실이 됩니까. 진실은 애초부터 진실인 거지요.

격수 그래서, 지금 변호사님, 아니 전 변호사님이 말하는 진실은 사람들이 듣고 있습니까?

수호 …….

수호, 쌓여 있는 유인물을 잠시 바라본다.

격수. 갑자기 유인물을 손에 집어 들고

격수 시민 여러분! 저 국회의원 유격수가! 여러분에게 유인물을 선물로 드립니다!

사람들 (유인물 가져가며) 유격수! 유격수!

한번에 사라져 버리는 유인물. 수호, 놀란다.

격수	자, 이러면, 저 유인물의 말이 진실이 되는 거지요.
수호	……저를 찾아온 이유가 뭡니까? 도와주려고?
격수	네, 도와주려고. 하지만 이렇게 거리에서 유인물이나 나눠주는 걸 돕고 싶지는 않네요. 영향력이 없으니까.
수호	……그럼 뭘 돕겠다는 겁니까.
격수	87년 6월 항쟁 이후로 독재 정권을 무너뜨리고 민주주의 정권이 들어설 조건이 생겨났습니다.
수호	그랬었죠. 근데 두 야당의 대표가 단일화를…….
격수	어허, 같은 대사를 두 번 치지 마시고, 가슴 아프니까.

격수, 연설하려고 자리를 잡자 우산을 든 보좌관이 나타난다.

격수	(잠시 울먹이다가, 점점 연설조로 바뀌며) 흠, 어찌 됐건 대선은 졌지만, 국회의원 총선이 남아있습니다. 사실 민주주의의 꽃은 국회 아닙니까. 대통령은 1명이지만 국회의원은 299명입니다. 그 299명의 힘으로 대통령을 견제하고 민주주의를 만들어 가는 거지요. 지금까지 사람들을 법으로 도왔죠? 법대로 하자는 얘기 많이 하셨죠? 그래서 법대로 된 게 많습니까? 어차피 지금 법은 대대로 권력을 차지한 독재 정권이 만든 법입니다. 악법도 법이라는 소크라테스의 말을 믿습니까? 아니오! 악법은 사라져야 합니다! 악법이 사라지려면 어떻게 해야 합니까! 새로운 법을 만들어야죠! 새로운 법은 어디에서 만듭니까! 국회에서 만듭니다! 지금의 법대로 살아갈 수 없는 세상이라면 새로운 법을 만들어서 살아갈 수 있는 세상을 만들어야 하지 않겠습니까, 여러분!
소리	어! 유격수다!

사람들, 뜨거운 박수와 환호. 격수, 수호에게 손을 내밀며

격수   자! 우리 당과 함께 국회의원 선거에 나가 봅시다!

수호, 격수가 내민 손을 바라보다가, 갑자기 몸을 돌려 외친다.

수호   그래서 내가 자네를 찾아온 거야!

명제, 곧바로 죄수복 차림으로 등장.
공간은 곧바로 감옥 면회소가 된다.

명제   선거 운동에 여념이 없으실 분이 저는 왜 찾아오셨습니까.

수호   자네가 내 선거 운동을 도와야 하니까.

명제   제가 뭘 할 줄 안다고 국회의원 선거를 돕습니까.

수호   나는 뭐 아나. 나도 처음인데. 하지만 별거 있겠어. 후보들끼리 정정당당하게 지킬 거 지켜 가면서, 연설하고, 팸플릿 돌리고, 이곳, 저곳 돌아다니면서 유세하고, 악수하고, 약속하고. 더 뜨겁고 발 빠르고 전략을 잘 세우는 사람이 이기지 않겠어.

명제   어찌 보면 스포츠랑 원리가 똑같네요.

수호   그래! 이건 올림픽이야! 선거 올림픽! 자네만큼 잘 돌아다니고, 잘 돌리고, 목소리 크고, 뜨거운 사람이 어딨어? 자네는 타고난 선거 운동원이야.

명제   선거 운동을 하려면 내가 지지하는 후보자에 대한 검증이 좀 필요하겠는데요.

수호   당연하지! 얼마든지 검증하게.

명제   국회의원이 되려는 이유는 무엇입니까.

수호	지금의 법으로는 더 많은 사람들을 도울 수 없습니다. 국회의원이 돼서 새로운 법을 만들고 싶습니다.
명제	새로운 법은 구체적으로 어떤 법을 말하는 것입니까?
수호	제가 현장에서 만난 다양한 사람들, 학생, 노동자, 농민, 사회적 약자에 대한 권리를 찾게 해주는 법들을 만들 겁니다.
명제	국회의원이 되면 대통령, 재벌, 장 차관, 고급 공무원 등등. 다양한 권력층의 이익을 위해 움직이는 경우가 많다고 들었습니다. 그러지 않을 결심이 섰습니까?
수호	…….
명제	후보님의 자격은 후보님 혼자 만든 것이 아니라, 현장에서 만난 다양한 시민들이 만들어 준 것입니다. 후보님은 그들의 목소리를 들어 온 증인으로서 국회의원에 임할 수 있겠습니까?
수호	…….
명제	증인! 대답하세요!
수호	저는 변하지 않을 것입니다! 저는 그들의 증인이 될 수 있습니다!
명제	증인이 조금이라도 변했다는 것을 깨달을 경우, 언제라도 국회의원을 사퇴할 수 있습니까?
수호	…….
명제	증인! 대답하세요!
수호	제가 조금이라도 변한다면 국회의원을 사퇴하겠습니다!
명제	좋습니다! 그럼 제가 증인의 선거 운동을 열심히 돕는 것으로…….
수호	어허! 어딜 빠져나가시려고! 나도 내 선거 운동원을 검증해야겠어! 운동원! 운동원은 본 후보의 가장 옆에서 일하고, 가장 옆에서 지켜볼 최측근입니다. 본 후보가 조금이라도 변하는 모습을 보인다면 가장 옆에 있던 증인으로서 본 후보에게 언제라도 따

가운 질책을 해 줄 것을 약속합니까?

명제   …….

수호   증인! 대답하세요!

명제   약속합니다!

수호   증인은 학생 운동 중심의 사고방식에서 벗어나 더 다양한 노동자, 농민, 사회적 약자에 대한 공부와 성찰을 하겠다고 약속합니까?

명제   약속합니다!

수호   증인은 본 후보가 국회의원에 떨어지더라도, 늘 본 후보와 함께 사회를 바꾸어 나갈 운동에 동참하겠다고 약속합니까?

명제   벌써부터 떨어질 생각을 하는 후보와는 함께할 수 없습니다!

명제, 면회를 끝내려고 하면

수호   안 떨어질게! 안 떨어져! 떨어지면 내가 4년 동안 내 차에 유인물 싣고 밤마다 나른다!

명제   (갑자기 구호를 외친다.) 최수호! 최수호! 기호 2번 최수호!

명제의 구호와 동시에, 공간은 국회의원 후보 유세장으로 바뀐다.
여당 후보인 기호 1번 천만수가 연단에 오른다.

사회자   먼저, 기호 1번 천만수 후보의 연설이 있겠습니다.

천만수   고등학교밖에 안 나온 사람이 국회의원이 되겠다는 것부터가 참 웃긴 이야기 아닙니까! 본인은! 놀랍게도! 육사를 나왔습니다! 육사! 규칙! 통제! 규율! 혼란스러운 국회를 정신 차리게 할 사람은 저뿐입니다! 국회 이 자슥! 차렷 열중쉬어 차렷! 고기도

육사 나온 놈이 잘 묵고! 구관이 명관이 아이겠습니꺼! 뭐 괜히 바꿔가 혼란만 주지 말고 이번에도 믿어 주이소!

엄청난 환호,

사회자　　천만수 후보에게 힘찬 박수 부탁드립니다. 다음은 기호 2번 최 수호 후보의 연설이 있겠습니다.

이때, 천만수가 손짓하면, 험상궂은 운동원(을 가장한 깡패들)이 연단 주위로 시비를 걸며 모여든다.
명제, 그들 앞으로 나서는데

수호　　(연단에 오르며, 연단 아래에 있는 명제에게) 운동원! 무슨 일이 생겨도 절대 싸우면 안 된다! 웃어라! 무조건 웃어!

명제　　아, 웃는 거 진짜 어색한데.

명제, 보란 듯이 활짝 웃는다.
수호가 연설하는 동안 깡패들이 계속 시비를 걸고 야유하지만
명제는 계속 활짝 웃으며 그들을 막는다.

수호　　여러분! 정치인은 공약으로 말합니다! 여러분, 지금의 대통령은 누구입니까? 대통령의 측근으로 이번에 국회의원 후보 공천을 받은 이들은 87년 6월에 수많은 사람들이 감옥에 가고 매 맞아 죽을 때, 무슨 일을 하던 사람들입니까? 바로 감옥을 보내고 사람을 때려죽이라고 명령했던 자들입니다. 하지만 우리는 너무 쉽게 그 사실을 잊었습니다. 군복을 벗고 양복을 입으면 지은

죄가 씻깁니까? 이런 와중에 두 야당은 눈앞의 욕심 때문에 대통령 선거도, 국회의원 총선도 모두 통합에 실패함으로써 국민을 실망시키고 있습니다. 이대로 가다가는 역사의 심판을 받아야 하는 민족 범죄자들에게 국회 의석의 3분의 2를 넘겨주는 비극이 올지도 모릅니다. 심판을 받아야 할 자들이 심판자의 위치에 서 버린다면 우리 모두 죽어 간 이들에게 부끄러워 고개를 들 수 있겠습니까?

격수, 수호에게 무언가 언질을 준다.

수호   여러분, 저는 지금 어차피 죄인의 신분입니다. 87년 6월 항쟁에 앞장섰다는 이유로 검찰이 기소하고 법원이 유죄 판결을 내렸습니다. 과연 누가 죄인입니까? 저는 여러분에게 심판받고 싶습니다! 저의 공약은 이렇습니다! 첫째! 우리 모두가 사람답게 살려면 민주주의 파괴자들, 민족 반역자들을 결연히 심판하고 물리쳐야 합니다. 둘째! 소수의 사람들이 부를 독점하고 서민을 핍박하는 재벌 경제를 해체하고 중소기업과 노동조합을 육성해야 합니다. 셋째! 재벌 부정 축재자들이 독점하고 있는 토지를 분배하여 무주택 서민과 중소기업에 나누어 주어야 합니다. 넷째! 앉아서 놀고먹는 사람의 수입을 억제하고 수고한 사람이 정당한 몫을 받는 사회를 만들어야 합니다! 다섯째! 외세를 물리치고 민족의 주권을 되찾아 우리 운명은 우리가 꾸려 가야 합니다. 저는 지역감정에 호소하지 않습니다! 저는 상대 후보를 비방하지 않습니다! 저 기호 2번 최수호를 오직 공약으로만 판단해 주십시오!

절반의 환호, 그리고 절반의 야유.

사회자　　다음은, 집권 여당의 지도의원께서 기호 1번 천만수 후보의 지
　　　　　지 연설을 하시겠습니다.

여당 지도의원　전라도 것들이랑 같은 하늘 이고 살끼가! 마, 우리는 잘하고 있
　　　　　습니더.

엄청난 환호.

사회자　　다음은, 제1 야당의 지도의원께서 기호 2번 최수호 후보의 지지
　　　　　연설을 하시겠습니다.

격수　　　그렇습니다! 우리 당의 후보는 절대로 지역감정에 호소하거나
　　　　　상대 후보를 비방하지 않습니다! 하지만 저는 하겠습니다! 마
　　　　　우리 당은 갱상도 아이가! 여러분 내 모립니까! 부산의 아들! 갱
　　　　　상도의 효자! 이 유격수를 아는 사람은 소리 한 번 질러 보이소!

엄청난 환호.

격수　　　그라고 마! 고향이 같다고 다 같은 식굽니까! 천만수 후보는 80
　　　　　년 5월 18일 광주를 탱크로 짓밟은 독재자의 최측근입니다! 내
　　　　　말이 틀리나! 입이 있으면 말해 보이소! 고마, 말 좀 해 보라카이!
　　　　　87년 6월 항쟁에도 공수 부대를 투입하려다가 우리 부산 시민
　　　　　들 모두가 들고 일어나니까 결국 꼬리를 내리고 대통령 선거를
　　　　　직선제로 바꾸고 물러난 거 아닙니까!
　　　　　저런 독재자의 하수인이자 정치 군인을 우리의 대표로 뽑아야
　　　　　겠습니까!

명제	아니오!
격수	그렇다면 독재에 맞선 인권 변호사 출신 후보를 우리의 대표로 뽑아야겠습니까!
사람들	옳소! 최수호! 최수호!

사람들, 연단에 몰려와 수호를 들고 헹가래 치며 '최수호!'를 외친다.

그와 동시에 사회자가 선관위원장으로 바뀌며.

위원장	선거 결과를 발표하겠습니다! 부산 동구, 제13대 국회의원은! 기호 2번 최수호!

음악이 흐르며, 모두가 환호하며 얼싸안는다.

그와 동시에 품에서 국회의원 배지를 꺼내 가슴팍에 단다.

그와 동시에 공간은 국회 법안 통과의 현장으로 바뀐다.

여당과 야당으로 나뉘어 몸싸움하는 의원들.

그중에 수호와 명제도 있다.

유격수 의원이 가장 높은 곳에서 야당 의원들을 지휘 중이다.

격수	제1진! 아직 돌격하지 마! 그냥 유지해! 2진은 측면에서 대기! 안 되겠다! 전원 수비 대형! 어떻게든 표결이 끝날 때까지 의사봉을 사수하라!

위원장이 국회의장으로 바뀌어 의사봉을 들고.

의장	자, 그럼, 재적 의원이 과반수를 넘었으므로, 지금부터, 집회 및 시위에 관한 법률 개정안에 대한 표결을 시작하겠습니다. 총 재

적 의원 수 153명 중에서 찬성 백……

연단에서 최루탄이 터진다.

격수　　테러리스트야!

소리　　역사가 두렵지 않느냐?

소리　　내가 뺏었다!

소리　　목숨 걸고 지켜!

격수　　목숨 걸고 뺏어.

의장이 말을 끝내기도 전에 여당 의원들이 야당을 무너뜨리고 의사봉을 빼앗아 버린다.
야당 의원들이 몰려들며, 의사봉 전투가 벌어진다.

의장　　자, 그럼, 의사봉을 빼앗겼으므로, 잠시 휴정을 하고, 법률 개정
　　　　　안 논의를 다시 진행하겠습니다. (입으로) 탕! 탕! 탕!

의장, 퇴장. 여당은 환호를. 야당은 푸념을.

격수　　최루탄 누구야. (사이) 자, 쉬는 시간인데 다들 악수나 한 번 하
　　　　　시죠.

그 말에 여야 의원이 친근하게 악수를 해 댄다.
수호는 그 모습이 맘에 들지 않는다.

명제　　이게 뭡니까?

소리　　예?

수호	방금 전까지 법안 가지고 싸우다가 끝나자마자 화해를 해요?
격수	우리 최 의원이 초선이라 아직 모르는 게 많습니다! (의원들의 웃음소리) 최 의원, 어차피 오늘의 야당은 내일의 여당, 내일의 여당은 모레의 야당입니다. (여당 의원을 가리키며) 이 분은 작년에 우리 당에서 저쪽 당으로 가신 분이고, (야당 의원을 가리키며) 이 분은 저쪽 당에서 우리 당으로 오신 분이고. 우리도 언젠가 여당이 될 텐데, 두루두루 친해 놓으면 좀 좋아요.
수호	지도의원님, 두루두루 친하니까 아까 법안 통과 때 수비 위주로 작전을 펼친 겁니까?
격수	어허! 최 의원! 최고의 공격은 수비라는 말 몰라요!
수호	그냥 한 몸으로 돌격해서 밀어붙이면 되는걸, 왜 복잡하게 학익진을 펼칩니까?
격수	어허! 최 의원! 내가 학익진을 펼친 이유는…….
현수	그냥 막는 척만 하는 거죠.

돌아보면, 제2 야당의 초선의원 현수가 있다.

| 격수 | (수호에게) 최 의원, 인사드리세요. 제1 야당의 민현수 초선의원. (수호에게 귓속말로) 아주 과격해. 가까워지지 마. (다시 원래 볼륨으로) 같은 초선의원끼리 활약 많이 하셔야죠. 기대가 큽니다. (사이) 자, 복어나 먹으러 갑시다. |

격수, 퇴장.

수호	(악수를 청하며) 초선의원 최수호입니다.
현수	(양손의 서류뭉치를 들어 올리며) 죄송해요. 남는 손이 없어서.

수호	아, 그럼 내일 악수하죠 뭐. (자리를 뜨려는데)
현수	(한 손의 서류뭉치를 내밀며) 제 손을 거들어 주실 겸 이것 좀 읽어 보시겠어요?

수호, 서류를 받아 읽는다.

수호	협성계공 노동자…… 수은 중독에 관한 탄원서.
현수	아직 열다섯밖에 안 된 어린 노동자가 보낸 편지예요. 자신은 수은 중독으로 죽어 가고 있는데도 자신과 같은 각종 후유증에 시달리고 있는 노동자들의 현실을 알아 달라고 국회로 편지를 보냈어요.
수호	이게…… 지금 말이 됩니까.
현수	거기 각종 자료를 보시면 협성계공이 안전 장비에 대한 예산을 경영진의 보너스로 착복하고…….
수호	아니, 자료를 말하는 게 아닙니다. 이 편지 언제 온 겁니까?
현수	……일주일 전?
수호	일주일 전에 도와 달라고 편지가 왔는데, 왜 여태 자료 조사만 하고 있습니까?
현수	우리가 이 문제를 도우려면 노동법에 대한 개정안이 필요하고, 개정안을 통과시키려면 제대로 된 연구가 필요하니까요.
수호	법을 통과시키려면 보통 얼마나 걸립니까?
현수	……빠르면 올해 안을 예상하고 있어요.
수호	이 공장이 어디에 있습니까?
현수	영등포 양평동에 있습니다.
수호	당장 가 봅시다. 현장에 가지 않고 일을 해결하는 건 눈 감고 헤엄치는 거랑 같습니다.

현수	저랑 같이 가자구요? 저는 다른 당인데?
수호	어차피 다들 야합하는데 우리도 야합하죠, 뭐!
현수	법안 표결은 어쩌구요?
수호	어차피 또 몸싸움하다가 끝날 건데 알아서들 하라고 하죠. 오랜만에 현장 냄새 좀 맡아 봅시다. (소리친다.) 이명제 보좌관!

명제, 이미 현장 출동 차림으로 짐을 다 싸서 나온다.

명제	바로 출발하시죠!
수호	가자! 현장으로!

경쾌한 음악과 함께 송면과 노동자들이 협성계공의 공장에서 농성 중인 공간으로 바뀐다.
방역복 차림의 노동자들,
송면은 문을 걸어 잠그고 문 안에서는 송면의 기침 소리만 들린다.
밖에서는 회사 사장이 외부에서 고함을 지른다.

사장	어허! 몇 번을 얘기해! 야, 지금 너희들이 이러는 동안 발주량 못 맞췄잖아!
노동자	송면이도 수은에 중독된지도 모르고 일하다 지금 오늘내일하는데! 지금 일이 중요한 게 아니잖아요?
송면	수은 중독을 왜 산재로 인정하시지 않는데요?
노동자	수은 중독 산재로 인정 좀 해 주세요!
사장	야! 여기 무슨 공장이야? 수은 다루는 거 모르고 취업했어? 그리고, 우리 공장이 아니라 고향에서 농약 먹고 난리치는 거 아니야?
노동자	지금 그걸 말이라고!

송면	병원에서 수은 중독이라고 판명이 났잖아요. 그런데 뭘 더 어떻게 입증을 하라는 겁니까!
사장	그러니까, 우리 공장 협력병원 있잖아? 철수 네가 거기 직접 가서.
송면	제 이름은 송면입니다! 철수 형은 지난달에 수은 중독으로 입원한 형이구요.
사장	(다시 송면에게) 아, 씨벌 거 철수나 송면이나. (사이) 야, 너 몸 안 좋은 거 알아. 근데 누가 치료받지 말래? 우리 공장 병원 가면 서로 좋잖이! 그리고 수은 중독? 웃기지 말라 해! 농약이랑 수은은 증상이 똑같아.
노동자	수은 중독에 대한 진상조사 해 주지 않으면 한 발자국도 안 움직입니다.
사장	그래, 너 안 나올 거지? 나오지 마라. (혼잣말) 가스 농도 올려서 원하는 산재 받게 해 줄게.

사장, 가스 농도를 올린다.

| 사장 | 대가리에 천 두르면 세상이 쉽게 변하디? |

그때, 사장 쪽으로 연기가 온다.

| 사장 | 앗, 뭐야 이거? 가스가 샌 거 아니야? (사이) 안 돼! 난 오래 살아야 해! 대피하라! 가스! 가스! 가스! |

사장, 화생방 스타일로 열심히 코와 귀를 막으며 우왕좌왕하는데
수호와 현수가 들어온다.

명제	그거 그냥 소독약입니다. 하도 구린 말들이 들려서 소독 좀 했어요. 시원하죠?
사장	뭐야? 이것들은!
현수	국회의원입니다.
사장	이것들은 제 직원들입니다! 하하하! 국회의원 영감님들께 충! 성!
현수	우린 군인도 아닌데 왜 경례를 합니까? 아, 딱 보니 당신도 군부 독재에 충성하고 공장 하나 선물 받은 사람이구만. 참 대단하네.
	문송면 직원이 수은 중독의 진상을 밝혀 달라며 탄원서를 보냈습니다. 지금 어디 있죠?
사장	아니! 이건 우리가 해결할게요, 잘.

현수, 문을 두드린다.

| 현수 | 문송면 씨! 그 안에 있나요? 국회에서 나왔습니다! |

잠시 답이 없다가

| 송면 | 설마…… 국회의원이…… 직접 여길 올 리가 없을 텐데. |
| 현수 | 저는 민현수 의원이에요. 탄원서가 너무 가슴 아파서 나왔어요. 이제 나와서 우리랑 얘길 나눌 수 있을까요? |

다시, 답이 없다가 송면이 힘없이 문을 연다.

유독가스가 풍겨 나오는 현장. 현수와 수호는 재빨리 방독면을 쓴다.

하지만 송면은 도리어 벗는다. 모두가 말리는 상황.

마치 우주인들이 외계 행성의 외계인을 만난 것 같은 분위기가 풍긴다.

| 현수 | 이제야 와서 미안합니다. |

잠시 정적. 송면, 피가 섞인 기침을 한다.
송면, 수은 중독의 영향으로 정신 착란 증세를 보인다.

| 송면 | 형, 왜 이제 왔어. |

송면 나오려 한다.

| 노동자 | 죄송해요. 수은 중독 증상 중에 정신 착란이 있어요. |

수호, 송면의 상태를 본다.

노동자	송면아, 정신 좀 차려.
송면	(사이) 아, 죄송합니다……. 저는 문송면입니다.
수호	송면 씨! 국회의원 최수호입니다. 우리가 들어줄게요. 알겠죠?
	당신이 어쩌다 그렇게 되었는지……. (사이) 미안합니다, 이제야.
현수	말해 줄 수 있어요?

송면, 하늘을 본다. 꿈과 현실의 경계처럼.
송면의 목소리도 우주인처럼 들린다.
송면은 말할수록 생기를 잃어 간다.

| 송면 | 국회의원이 진짜로 올 거라고는 생각 안 했어요. 편지를 여기저기 많이 보냈어요. 내가 언제 사라질지 모르니까, 내 목소리를 내서 살아 있었다는 증거를 남기고 싶었어요. |

명제	왜 그런 생각을 했어? 어떻게든 싸워서 진실도 밝히고, 동료들 치료비도 받아 내고, 위험에 따른 특별 수당도 받을 생각을 해야지.
송면	싸웠던 사람들은 용역 깡패들한테 두들겨 맞고 쫓겨났구요, 싸우지 않는 사람들은 수은 중독으로 병원에 입원하면서 해고당해요. 전 지금 이렇게 말고는 싸울 방법이 없어요.
현수	우리가 힘을 합쳐서 법안을 만들게요. 시간은 많이 걸리겠지만, 그때까지 힘들어도 버텨줄 수 있겠어요?
송면	…….
수호	아까 봤죠? 국회의원이라고 하니까 찍소리도 못하고 들여보내 주는 거. 우리 힘 셉니다. 이 힘으로 송면 씨처럼 힘든 사람 도울 거예요. 우리가 힘 많이 쓸 테니까 송면 씨도 힘 많이 내 줄 수 있겠어요?

송면, 말없이 어딘가로 고개를 돌리면,
한 무리의 사람들이 굴속에 들어가듯, 웅크리고 있다.

송면	우리 집이에요. 무허가 판자촌이에요. 이번 올림픽 때 우리 집 앞으로 성화 봉송을 한대요. 정말 기뻤어요. 다음날, 나라에서 나왔다는 분들이 우리 집을 허물고 굴을 팠어요. 성화가 지나갈 때까지 굴속에서 지내라고 했어요. 전 세계인이 올림픽을 지켜보는데, 우리가 나오면 전 세계인이 지저분하다고 손가락질을 할 거라고. 우리가 그런 존재예요?

기침이 심해진다.

노동자들	송면아! 송면아!
송면	그렇게 열심히 살았는데, 전 세계인이 손가락질할 정도로 지저분한 존재예요?

송면, 정신을 잃어가듯 쓰러진다.
명제가 송면을 업는다.

송면	형! 나 서울이 너무나 무서워……. 고향에 나 좀 데려다줘.

송면, 푹 쓰러진다.
명제와 현수가 황급히 부축해서 끌고 나간다.
수호, 그 광경을 바라보며 곧바로 연설을 시작한다.
공간이 국회 대정부 연설 현장으로 바뀐다. (송면의 모습은 이 장면과 겹쳐진다.)
수호의 연설에 따라, 시대의 상황이 주마등처럼 흘러간다.
배우들은 그 상황을 주변에서 재현한다.

수호	존경하는 의원 여러분! 그리고 국무위원 여러분. 부산 동구에서 처음으로 국회의원이 된 최수호입니다. 제가 생각하는 이상적인 사회는 더불어 사는 사람 모두가 먹는 것 입는 것 이런 걱정 좀 안 하고 더럽고 아니꼬운 꼬라지 좀 안 보고 그래서 하루하루가 좀 신명 나게 이어지는 그런 세상이라고 생각을 합니다. 만일 이런 세상이 좀 지나친 욕심이라면 적어도 살기가 힘이 들어서 아니면 분하고 서러워서 스스로 목숨을 끊는 그런 일은 좀 없는 세상, 이런 것이라고 생각합니다.
현수	지난 7월 2일 여의도 성모병원에서 15세 된 소년 노동자 문송면

씨가 수은 중독으로 중환자실에서 사망하였습니다. 그 나이에 멀리 서산에서 서울까지 부모 슬하를 떠나온 것만 해도 애처로운 일인데 그런 어린아이가 귀중한 생명이 좀먹어 가는 그 위태로운 작업장에 방치되고 끝내 목숨까지 잃게 만든 책임은 결국 누가 져야 하는 것입니까?

수호 국회의원 여러분! 아직도 경제 발전을 위해서는, '파이'의 크기를 더 크게 하기 위해서는 노동자의 희생이 계속돼야 합니까? 앞서 말한 문송면 군 사건! 이미 지난 2월 조사 결과 그 공장 바닥에 수은이 떨어져 있었던 사실은 이미 밝혀져 있었습니다. 그리고 '밸브'에서 수은이 새고 있었다는 사실은 그 친구와 본인이 증언하고 있습니다. 이만하면 중대한 과실이 될 만도 합니다. 왜 구속하지 않습니까? 거꾸로 노동부 산재과라는 데서 대책 위원회를 해체하면 보상해 주겠다고 망발을 부리고 있는데 대책 위원회가 무슨 틀린 소리 합니까? 저는 이렇게 묻겠습니다. 그런 발상을 가진 사람들에게, 파이를 크게 해야 한다고 생각하는 사람들에게 너희들 자식 데려다가 죽이란 말이야. 춥고 배고프고 힘없는 노동자들 말고 바로바로 당신들의 자식을 데려다가 현장에서 죽이면서 이 나라의 경제를 발전시키란 말이야!

유격수 의원, 기립박수.
그것을 신호로 여야에 상관없이 박수를 친다.
국회의장 등장.

의장 자, 그러면 제1 야당의 민현수 의원과, 제2 야당의 최수호 의원이 공동으로 발의한 노동 3법 개정안, 에, 그러니까, 근로기준법,

노동조합법, 쟁의조정법에 관한 법률 개정안에 대한 표결을 시작하겠습니다. (의원들을 둘러보며) 뭐야? 오늘은 안 싸우나? 그냥 치면 되나? 지금 칩니다? 진짜 칩니다? (의사봉 두드리며) 통과되었습니다!

수호, 명제, 현수가 얼싸안는다.
격수, 뒤늦게 와서 같이 얼싸안는다.

격수   동지들! 나는 동지들이 자랑스럽소! 국민을 위한 법을 만들기 위해 정당과 당파를 벗어나 하나로 모이는 정신! 87년 6월 항쟁 때의 그 빛나던 연대와 화합의 정신! 이게 바로 민주 공화국 국회의 정치다! 국회 만세!

의원들   만세!

격수   야당 만세!

의원들   만세!

격수   야당 지도부 만세!

의원들   ……응?

격수   농담이야! 농담! 무조건 국회 만세!

의원들   만세!

이렇게, 의원들끼리 신이 나 있는데

현수   국회에 와서 처음으로 통과시킨 법이네요. 기분이 어떠세요?

수호   기분이라……. 두 번째 법을 통과시켜야겠다는 기분?

현수   뭐야? 그것도 같이해야죠. 두 번째는 뭔데요?

수호   두 번째는 명제가 준비 중입니다.

명제	집회 및 시위에 관한 법률 개정안을 준비해 보려고 합니다. 거리에서 정당하게 집회하는 시민들을 향해 최루탄과 지랄탄을 쏴대는 경찰들이 아직도 존재하는 세상 아닙니까. 이런 게 안 사라지면 민주주의 한다고 할 수 없지요.
현수	보좌관이 참 똑똑하네요. 부럽네요.
명제	똑똑한 게 아니고, 많이 맞았습니다. 지랄탄을.

다들, 웃는다.

현수	사라져야 할 게 아주 많을 것 같네요. 그래도 일단 노동법 개정으로 인해서, 송면이를 괴롭히던 수은 중독은 사라지겠네요.
명제	의원님, 제가 송면이 묘에 좀 다녀올게요, 이 소식을 전하러.
수호	자네 미쳤어?
명제	네?
수호	셋이 같이 가야지!

다시, 웃는다. 그런 와중에, 격수, 갑자기 연단 위에 올라가서
노동법 개정안 서류를 찢어 버린다.
수호, 그 모습을 보고 황급히 올라가서 제지하며

수호	의원님! 뭡니까! 개정안을 왜 찢어요!
격수	어차피 다 휴지 조각입니다, 대통령이 거부권 행사를 했어요!
수호	⋯⋯그게 무슨 소립니까? 거부권이라니?
격수	우리가 국회에서 아무리 좋은 법을 만들어도, 대통령이 거부권을 행사해 버리면 이렇게 휴지 조각이 되는 겁니다! 이게 무슨 민주주의야! 이게 무슨 삼권 분립이야! 언제까지 독재자와 정치

군인들이 판치는 나라에서 정치를 해야 하는 거야! 세상이 바뀔
수는 있는 거야? 어두워! 너무 어두워!

격수, 서류를 찢고, 찢고 또 찢는다. 더 이상 찢을 수 없을 때까지.
수호, 그 광경을 보다가,
구두를 벗고 운동화를 신으며

수호	명제야.
명제	…….
수호	나, 국회의원 못 해 먹겠다.
명제	네?
수호	의원 배지 달고 국회에서 거들먹거리는 것보다…….
명제	의원님.
수호	밖으로 나가자. 거리로, 공장으로, 논밭으로, 학교로, 이 배지로 가로막힌 바리케이드나 뚫어 주고, 두들겨 맞는 노동자들이나 구해 주고, 무너지는 집이나 받쳐 주자. 4년 내내 그렇게 살다가 내려가자.
명제	그건…… 국회의원이 아니어도…… 할 수 있는 거잖아요.
수호	…….

수호, 말없이 국회를 떠나다.
명제와 현수가 그 뒷모습을 바라본다.
처음으로 암전.
조명이 들어오면, 수호, 다양한 현장에서 홀로 연설 중이다.
연설의 맥락이 바뀔 때마다, 수호의 주변에서는 올림픽 종목 경기가 한창 벌어지고 있다.
그리하여 올림픽 함성에 묻혀 수호의 연설은 잘 들리지 않는다.

그럴수록 수호는 더 뜨겁게 연설한다.

올림픽 경기와 수호 연설의 한판 대결.

종목 1(양궁)이 펼쳐지는 가운데, 수호는 노동자들 앞에 있다.

앵커　　호흡을 가다듬고, 긴장하지 말고, 연습한 대로, 신중하게.

수호　　제가 더위를 너무 잘 타서 여기 노동자분들의 부채를 하나 얻어
왔습니다. 웃기더라도 잘 봐주십시오. 그리고 저쪽 스탠드에 앉
아 계신 분들, 그늘막이 없어서 많이 더우시죠. 그래도 좀 참고
들어주세요. 양지가 음지가 될 날도 있고 음지가 양지 될 날도
있고요, 쥐구멍에도 볕들 날 있습니다. 우리 노동자들 호주머니
도 좀 두둑해지고 목에 힘 들어갈 날도 있겠지요. 조금만 참고
노력해 봅시다.

앵커　　시위를 당깁니다. 네! 10점! 10점입니다! 우리나라 양궁 아주 침
착하게 텐—텐—텐을 해 냅니다. 자, 마지막 한 발.

수호　　여러분, 저의 어머니가 남긴 가훈은 '야, 이놈아. 모난 돌이 정 맞
는다. 물 흐르는 대로 살아라.' 였습니다. 하지만 여러분, 우리는
이제 그럴 수 없습니다. 이 더위와 추위를 물러가게 하는 것은
더 큰 햇빛과 더 큰 바람입니다! 우리 모두 손을 봐주십시오, 부
르트고 얼얼한 손! 일하느라 부어오르고 딱딱한 손! 우리는 그
런 손을 보면서 야, 역시 안 되나 보다. 뒤로 빠지면 덜 부르트겠
지, 합니다. (옆을 지키고 있는 명제를 향해)

앵커　　쐈습니다. 금메달! 금메달! 그것도 삼관왕입니다. 서울에서 신

기록이 쏟아지고 있습니다.

수호   명제야! 힘들다! 네가 해 봐!

종목 2(핸드볼)가 펼쳐지는 가운데, 명제는 노점상들 앞에 있다.

앵커   여러분 한가위 잘 보내고 계신지요, 금년 한가위는 우리뿐 아니라 고국을 떠나온 외국 선수들도 즐기는 자리가 되었습니다. 세계 여러 나라에서 온 선수들은 한국의 한가위를 맞이해 잠시 승부는 내려놓았습니다.

명제   노점상 문제도 마찬가지입니다. 입에 풀칠이나 해 보겠다고 나와 있는 노점상을 도로교통법 위반이라고 마구 부수어 버립니다. 신문에서 기업형 노점상이니, 자릿세니 하는 바람에 무슨 떼돈이나 버는 것처럼 보이지만 노점상들은 포장마차 하나가 전 재산입니다. 말이 쉬워 포장마차지 결코 쉬운 일이 아닙니다.

앵커   말씀드리는 순간, 김명순이 공을 잡고 뜁니다. 김명순이 임미경에게 패스!
임미경, 공을 잡고 수비를 제칩니다. 다시 김명순에게 패스, 김명순! 김명순! 골입니다! 대한민국 최초로 구기 종목 금메달입니다! 장합니다, 통쾌합니다.

명제   밤새도록 오들오들 떨면서 오는 사람 가는 사람 쳐다보며 애를 태우고 낮에는 시장 보고 장만하느라 잠도 못 자고 일하는 사람에게 아무 대책 없이 두들겨 부수기만 하는 것은 굶어 죽으라는 것이나 마찬가지입니다. 사람 죽으라는 법은 법이 아닙니다.

종목 3(탁구)이 펼쳐지는 가운데, 수호는 여성 단체 앞에 있다.

앵커   여기는 첫 올림픽 공식 종목으로 채택된 탁구의 역사적인 경기
가 열리는 서울대학교 체육관입니다. 탁구 남자 단식 결승에서
우리나라 선수들끼리 격돌하게 되면서 우린 그저 마음 놓고 아
무 쪽이나 응원하면 되겠습니다.

수호   헌법 제10조에는 모든 국민은 인간으로서의 존엄과 가치를 가
지며 행복을 추구할 권리를 가진다. 국가는 개인이 가지는 불
가침의 기본적 인권을 확인하고 이를 보장할 의무를 진다고 규
정하고 있고 …….

앵커   아, 말씀드리는 순간! 유남규 스매싱! 금메달! 금메달입니다. 두
선수 뜨거운 포옹을 합니다. 두 선수가 서로의 존엄과 가치를
지키며 포옹하는 모습! 값진 금메달, 멋진 은메달의 김기택. 아
두 선수 멋있습니다. 자랑스럽습니다.

수호   그밖에 11조는 평등권을, 제34조는 인간다운 생활을 할 권리를
규정하고 있는데 이 조항들은 여러 헌법 조항 중에서도 가장 높
은 가치와 효력을 가지며 이를 위반하는 것은 헌법 규정이라 할
지라도 위헌입니다.

종목 4(하키)가 펼쳐지는 가운데, 명제는 철거민들 앞에 있다.

앵커 여러분 안녕하신지요, 대회 14일 차를 맞는 오늘 한국 여자 하키 팀이 캐나다에 패해 은메달을 획득했습니다.

감독 (울먹이며) 국민 여러분, 저희 여자 하키팀이 은메달을 국민 여러분께 드려 정말 죄송합니다. 하지만 금보다 값진 은입니다. 여러분 죄송합니다.

명제 여러분, 지난겨울 얼마나 추우셨습니까? 이 추운 겨울에도 무허가 건물이라 하여 집이 뜯기고 있습니다. 우리도 대한민국 국민입니다. 국민인 이상 허가든 무허가든 집이 필요합니다. 연탄불 넣어 놓고 하루 종일 시달린 피곤한 몸을 눕힐 아랫목이 필요합니다. 어린아이가 학교에서 돌아오면 저녁 먹던 상이라도 행주 갖고 잘 닦아서 펴 놓고 공부도 하고, 가족과 모여 앉아 이야기 나눌 수 있는 따뜻한 보금자리가 필요합니다. 그런데 무허가라고 여러분의 집을 망치로 때려 부수고 그 엄동설한에 사람을 길거리로 내쫓아 버립니다. 국가에서 사람들에게 집을 장만해 주거나 집을 지을 수 있는 무슨 조치를 해 주기 전에 무조건 집부터 뜯는 것은 사람을 못살게 하는 짓이고 따라서 그런 법은 법이 아닙니다.

수호, 마지막으로 연설하는데, 올림픽 메달의 함성에 완전히 묻혀 버린다.

수호 여러분, 저 최수호. 철거로, 파업으로, 고통받는 이들에게 내일을 기약하기 힘든 모두에게 모두가 어제보다 조금 나은 내일을 맞이하는 좀 살맛 나는 세상 그리고 그때가 되면, 우리 자식한테 야, 좌절치 마라, 해 보니 되더라 이런 가훈 남기는 세상을 만들고 싶습니다. 고통받는 여러분에게 말합니다. 저 최수호가 여러분 손에 따스한 불이 되어 손을 녹여드리겠습니다. 여러분! 우리 시원하게 따스한 세상을 만들어 나갑시다.

명제 식사하러 가시죠?

어느새, 유격수 의원이 홀로 등장해서 박수를 치고 있다.

격수 최 의원이 당선되기 전에 만났을 때랑 똑같네요. 거리에서 연설하고, 사람들은 안 듣고.

수호 그래도 뭔가 하고 있다는 마음은 들지요. 국회처럼 하는 듯 마는 듯 국민을 속이는 것보다는 훨씬 낫지요.

격수 최 의원이 변호사 시절에 노동 문제 연구소를 만들어서 노동조합을 300개 넘게 만들어 줬다죠? 그게 지금 몇 개나 남아 있습니까?

수호 …….

격수 아마 절반은 넘게 사라졌을걸요. 회사 측의 탄압으로 부서지거나, 혹은 노조 지도부의 변질로 스스로 회사 밑으로 들어가거나. 아마도 계속 그렇겠죠, 법 자체가 바뀌지 않는 이상.

수호 법을 바꾸려고 그렇게 노력했는데, 뭘 더 이상 노력하라는 겁니까?

격수 법이 안 바뀌는 이유가 뭡니까?

수호 법을 만든 놈들이 정권을 차지하고 있으니까요. 국회는 아직까지 그놈들 밑입니다. 아무리 야당 의원이 더 많으면 뭐 합니까. 야당끼리도 서로 편 가르고 이리저리 갈라지는데. 지금은 그냥 다 허수아비에요.

격수 만약, 두 야당이 최초로 단결할 수 있는 판이 열린다고 한다면요?

수호	…….
격수	우리도 지금의 정권 밑에서는 아무것도 못 바꾼다는 걸 깨달았습니다. 그래서 지난 정권에 대한 청문회를 열기로 했어요. 전직 대통령의 비리를 폭로하면서 지금 정권과의 연결성도 같이 폭로하는 겁니다.
수호	국민들이 관심이나 있겠어요. 이런 올림픽 시즌에.
격수	생중계를 할 겁니다. 대한민국 정치 역사 최초의 청문회 생중계.
수호	…….
격수	전 국민이 보는 앞에서 하고 싶은 말 실컷 하시죠. 저놈들의 부정부패를 모조리 까발려 버리는 겁니다. 국민들의 힘으로 다음 정권을 바꾸는 겁니다. 정권이 바뀌면 법을 바꿀 수 있고, 그럼 더 이상 노동자들이 죽지 않아도 되겠죠.
수호	……제 보좌관하고 논의하겠습니다. (명제를 부른다.) 명제야.

명제, 다시 정장 차림으로 나오며, 수호에게 정장을 던져 준다.

명제	가시죠. 또 다른 현장으로.

수호, 웃는다.
그리고 옷을 갈아입는데, 명제는 오히려 투쟁 조끼로 갈아입는다.

수호	……뭐해, 빨리 안 입고?
명제	저는 양복이 잘 안 어울리잖아요. 전 이 옷이 더 잘 어울려요, 여기 남을게요.
수호	나 때문에…… 나 대신 싸우려고 여기 남는 거 맞지?
명제	……왜 이러세요? 민주주의 사회에서 하고 싶은 거 하는 건 자

유잖아요.

수호   …….

명제   걱정 마세요. 이제 의원님 말투 다 익혔으니까 제가 여기서 대신 연설하고 대신 싸울 테니까, 제 부탁 하나만 들어주세요.

수호   …….

명제   올림픽 시청률, 딱 한 번만 이겨 주세요. (노동자들 가리키며) 저 사람들 얘기로.

수호   너…… 보좌관 그만두면…… 너 어떻게 돼도…… 이제 변호 못 해 주는데?

명제   왜 이러세요. 아침마다 법률 공부 빡세게 시켜 주셨잖아요. 이제 제 권리는 제가 지킵니다.

수호, 한참 동안 명제를 바라보다가, 뜨겁게 포옹한다.

수호   명제야…….

수호는 전지 하나와 펜을 건넨다.

수호   네가 그들이라면 청문회에서 어찌하겠니?

명제   네? 무슨 소리세요?

수호   말 그대로다. 나는 싸워야겠다, 청문회장에서. 하지만 무기가 있어야겠지.
          네가 그들이 되어 나의 질문에 답해 주겠니?

청문회, 시작!

수호	국회의원 최수호입니다. 증인은 84년 2억, 85년 3억, 86년 3억, 합계 8억 원의 돈을 군부 정권이 조성하는 재단에 기부한 것이 맞습니까?
명제	예.
수호	그 외의 재단과 육영회에 따로 1억 천만 원입니다. 맞습니까?
명제	뭐 그 정도 되는 걸로 알고 있습니다.
수호	명제야, 좀 더 날카롭게. 진짜 그들이 되었다고 생각해라.

사이, 명제와 수호는 펜싱 검을 잡는다.

수호	기업인들이, 소위 뭐 10대 재벌 이렇게 칭하는 기업인들이 대통령과 가끔 단체적으로 만나서 만찬을 하는 경우가 있다는 것을 알고 계시죠?
명제	예.
수호	증인도 거기에 끼어듭니까?
명제	예.
수호	그러면 대통령을 만난 것은 몇 번이나 됩니까?
명제	몇 번 갔습니다.
수호	증인은 전 대통령의 출신 학교 동창회장이지요?
명제	예 선배입니다.
수호	왜 기금을 대통령에게 내고 영수증도 안 받고 그 전과 다르게 처리했습니까?
명제	그때는 여론이, 정치가, 대통령이, 동창회장으로서.
수호	결론만 말씀해 보세요. 돈을 왜 주게 되었는지.
명제	앞으로 훌륭하고 명예로운 대통령이 돼 달라는! 특히나 안보, 외교 그런 부분이 좀 더 발전했으면 하는!

수호	무슨 항목으로 지출했습니까?
명제	기부금으로 지출했습니다.
수호	장부상 기부금으로 회계 처리되어 있습니까?
명제	지금 그것은 아직 영수증을 못 받았으니까…….

명제 말문이 막힌다. 수호 회심의 미소를 짓는다.

그리고 채워진 전지를 보고 한마디를 한다.

수호	보인다. (사이) 그들의 급소가. 그들이 무엇을 생각하는지.
명제	저도 보여요. 그들이 어떻게 행동할지.
수호	명제야. 이제 실전이다. 너와 나.

수호가 청문회 질문을 시작하고 실제 청문회장으로 변한다.

수호	국회의원 최수호입니다. 증인은 미래중공업 회장으로서, 전직 대통령 불법 비자금에 관한 증인으로 이 자리에 나온 것이 맞습니까?

5공 청문회

회장	불법인지는 모르겠습니다만, 나오래서 나왔습니다.
수호	증인은 전직 대통령의 최측근들로 이루어진 대양재단의 모금 활동에 대하여, 돈을 준 사실이 있습니까?
회장	국가를 위한 모금이라고 해서 낼 만큼 냈을 뿐입니다.
수호	그 돈이 대통령 비자금으로 흘러 들어간 사실을 알고 있었습니까?

회장	대통령께서…… 국가를 위한 일을 하실 거라고 생각했습니다.
수호	증인의 기업에서 일하는 노동자는 몇 명입니까.
회장	네 개 공장 만 명입니다.
수호	약 만 명 정도 됩니까? (사이) 증인이 대양재단에 낸 기금이 총 34억 5천입니다. 이것을 재투자해서 증인이 기업을 신장하거나 했으면 고용이 되거나 노동자들의 복지 시설, 임금이 많이 좋아졌을 거라 생각하는데, 증인 어떻습니까?
회장	지금 이 자리가 나를 모욕 주러 나온 겁니까?
수호	전혀요. 저는 질문을 하고 있는 겁니다. 모욕이라 생각하시는군요. 그럼 다시 고쳐 묻죠. (사이) 수류탄과 총탄을 제조하죠, 사고 많이 나죠?
회장	가끔 납니다.
수호	한 노동자가 작업 중 사고로 7월 18일에 죽었는데 7월 말까지 장례를 치르지 않고 싸웠죠? 산재 처리를 해 주지 않고 우발적 사고로 처리하라고 했죠?
회장	그때, 제가 여행 중이어서…….
수호	여행 중이었습니까? (사이) 자 이제 한번 생각을 해 보겠습니다. 우리 회사에서 쓰는 노동자는 그 사람이 실수로 죽었거나 실수 아닌 걸로 죽었거나 화약 옆에 가면 죽기 쉬운 겁니다. 증인이 돈을 많이 벌기 위해서는 노동자들이 화약 옆, 기계 옆에 가야 합니다. 가는 노동자는 아무리 조심해도 부득이 죽을 수도 있습니다. 실수할 수 있습니다. 항상 기업인들이 이렇게 이야기합니다. 식구, 가족! 그 가족이 죽었는데 돈을 주니 못 주니 하면서 싸웠는데, 그 시기에 전직 대통령에게 바친 돈이 34억 5천! 증인은 기업인으로서 의견을 말씀해 주십쇼.
국회의원들	답변하세요!

회장	그렇습니다.
수호	그렇다 답변했습니다. 그럼 그게 맞는 겁니까? 예? 그게 진짜 맞아요? 절대 권력을 가지고 있는 군부에게는 5년 동안 돈을 가져다 주면서 내 공장에서 내 돈 벌어 주려고 죽은 노동자에 대해선 얼마 주느냐 가지고 싸워야 합니까? 그것이 인도적입니까? 기업이 할 일입니까? 답변하십쇼.
회장	저는 단지…… 기업 하는 사람으로서 군부라는 시류에…….
수호	시류요? 지금 시류라 했습니까?
회장	제 입장도 알아주십사…….
수호	입장이라뇨, 본인을 위해 일한 사람들보다 권력에 눈치 보고 아부하는 게 더 중합니까?
회장	그건 모르겠습니다.
수호	좋습니다. 그럼 그 이야기를 해 보도록 하겠습니다.
회장	나는 힘 있는 사람 이를테면 대통령이 기업을 도와줄 수…….
수호	저는 대통령이라고 말씀드리지 않았습니다.
회장	이를테면, 낼 수 있는 능력이 되는 사람이, 무언가 국가에 큰일을 할 수 있는 사람에게 낼 만큼 내는 것은 시류에 맞는 일이다, 이런 생각을 합니다.

수호, 본격적으로 질문할 마음을 먹는다.

수호	지금부터 본 의원의 본격적인 질문을 하고자 합니다. 서로 입장이 다르고 견해가 다른 것이니까 그래서 증인의 생각과 다른 질문을 하더라도 양해해 주시고 성실히 답변해 주시기 바랍니다. 아까 증인께서 말씀하실 때 시류에 순응한다 함은 힘 있는 사람이 하고자 하는 방향으로 따라간다는 뜻이라고 말씀하셨죠.

그런 뜻으로 받아들이면 됩니까?

회장   저의 말을 그렇게 곡해하지 마시고…….

수호   (사이) 그러면, 경우에 따라서는 내가 지금 있는 자리를 지키기 위해서가 아니라, 더 성장하기 위해 힘 있는 사람에게 접근해야 한다는 뜻도 포함됩니까?

회장   우리가, 우리가 얘기하는 거는 힘 있는 사람들한테 잘못 보이면 자기네가 괴로운 일을 안 당하려고 한다, 이런 뜻이지 뭐 이익을 본다거나 이런 건 없습니다.

수호   예, 알겠습니다. 증인이 말한 그 순응이라는 것, 부정한 것이라 할지라도 따라가야 한다는 뜻도 포함합니까?

회장   자기 돈 내는 것은 자기 능력에 맞게 내는 것은 부정이라고 생각하지 않습니다.

수호   그렇다면 그 부분은 그렇게 알아듣겠습니다. 그러나 본 의원이 잘못 봤는지 모르지만 지금까지 사실상 증인은 권력이 살아 있을 때는, 가만히 있다가 지금 와서 서서히 물러나는 것이 보이니까, 그 권력을 거스르는 말씀을 하시게 되는 것이 시류에 순응한다는 뜻으로 봐도 되겠습니까?

회장   …….

수호   시류에 순응한다는 것은 권력의 눈치를 본다는 것과 무엇이 다릅니까? 지금 이 시간에도 서울 한복판에서는 미래중공업의 해고노동자들이 90일 넘게 길바닥에서 싸우고 있습니다. 왜 노동자들의 목소리는 시류가 아니고 권력자의 목소리만 시류인 것입니까?

회장   ……우리는, 그러한 것을 떨쳐낼 용기를 갖지 못한 것을 부끄럽게 생각합니다.

수호   이상입니다.

의원들의 박수.

그 박수와 동시에, 명제가 투쟁 중인 현장은 모두 잡혀간다.

명제　　기업은 노동자의 죽음에 답변하라!

　　　　　근로기준법을 준수하라!

그러나 기자들이 청문회에만 카메라를 들이대고 있어서

노동자들이 잡혀가는 모습은 전혀 카메라에 담기지 않는다.

명제　　우리의 목소리를 들어라! 우린 기계가 아니다!

소리　　아이 씨.

회장, 퇴장.

격수, 기분이 안 좋아진다.

격수　　최 의원! 조금만 살살 합시다.

수호　　왜 살살 합니까?

격수　　내가 처음 한 말 잊었습니까? 오늘의 야당이 내일의 여당이 될

　　　　　수 있다고.

　　　　　여당이 되려면 한쪽 편만 들면 안 돼요. 양쪽을 다 헤아릴 줄 알

　　　　　아야지.

수호　　그건 우리가 여당 되면 그때 헤아리시죠.

격수　　어허, 우리보다 더 뜨거운 제1 야당이 있잖아요. 그 사람들이 알

　　　　　아서 화내고 깽판 치고 여론에 몰매 맞고 이럴 텐데, 우리도 같

　　　　　이 행동하면 똑같이 몰매 맞아요. 그럼 다음 선거는 끝입니다,

　　　　　끝. 이건 총재님 지시입니다. 우린 좀 천천히 갑시다.

곧바로 전직 안기부장이 나와서 앉는다.

다른 공간에서 명제가 고문을 당하고 있다.

두 광경이 동시에 보여진다.

청문회2 수호 vs 전직 안기부장

| 수호 | 증인은 전직 안기부장입니다. 이번 청문회에서 쟁점이 되는 부분은 대통령 비자금을 위한 불법 재단인, 대양재단 설립을 누가 주도했으며 어떤 목적으로 설립했는가, 그리고 모금의 강제성이 있는가에 관한 부분에 관해서…….|

전 부장 강제성이 있지 않았습니다. 자발적인 모금이었습니다.

수호 증인, 본 의원의 발언이 끝나지 않았습니다. 그 모금의 강제성으로 인해, 대통령의 측근들과 기업인들이 서로 특혜를 주고받았는가…….

전 부장 특혜를 주고받지 않았습니다. 대양재단은 대한민국의 발전을 위한 자발적인 기금입니다.

수호 어떤 발전입니까? 기업인들의 회사를 빼앗고, 방송국을 빼앗고, 토지를 빼앗아서 증인의 통장 잔고가 발전된 거 말고 어떤 발전이 생겨났습니까?

전 부장 아, 그렇게 인신공격은 하지 마시고.

수호 인신공격이요? 천만에요. 전 아직 증인이 안기부장이던 시절 저지른 수지 김 간첩 조작 사건, 부천서 성고문 사건, 평화의 댐 모금 사건, 민주당 창당 방해 사건, 박종철 군 고문 치사 사건에 대해서 아무런 공격도 안 했습니다.

전 부장 이보세요! 예의와 존중을 갖춰 주십시오!

전 부장의 호통에 수호가 말한다.

명제   예의? 존중? 당신들이 저지른 5·18 광주 학살로 얼마나 많은 죽음이 생겨났는데!

격수, 재빨리 끼어들며

격수   자자, 다음은 본의원이 질문하겠습니다. 증인님께서는 5·18 광주 사태 당시.

수호   5·18 광주 민중 항쟁입니다!

격수   5·18 광주······. (수호에게) 민주화 운동 정도로 통일합시다. (다시 전직 안기부장에게) 그 당시에 시민들에 대한 발포에 대하여 누군가에게 지시를 받은 사실이 있습니까?

전 부장   워낙 긴박한 상황이었는지라 기억나지 않습니다. 단, 공산 폭도로부터 조국을 지키기 위한 애국적인 행위였다고, 그때는 생각했습니다.

격수   그렇군요. 그럼 다음 질문.

수호   기억이 안 난다고? 당신들 군인 아니야? 군인은 상명하복인데 명령도 없이 알아서 총 겨누고 알아서 총을 쐈어? 대한민국 군인이었다는 사람들이 그따위 허접한 명령 체계로 무슨 조국을 수호하겠다는 거야!

격수   이봐요! 말조심하세요!

수호   독재에 저항한 멀쩡한 광주 시민을 빨갱이 폭도로 몰아서 백주 대낮에 죽여 놓고, 어디서 애국이라는 단어를 입에 올려?

현수   어떤 정치 자금을 대통령이 받았다면, 불법인 것은 사실입니까?

전 부장   그건 어느 나라 정치 사회든, 정치 자금을 합법적으로 하느냐

비공개적으로 하느냐로 인해서 전 세계가 다 고민하고 있는 걸로 알고 있습니다.

현수   법률상 불법인 건 사실인데 어느 나라나 그런 고민은 있다, 이런 말씀입니까.

전 부장   법률상 그것이 불법이라는 사항은 제가 법률에 적용을 검토 안 해 봤습니다.

수호   증인, 안전기획부장으로 근무하셨죠.

전 부장   예.

수호   수사 업무도 있죠.

전 부장   예.

수호   그리고 특수한 범죄에 관해서 수사를 하면서 법률적인 업무를 많이 취급하시죠.

전 부장   글쎄요. 기본적인, 세부적인 것은, 실무자들이 해서 저는 잘…….

수호   증인! 정치 자금 문제도 실무자들이 알아서 했단 얘깁니까?

격수   (수호에게) 끼어들지 마. 저쪽에서 하게 놔둬.

전 부장   정치 자금법의 일반적인 사항은 알지만 세부적으로 어떤 법에 어떻게 적용이 되는지…….

수호   우리나라가 지금까지 정치 자금법에 관한 규정도 모르고 어떤 정치 자금이 합법적이고 불법적인 것도 모르는 안전기획부장에게 이 나라의 안전을 맡겼습니까? 증인은 그랬다고 생각합니까

격수   (수호에게) 끼어들지 말라니까! (의원들에게) 분위기가 너무 감정적으로 과열된 것 같네요. 저희 잠시 청문회를 휴정하고, 재정비를 해서 증인님에 대해서…….

수호   (벌떡 일어나, 의원들에게) 당신들이 국민의 대리인이 맞습니까? 학살을 저지른 죄인에게 어떻게 '님'자를 붙일 수가 있어? 지

난 정권에서 자유로울 수 있다고 당당하게 말할 수 있는 의원
이 있으면 손 한 번 들어 보십쇼!

여당과 야당 모두 수호에게 야유를 보낸다.

격수　　어허! 최 의원! 초선의원이면 초선의원답게 예의를 지키세요!

수호　　예의를 지키라구요?

수호, 그대로 국회의원 배지를 던져 버린다.

수호　　이제 예의 안 지켜도 되지요? (의원들에게 소리친다.) 제발 부끄
　　　　러운 줄 아십시오!

수호, 퇴장해 버린다. 이때, 명제, 남산에 끌려온 듯, 고문당하며

요원　　이 빨갱이 새끼. 학생 운동하다가 국회의원 보좌관으로 잠입한
　　　　의도가 뭐야? 최수호도 같은 빨갱이지? 어디서 명령을 받았어?

명제　　너희는…… 명령 같은 거 안 받으면…… 일을 못 하니?

요원　　이런 개새끼가!

요원, 명제를 마구 구타한다. 그 모습이 마치 5·18의 구타 모습과 겹쳐 보인다.
수호, 그 광경이 눈에 보이는 듯 괴로워한다.
(명제를 구타하던) 안기부 요원, 새로 배달된 신문을 편다. 청문회 기사를 읽는다.

요원　　부끄러운 줄 알라고? 최수호 이 새끼 이거 웃긴 놈이네.

명제, 그 말을 듣고 웃음이 터진다.

요원   너 왜 웃냐?

명제   (요원을 바라보며) 부끄러운 줄 아십시오.

요원   안 되겠다……. 더 무서운 방으로 가자.

명제, 다른 곳으로 끌려간다.
동시에, 전직 대통령이 청문회장에 등장하여 연설한다.
수호와 현수가 청문회장에 들어서려 하지만
(전직 대통령을 옹호하는) 여야의 의원들이 막는다.
전직 대통령은 여유롭게 연설을 계속한다.

전직 대통령

목소리   5공 특위 위원 여러분, 이 자리를 지켜보고 계시는 국민 여러분!
             오늘 이처럼 국회에 나와 다시 한번 국민 여러분에게 언짢은 문
             제들에 관해 말하게 된 것을 매우 송구스럽게 생각한다. 질문
             자체가 실무자들이 한 일, 실무자들만이 알 수 있는 일, 또는 저
             자신이 당시에는 보고를 받았고 재가를 한 일이라 하더라도 세
             월이 많이 지나서 기억이 나지 않는 일일 경우, 지금 이 시점에서
             완벽하고 책임 있는 설명을 할 수 없을 것이라는 점을 이해해 주
             기 바란다.

수호   이의 있습니다!

목소리   다음은 80년 5월 일어났던 비극적인 광주 사태에 대하여 그 발
             생 원인, 군 부대 파견과 작전 지휘, 자위권 발동 문제, 그리고
             당시 미국 정부의 역할 문제에 대하여 말하겠다. 특히 본인이 이

사태에 대하여 어떤 책임이 있으며 아울러 이 사태가 본인 등이 특별한 의도를 가지고 촉발시킨 것이 아닌가 하는 점에 대해서도 해명하고자 한다.

수호 본 의원은 아직도 풀리지 않은 의혹이 엄청나게 남아 있습니다!

목소리 당시 광주 일대는 중앙정보부 보안사 경찰 등의 정보 기관들이 모두 시 외곽으로 철수하고 있는 상황이었으므로 정보 책임자였던 본인도 필요한 정보를 충분히 갖지 못하였고 현지 주둔 부대인 광주 계엄 분소에서 계엄사에 보내는 보고를 통해 파악할 수밖에 없었던 극히 혼미한 상황이었다. 이러한 정보 부재의 상황을 보완하기 위해 보안사에서는 서울에 있던 광주 출신의 한 장교가 자진해서 현지에 잠입, 단편적 정보를 계엄사를 통해 보내오기도 하고 또 당시 보안사의 간부를 현지로 실정 파악을 위해 파견하기도 하였으나 여러가지로 정확한 상황 판단에는 미흡한 점이 많았다.

수호 지금도 풀리지 않는 의혹이 있습니다!

목소리 결과적으로 커다란 인명 피해를 낸 이 비극적 사태의 원인에 대하여 본인은 무어라 한두 마디로 단정 지어 말씀하기는 매우 어려운 문제라고 생각해 왔다. 다만 본인은 당시의 정보 책임자로서 이 사태가 초동 진압 단계에 있어서의 계엄군의 강경 진압과 일부 출처를 알 수 없는 악의에 찬 유언비어에 자극받은 일부 시민들의 과격 시위가 그 직접적인 원인이 된 것이 아닌가 하는 판단을 하고 있다.

수호 풀리지 않는 의혹을 풀어 달라고 국민들이 간절하게 요구하고 있습니다!

목소리 당시 광주 사태와 관련된 계엄 업무는 전국적인 계엄 업무의 일환으로서 계엄사령관이 주재하는 계엄 관계관 일일 회의에서 보고되고 논의되어 추진된 것으로 알고 있으며 중앙정보부장 서리인 본인은 그 회의에는 참석하지 않았다. 따라서 그 어떤 군 지휘 계통상의 간섭을 할 수 있는 위치에 있지 않은 본인은 군의 배치 이동 등 작전 문제에 대해 관여한 사실이 없다.

수호   이의 있습니다!

수호의 외침은 곧 수많은 사람들의 외침으로 변한다.

목소리   본인이 당시 도청 앞 상황과 관련한 발포 건의를 받은 적이 있느냐 하는 문제는 국회 청문회에 참석한, 당시 지휘관들의 "발포 사실조차도 상황이 진행될 때에는 보고 받지 못 했다"라는 증언 내용에 비추어 볼 때 당시 지휘 계통에 있지도 않았던 본인의 입장에서는 더더욱 건의를 받을만 한 위치에 있지도 않았다는 사실이 분명해지리라고 생각한다.

소리   이의 있습니다!

목소리   도청 앞에서의 이러한 발포 사태는 상황이 종료된 뒤 통상적인 정보 보고를 통해 본인에게 보고되었던 것으로 기억되며 당시 본인은 즉각 이를 최규하 대통령에게 보고하려 했으나 이미 계엄사령부를 통해 보고되었다고 하기에 중단한 바 있다.

수호와 현수가 전직 대통령의 코앞까지 다가온다.
그러나 격수와 여야 의원이 힘을 합쳐 전직 대통령을 둘러싸고 퇴장한다.
수호, 분노를 이기지 못해 청문회 명패를 집어던진다.
정적이 흐른다.

수호   총살을 당해야 할 건 보안사 사령관인 바로 당신이야, 당신 말대로라면 대한민국 최남단 광주에 간첩이 쳐들어왔는데 보안사 사령관인 당신이 권력 찬탈에 눈멀어 본연의 임무를 등한시하고 간첩 잡을 총구멍을 쿠데타 정당성으로 삼겠다며, 죄 없는 시민들에게 돌렸으니 실로 대역죄인 아닌가! 대한민국 사법부가 올바로 재판만 했어도! 대한민국 국회가 역사의 죄인을 단죄하는 법을 제대로 만들기만 했어도! 당신은 사형이야! 언젠가 역사가 당신에게 사형을 선고할 것이다! 내가 똑똑히 지켜보겠어! 두 눈을 똑바로 뜨고! 학살의 주범인 당신이 죽는 그 날까지! 반드시 살아서 당신의 죽음을 목격하고 말겠어!

암전. 그리고 3당 합당의 뉴스.
그리고 그 3당 합당한 의원들의 중심에서 만세를 외치고 있는 격수의 모습.
천만수 의원의 두 번째 국회의원 선거에서 연설하는 격수.

격수   천만수 의원은 훌륭한 군인입니다. 대한민국의 안보를 책임질 인재로서, 87년 6월 항쟁의 주역인 저 유격수가 자신 있게 저희 당의 국회의원 후보로 추천하는 바입니다!

소리   자 그러면 천만수 후보가 국회의원 후보로 추대되었습니다.

1989년

다른 공간에 조명이 들어오면,
교도소 접견실에 명제와 수호가 앉아 있다.

명제   또 내 말 안 들으시네. 저는 저대로 할 일이 있고 의원님은 의원

	님대로 할 일이…….
수호	명제야, 나 이제 의원 아니야. 낙선했다. (사이) 다시 최 변이다.
명제	…….
수호	변호사 신분으로 접견 오는 건 괜찮지?
명제	대체 왜 그러셨어요……. 앞으로 계획이 뭔데요?
수호	앞으로 계획은, 널 여기서 빼내는 거다.
명제	……그다음은요?
수호	모르겠다……. 변호사가 돼서 법대로 살 수 있는 세상을 만들려고 했는데 잘 안 됐고, 국회의원이 돼서 법다운 법을 만들어 보려고 했는데 그것도 잘 안 됐고……. 어찌해야 세상이 바뀌겠나.
명제	……어떤 세상으로 바뀌길 바라세요?
수호	뭐 별거 있나……. 학생도 잘살고 노동자도 잘살고 농민도 잘살고 여성도 남성도 노인도 어린이도 다 잘살고……. 억울한 죽음은 절대로 없는…….
명제	……사람 사는 세상이네요.
수호	좋네……. 사람 사는 세상.
명제	사람 사는 세상이 오려면…… 아예 나라를 통으로 바꿔 버려야겠는데요.
수호	…….

명제, 수호를 한참 동안 바라보다가

명제	……제가 여기서 나가야 하겠어요. 변호해 주세요.
수호	……왜 나오려고 하는데?
명제	나라를 통으로 바꿀 수 있는 선거에 나가야죠.
수호	그게 설마…… 내가 생각하는 그 선거인가?

명제	그 선거에 나가려면…… 오래오래 사셔야 해요……. 자신 있으시죠?
수호	……너도 자신 있지? 나만큼 오래 살 자신?

명제, 씨익 웃으며

명제	자, 그럼 또 시작해 볼까요?
수호	뭘?
명제	후보님이 과연 후보 자격이 있는지 청문회를 해야죠.
수호	좋다! 얼마든지 해 봐!

수호와 명제, 무언의 청문회를 손짓 발짓으로 뜨겁게 시작한다.
주변에서는 올림픽 폐막식이 열리고 있다.

무대, 천천히 어두워진다.

-막-

단명소녀 투쟁기

원작

현호정

소설 『단명소녀 투쟁기』

등장인물

수정

이안

북두

내일

저승신

청소부

악사

그 외 추종자들

반인반수들 외 다수

1장

무대가 밝아지면 구수정, 홀로 덩그러니 서서 객석을 향해 도발적으로

수정   너는 스무 살이 되기 전에 죽는다. 나한테 이렇게 예언해 준 사
람의 이름은 북두였다.

한 무리의 고등학생들이 우르르 몰려나온다.

고딩1   북두칠성의 북두! 이 근방에서 가장 용한 입시 전문 예언가!

고딩2   종이에 사주를 풀어 확률을 계산하는 사람이 아니래! 정해진 진
실을 선언하는 반신이래!

고딩3   반신? 반신이 뭐야?

고딩2   신과 인간의 경계에 있는 자! 반신!

고딩들   반신! 쩐다!

고딩4   전국 고딩들의 예약이 쇄도 중! 서두르자!

고딩들   가즈아!

고딩들, 북두의 거처로 몰려간다.
북두, 이미 방석에 앉아 있다.
고딩들, 줄을 서서 차례대로 방석에 앉는다.
고딩들은 죄다 북두의 눈을 마주치지 못하고
우물쭈물 앉으려고 한다.
북두, 고딩들이 방석에 엉덩이를 대기도 전에

북두	합격!
고딩1	어머니!
북두	불합격!
고딩2	아버지!
북두	합격!
고딩3	할머니!
북두	재수!
고딩4	할아버지!
북두	삼수!
고딩5	어머니! 아버지! 할머니! 할아버지!
북두	(객석 앞으로 걸어와 둘러보며) 아직도 이렇게나 많아? (심호흡을 하고 번개처럼 손가락질을 하며) 합격 합격 합격 합격! 합격 합격 합격 합격! 합격 합격 합격 합격! 합격 합격 합격 합격! 모두 합격!
고딩들	(객석을 향해 박수치며) 우와아아! 쩐다!

고딩들, 퇴장.

구수정과 북두만 남는다.

수정, 마침내 방석에 앉는다.

다른 고딩들과 달리 북두의 눈을 빤히 쳐다보며 앉는다.

북두, 그런 수정에게 얼굴을 들이밀고 더 빤히 바라본다.

수정, 똑같이 북두에게 얼굴을 들이밀고 빤히 바라본다.

두 사람, 그렇게 계속 서로의 얼굴을 경쟁하듯 빤히 바라본다.

북두	이름?
수정	수정.

북두	성?
수정	구. 구수정.
북두	말이 짧구나.
수정	헷갈려서.
북두	헷갈려? 뭐가?
수정	어른인지, 아이인지.
북두	내 얼굴은 어른같아, 아이같아?
수정	보이는 것만으론 못 맞히는데.
북두	보이는 것만으로 왜 못 맞히지?
수정	어른 속에 아이가 들었을 수도 있고, 아이 속에 어른이 들었을 수도 있으니까.
북두	……너 마음에 든다.
수정	……나도 마음에 들어.
북두	서로 말 놓자.
수정	좋아.
북두	근데 말야.
수정	응.
북두	넌 대학 못 가.

잠시 정적.

수정	난 공부를 잘해.
북두	그거랑 달라. 공부가 문제가 아니야.
수정	그럼? 운이 안 트여?
북두	안 트이는 정도가 아니야.
수정	그럼 네가 잘 봐줘야지.

북두	내가 왜?
수정	말 놨잖아. 말 놓으면 친구니까.
북두	……너 정말 마음에 든다. 나도 너랑 친구가 되고 싶어.
수정	지금부터 친구하면 되지.
북두	그건 힘들어.
수정	왜 힘들어?
북두	구수정, 넌 스무 살이 되기 전에 죽는다.

수정, 숨이 점점 거칠어진다.
그 숨소리는 처음에 무서워서 내는 짧고 잦은 숨소리 같지만
점점 화가 나서 나는 크고 깊은 숨소리로 바뀐다.
두려움의 숨에서 분노의 숨을 지나 점점 안정된 심호흡으로 돌아온다.
마침내 아무 숨도 쉬지 않은 채, 맑고 명료한 목소리로.

수정	……싫다면?
북두	……싫다고?
수정	그래, 싫어. 이제 누가 정해 주는 건 신물이 나. 태어나자마자 장난감도 정해 주고, 교과서도 정해 주고, 윗사람 아랫사람 정해 주고, 누구랑 친구할지 말지도 정해 주고, 무슨 꿈을 꿀지 말지도 정해 줬으면서, 이제 언제 죽을지도 정해 준다고? 죽음이 다가오는데, 그냥 가만히 있을 거면, 난 왜 태어난 건데?

북두, 수정을 빤히 바라보다가
주전자로 아무것도 심기지 않은 화분에 물을 준다.
화분에 떨어지는 물소리가 확장되며 빗소리로 바뀐다.
수정, 화분을 응시한다.

북두	죽음은 소나기처럼 움직여. 지평선에서 먹구름과 비가 쏴아아 달려오는 모양으로 죽음도 다가와. 구름이 움직이는 속도보다 더 빨리 달린다면 비를 맞지 않을 수 있듯이, 죽음과 반대 방향으로, 죽음보다 더 빨리 계속 움직인다면…….
수정	죽음을 피할 수 있는 거야?
북두	어쩌면, 조금 늦출 수는 있겠지. 하지만 피할 수는 없어. 비구름은 일정 시간이 지나면 소멸하지만 죽음은 소멸하지 않으니까.
수정	……내가 더 빨리 움직이면 더 오래 늦출 수도 있겠네.
북두	……아마도, 하지만 명심해. 죽음의 이동 속도는 처음에 구름보다 느리지만, 시간이 지날수록 오히려 점점 더 빨라지고 강해지니까.
수정	……괜찮아. 그건 내 다리도 마찬가지야.

수정, 신발 끈을 질끈 묶는다.
하나의 의식처럼 아주 오랫동안 단단하게 묶는다.
북두, 그런 수정을 보며

북두	남동쪽으로 걸어! 북망산을 등지고 걷는 길! 차갑고 딱딱한 달 대신 따뜻하고 무른 해를 향해 가는 길! 전 생애에 걸친 길이 될 거야!
수정	버스 같은 거 타도 되는 거예요?
북두	되겠냐? 하나부터 열까지 다, 정성이야 정성! 근데 너 나한테 존댓말 하네?
수정	절 도와줬잖아요! 고마워서요! 이제 어른 하세요!
북두	…….

수정, 북두에게 꾸벅 인사하고 뒤돌아 가려는데

북두   구수정! 먹을 건 챙겼느냐?

수정   오? 어른 말투?

북두   흠, 어른 대접을 해 줬으니 어른이 돼야지. (가방을 내밀며) 백설
기 떡이다. 전부 백 조각이야. 백 살까지 살라고 먹는 백설기가
백 개니까, 만수무강하라는 뜻이다.

수정   (북두에게 한 조각 내밀며) 그럼 제가 선물로 백 살 드릴게요.

북두   ……오늘 먹을 떡을 나한테 주면 내일은 어쩌려고?

수정   내일까지 기다렸다가 내일 떡을 먹으면 되죠.

북두   …….

수정, 백설기 한 조각을 북두의 손에 꼬옥 쥐여 주고
힘차게 남동을 향해 걸어간다.
북두, 백설기를 기도하듯 양손으로 잡고
멀어지는 수정을 향해 말없이 큰절을 한다.
하나의 생명을 향한 존중을 담은 길고 깊은 큰절.

2장

역 앞의 밤거리,

취객들이 저마다의 감정이 담긴 표정으로 밤거리를 배회 중이다.

수정, 종이로 된 전철 노선도를 양손에 펼친 채 길을 걷는다.

수정   남동쪽, 오직 남동쪽으로만, 그렇다면 하행선 노선을 따라 쭉 걸어가자. 그러다 종점에 다다르면 또 다른 하행선 노선을 찾아 계속해서 쭉 걸어가자. 노선이 막히면? 발길이 닿는 대로 계속 쭉 걸어가자. 멈추지 않는 것이 중요해. 멈추지 말고 계속해서 쭉, 물론 그 전에 죽음에 따라잡힐 가능성도 있겠지. 그렇게 된다면 허망할 거야. 누군가 만들어 놓은 길을 따라 걷다가 죽었다는 게. 나를 아는 사람들은 나를 어떤 상징처럼 기억하겠지. 언제나 그런 아이였다고.

이때, 온몸이 먼지로 덮인 개 한 마리(내일)가

잔뜩 경계하고 거리를 지나다가 취객들에게 이리저리 구박당한다.

그때마다 이빨을 드러내며 도망친다.

마침내 수정의 앞까지 온다.

내일, 당연히 수정이 구박을 할 줄 알고 깽깽거린다.

내일   깨앵 깨앵…….

수정, 아무 짓도 하지 않고 보고만 있다.

내일, 더 필사적으로

내일   깨앵 깨앵…….

수정, 계속 가만히 보고만 있다.
내일, 어찌할 줄 몰라서 계속 깽깽거리다가
지쳐서 잠시 헥헥대는데.

수정   너, 개 맞지?
내일   (당황) ……깨앵 깨앵?
수정   나, 개 좋아해.
내일   (어색) ……깨앵 깨앵…….
수정   근데 개들은 나 안 좋아해. 나는 늘 개들을 보면 반가워서 이렇게 팔을 활짝 벌리고 인사하는데, 개들은 늘 물어뜯을 것처럼 달려오다가 주인들한테 목줄로 잡아당겨져. 그럼 나도 개들도 서로 미안한 맘이 들어.
내일   …….
수정   근데 넌 목줄이 없구나?
내일   …….
수정   너도 혼자야?
내일   …….

수정, 잠시 고민하다가 백설기 한 조각을 꺼내서

수정   내일 먹을 떡인데, 오늘 너한테 줄게.
내일   …….

수정   나도 너처럼 혼자라서 그래.

내일   …….

수정   나 계속 걸어가야 해서 바쁘거든? 떡을 물던가, 나를 물던가, 뭐든 빨리 물고 가.

내일, 고민하다가, 백설기를 물고 쏜살같이 사라진다.

수정   얼마나 멈춰 있었지? 죽음이 따라오고 있을 텐데? (자신에게 다가오는 취객들을 바라보며) 이미 눈앞에 와 있을 수도 있어. 혹시 저들 중에 있는 건가?

취객들, 다양한 감정과 표정으로 수정에게 다가온다.
마치 갤러그 게임처럼 동시에 느릿느릿.

취객1   (슬픔) 흑흑흑 흑흑흑 흑흑흑 흑흑흑.

취객2   (기쁨) 헤헤헤 헤헤헤 헤헤헤 헤헤헤.

취객3   (분노) 으아아 으아아 으아아 으아아.

취객4   (권태) 하아아 하아아 하아아 하아아.

수정   아, 누가 죽음인지 몰라도, 진짜 진상이다.

수정, 그들을 게임 플레이어처럼 날렵하게 이리저리 피한다.
취객들이 모두 지나간다.
얌전히 벤치에 앉아 떡볶이를 먹고 있는 남자 한 명만 남는다.
(이 남자가 죽음이다.)
수정, 거친 숨을 몰아쉬며, 주위를 둘러본다.

구김살 없는 양복 차림의 남자를 본다.

그 반듯한 모습에 안심한 표정으로 숨을 고르고 있는데.

남자   야!

수정   왜?

남자   떡볶이 먹구 가!

수정   나도 떡 있어!

남자   반말이네?

수정   오는 만큼 가는 거야!

남자   그렇군요. 떡볶이 잡수시고 가세요.

수정   저도 잡수실 떡이 있어요.

남자   그렇군요. 근데요. 오늘 먹을 떡은 없잖아?

수정   …….

남자   내일 생각만 하면서 다 줘 버렸잖아.

수정   …….

남자   그러니까 너는 오늘이 없는 거지.

남자, 자신이 먹던 떡볶이 접시를 수정 쪽으로 기울여 보인다.

먹다 남은 떡볶이 국물이 뚝뚝 피처럼 떨어진다.

수정, 떨리는 몸으로 뒤돌아 떠나려는데

남자, 천천히 일어난다.

남자의 키는 일반 사람의 키를 넘어설 정도로 크다.

뚝뚝 떨어지는 떡볶이 접시를 들고 수정에게 다가온다.

수정, 몸이 얼어붙는다.

남자, 수정의 가방을 잡고 천천히 자신에게로 끌어당긴다.

수정, 끌려가며 중얼거린다.

수정	……짜증나. 죽음이란 게…… 이렇게 아무렇지 않은 얼굴로 훅 들어와도 되는 거야?
남자	…….
수정	……백설기를 아직 하나도 못 먹었는데.

그 순간, 저 멀리서

내일, 훨씬 커진 모습으로 수정에게 달려온다.

수정의 주위를 빙글빙글 돌며 점점 가까워진다.

남자, 빙빙 도는 개를 보며 점점 어지러워진다.

내일, 수정과 완전히 가까워진 그 순간

수정의 목덜미를 물고 달리기 시작한다.

주변 풍경이 쏜살처럼 지나간다.

수정	너! 맞지? 아까! 내일 먹을 떡을 물고 갔던!
내일	으르르!
수정	그 떡을 먹고 이렇게 커진 거야? 넌 원래 이렇게 커다란 아이였구나? 내일만큼 커다란 아이!
내일	으르르!
수정	내가 이제부터 너를 내일이라고 불러도 돼?
내일	으르르!
수정	내일아! 재밌는 얘기 해줄까? 있잖아! 난 죽지 않을 거야! 너도 죽지 않을 거야! 우리 둘 다! 적어도 오늘은 아니야!

수정, 내일의 등에 올라탄다.

내일, 공중으로 높이 뛰어오른다.

내일의 옆구리에서 날개 한 쌍이 펼쳐진다.

그들은 하늘로 떠오른다.

하행선 열차가 개미처럼 작아진다.

3장

수정을 태운 내일은 낯선 들판에 다다른다.

둘은 이제 편하게 서로에게 기대어 숨을 헐떡인다.

운동을 끝낸 후의 기분 좋은 헐떡거림.

이때, 천둥같은 소리가 들려온다.

수정과 내일, 깜짝 놀라 하늘을 본다.

수정   천둥 번개가 치려나?

하늘이 멀쩡하다.

다시 휴식을 취하는데 다시 천둥소리가 들려온다.

수정과 내일, 깜짝 놀라 땅에 귀를 댄다.

수정   지진이 오려나?

땅이 멀쩡하다.

다시 휴식을 취하는데 다시 천둥소리가 들려온다.

수정과 내일, 잠시 생각하다가 서로의 배에 귀를 댄다.

엄청난 천둥소리가 연속으로 들린다.

서로 깜짝 놀라서 뒤로 자빠진다.

수정   와! 우리 둘 배 속에 하늘과 땅이 다 들어 있네.

수정, 백설기 조각을 두 개 꺼내서 하나씩 나눠 먹는다.

눈 깜짝할 사이에 사라진다.

수정과 내일, 입맛을 다시다가

수정   부족해! 우리는 배 속에 하늘과 땅이 들었단 말이다!

수정, 백설기를 한 움큼 꺼낸다.

수정과 내일, 신나서 백설기 파티를 벌인다.

이때, 저 멀리서 수정 또래로 보이는 한 아이가 다가온다.

(이 아이의 성별은 확실치 않다.)

수정, 정신없이 떡을 먹다가 이안과 눈이 마주친다.

이안은 기다란 물통을 들고 있다.

두 사람, 서로 놀라 경계 태세를 취한다.

이안은 물통을 무기처럼 겨누고 수정은 백설기를 무기처럼 겨눈다.

그 모습이 우습다.

그렇게 대치하다가

수정   혹시, 떡 먹을래요?

이안   네?

수정   이건 무기가 아니라 떡이에요. 백설기 떡이요.

이안   그럼, 물 먹을래요?

수정   네?

이안   이건 무기가 아니라 물통이에요. 약수통.

둘, 조금씩 경계를 좁히며 다가와서 떡과 물통을 교환한다.

다시 떡 파티가 펼쳐진다.

와구와구 떡을 먹는 수정과 이안과 내일.

둘은 먹으면서 대화를 이어간다.

수정   어디로 가요?

이안   북쪽이요.

수정   왜요?

이안   죽으려고요.

수정, 갑자기 떡을 뿜는다.

수정   아, 그런 용무가 있으시구나.

이안   그쪽은요?

수정   저요? 전 그냥…….

이안   혹시 살러 가요?

수정   네?

이안   살고 싶어서, 남쪽으로 도망가고 있는 거냐고요.

수정, 떡을 잘근잘근 씹는다.

단물이 입안에 퍼지듯, 조금씩 화가 나기 시작한다.

수정   (혼잣말) 이상한 건 내가 아니라 저쪽이다. 사는 건 죽는 것보다 낫다. 용기 있는 건 쟤가 아니라 나다. 부끄러워해야 할 사람은 내가 아니라 너야! ……이렇게 말하고 싶은데, 이상하게 자존심 상한다. 이상하게 얼굴이 달아오른다. 살고 싶냐는 저 애의 물음에 순순히 고개를 끄덕이느니 그냥 죽는 게 낫지 싶을 정도다. 뭐라고 답하지? 뭐라고 답하지? 뭐라고 답하지?

이안	주무세요?
수정	아니거든요! 딱히 살고 싶다기보다는!
이안	보다는?
수정	죽고 싶지가 않아서요!
이안	아, 네.
수정	(혼잣말) 아? 네? 뭐야? 저 시큰둥한 반응? (다시 이안에게) 싫다거나 무섭다거나 그런 게 아니라 좀 억울하다고 해야 할까? 이해를 못 했다고 해야 할까?
이안	아, 네.
수정	(혼잣말) 또? 아? 네? 반드시 설득시킨다! 살아야 하는 이유! (다시 이안에게) 그렇잖아요! 열아홉 살은 죽을 나이가 아니잖아요! 아니 내가 늙은 것도 아닌데! 그렇다고 어디가 아픈 것도 아닌데! 도대체 왜 죽어야 하는지!
이안	물어는 봤어요?
수정	네?
이안	그쪽 사인(死因)이요. 죽는 이유. 그쪽한테 죽는다고 말해 준 사람이 있을 거 아냐. 그 점쟁이한테든 스님한테든 왜 죽는지 물어봤냐고?
수정	(혼잣말) 물어보지 않았다! 이 바보! 왜 안 물어봤지! 다시 가서 물어보고 올 수도 없잖아! 왜지? 내 죽음은 나를 어떤 이유로 찾아오고 있는 거지? 근데, 쟤, 방금 살짝 반말하지 않았나?

수정, 백설기를 손에 든 채 안절부절못하는데

이안, 아무렇지도 않게 툭 수정의 손에 들린 백설기를 가져간다.

백설기를 입 안 가득 넣고 우물우물 씹는다.

수정, 황당하다.

이안, 떡을 다 먹었다.

정적이 흐른다.

어색하다.

이안, 헛기침한 뒤.

이안　　우리, 이렇게 만난 것도 인연인데······.

수정　　　······.

이안　　통성명이나······ 할까요?

두 사람, 동시에 비명을 지르며 쓰러진다.

이안　　혹시 낯 간지러웠어요?

수정　　네! 그쪽도요?

이안　　네! 너무 어른스러운 척했어요! 내가 통성명이라는 단어를 쓰
　　　　　다니!

수정　　간지럽지만 고마워요! 통성명해요! 구수정! 열아홉 살!

이안　　이안! 열아홉 살!

수정　　친구다! 존대가 편해요? 반말이 편해?

이안　　반말! 오늘 같이 있을래? 내일이 되면 나는 북쪽, 너는 남쪽, 다
　　　　　시는 못 볼 수도 있잖아.

수정　　그래! 흠흠! 우리 두 사람의 인연과 통성명을 기리는 야영이자,
　　　　　엇갈려 헤어지기 전 처음이자 마지막으로 함께 보내는 밤을 선
　　　　　언합니다!

수정,이안　야영이다!

두 사람, 주변을 탐사하며 야영 아이템을 긁어모은다.

그것은 마치 신나는 게임같다.

서로가 하나씩 발견할 때마다 서로에게 환호해 준다.

이안   태울 수 있는 마른 나뭇가지!

수정   먹을 수 있는 열매와 이파리!

내일   (산딸기를 물고) 으르르!

수정   양초!

이안   지포 라이터!

내일   (무쇠로 만든 솥을 물고) 으르르!

두 사람, 땔감을 모아 불을 피운다.

처음 피우는 불이 신기하고 황홀하다.

수정   그런데 뭘 끓이게?

이안   뭐?

수정   우리 쌀이나 뭐 그런 게 아무것도 없잖아. 불은 왜 피우는 거야?

이안, 잠시 생각에 잠기다가

이안   지금은, 여기가 우리 집이라는 뜻이야.

수정   우리 집, 따뜻한 단어다. 우리 집. 그럼 우리 집에서 뭐 할까?

이안   불은 생각보다 쓸 곳이 많아. 근처에 개울이 있으니까 물을 끓
           이자. 시원하게 땀을 씻고 머리를 감는 거야. 그리고 수정이가
           뜯어 온 열매와 이파리로 차를 만드는 거야.

두 사람, 신나게 머리를 감고

열매와 이파리를 무쇠솥에

마치 마법 약초처럼 모조리 넣고 팔팔 끓인다.

먹음직스러운 붉은 빛이 돈다.

수정과 이안과 내일, 맛을 본다.

수정/이안   맛있다! (으르르!)

수정과 이안과 내일, 둘러앉아서 차를 마신다.

이안   꼭 동생이랑 소꿉놀이하는 것 같다.

수정   (눈 흘기며) 동생? 네가 더 동생같거든!

이안   어허, 자네가 더 동생 같네그려.

수정   어허, 딱 봐도 자네가 동생이거늘.

이안   이보시게 내일이, 우리 둘 중 누가 더 동생 같은가.

내일, 둘을 번갈아 보다가 말 없이 드러눕는다.

수정과 이안, 그 모습을 보고 손뼉을 치며 웃다가

서로의 몸을 베개 삼아 드러눕는다.

4장

셋, 코를 골며 편한 잠에 빠져드는데.
마치, 〈전설의 고향〉처럼,
흰옷을 입은 아이들이 이곳저곳에서 스멀스멀 등장한다.
어느새 일곱 명이 된다.
일곱 아이들, 세 친구의 귓가에

아이들　　　배고파요.

세 친구, 눈을 뜬다.
아이들, 후다닥 숨는다.

수정　　　······꿈인가?

세 친구, 무섭지만 다시 잠을 청한다.
아이들, 다시 몰려들어서 세 친구의 귓가에

아이들　　　배고파요.

세 친구, 벌떡 일어난다.
아이들, 후다닥 숨는다.

이안　　　······꿈이겠지?

세 친구, 서로에게 붙어서 다시 잠든다.

아이들, 다시 몰려들어서

아이들   배고파…….

수정,이안   (벌떡 일어나며) 누구세요?

서로 눈이 마주친다.

서로 비명을 지르며 서로가 서로에게 도망친다.

마치 베개 싸움을 하듯

한동안 손에 집히는 것을 들고 이리저리 휘두르다가

수정   ……어린 애들? 너희들이 여기 왜 있어?

아이들   (합창) 배고파요. 배고파요. 배고파요. 배고파요.

아이들, 어느새 같은 박자로 고개를 끄덕이며

'배고파요'를 합창처럼 외친다.

수정과 이안, 서로를 마주 본다.

말하지도 않았지만 서로 끄덕거린다.

수정과 이안이 백설기를 꺼낸다.

한 아이 앞에 두 개씩 건넨다.

그러나 일곱 번째 아이에게 전하는 동안

이미 아이들은 다 먹었다.

아이들   (합창) 배고파요. 배고파요. 배고파요. 배고파요.

수정, 고민하다가 백설기 열 개를 더 꺼낸다.

아이들, 열 개의 백설기를 보고 고개를 갸웃하며 열심히 고민한다.

이안   수정아, 그러면 아이들이 싸우지 않을······.

그 말이 끝나기도 전에 아이들은 싸운다.
처음에는 떡을 하나 먹은 네 명과
두 개 먹은 세 명이 편을 먹고 싸우다가
나중에는 서로 뒤섞여서
손바닥으로 서로의 머리통을 치고 코를 밀치고
팔이며 종아리를 깨문다.
서로 울면서 서로를 공격한다.

수정, 한숨을 쉬고,
가방에서 백설기 4개를 빼놓고
나머지 4개를 집어 든다.

아이들, 싸움을 멈추고, 4개를 보면서
더 크게 고개를 갸웃하며
더 깊은 고민에 빠져든다.

이안   개수가 안 맞으면 싸운다니까. 벌써 까먹었냐?
수정   내일 넌 갈 거 아니야?

짧은 정적.
그러나, 곧바로 아이들이 수정의 손으로 달려든다.
수정의 손이 마구 할퀴어진다.

수정이 가방을 놓친다.

아이들이 가방으로 달려들어 마구 먹는다.

마치 아귀들의 잔치같다.

그런데 이상하게도 먹어 대는 시간이 흐르며

아이들의 움직임은 점점 느려지고 약해진다.

마치 아이에서 어른을 지나 노인으로 지나가는 것 같다.

어느새 빈 가방이 된다.

아이들, 다시 배가 고프다고 하는데 놀랍게도 노인의 목소리다.

노인들   배고파요.

수정   ……누구세요?

노인들   배고파요.

이안   ……아까 그 애들 일곱이.

노인들   배고파요.

수정   가만히 앉아서 먹기만 하다가…… 한 세월이 끝나 버렸어.

이안   ……우리도 오래 멈춰 있으면 저들처럼 세월이 훅 지나가 버릴 거야. 계속 움직여야 해.

이안이 수정의 손을 잡고 떠나려는데 이상하게 떨어지지 않는다.

노인들의 모습이 맘에 걸린다.

노인들   (합창) 배고파요. 배고파요. 배고파요. 배고파요.

수정과 이안, 남아있는 4개의 백설기를 들고

서로 마주 보다가, 동시에

수정,이안　　(동시에) 죽을 끓이자.

두 친구, 죽을 끓인다.

내일이가 열심히 땔감을 물어 온다.

노인들, 죽에 몰려들어 느리지만 꾸준하게 죽을 떠먹는다.

그렇게 하염없이 죽을 먹을 것 같던 노인들은

점점 수명이 다해 간다.

첫 노인이 쓰러지는 것을 시작으로

노인들이 하나둘 쓰러져 간다.

쓰러진 노인들의 입에는 마지막까지 숟가락이 물려져 있다.

수정과 이안, 죽은 노인들을 내려다본다.

이안　　배가 고팠다가, 불렀다가, 고팠다가, 불렀다가, 생이 다해서야
　　　　드디어 잠을 자네.

수정　　알 수 없는 짜증이 나. 무지막지한 증오심이 올라오고 있어. 먹
　　　　을 것을 나눠서가 아니야. 잠을 깨워서도 아니야. 이안이 너와의
　　　　시간을 방해해서도 아니야. 이 증오는 현재와는, 현실과는 관련
　　　　이 먼 증오같아. 아주 먼 시간 혹은 공간에서부터 비롯된 증오.

이안　　…….

수정　　우리도 저렇게 될까?

이안　　…….

수정　　너랑 나도 저렇게 배가 고프고, 너랑 내가 하나의 떡을 먹으려
　　　　고 물어뜯고 할퀴고, 다시 배가 고프고, 다시 물어뜯고 할퀴고,

232

	그렇게 살다가 죽게 될까?
이안	그래서 길을 떠난 거잖아. 넌 그렇게 죽고 싶지 않아서. 난 그렇게 살고 싶지 않아서.
수정	……조금만 더 같이 있을 수 있어?
이안	…….
수정	이 사람들을 묻어 주고 싶어서.

이안과 수정, 누운 노인들의 몸에 흙을 뿌린다.
그들만의 장례 의식이다.
둘은 흙을 뿌리며 대화한다.

수정	있잖아.
이안	어.
수정	왜 죽고 싶은 거야?
이안	내가 죽어 줬음 좋겠대, 누가.
수정	…….
이안	내가 정말 사랑하는 사람. 내가 제일 사랑하는 사람. 그 사람이 내가 죽기를 바란대.
수정	말도 안 돼. 도대체 왜.
이안	그건 나도 잘 모르겠어. 내가 뭘 잘못했냐고 물어도 묵묵부답이고.
수정	오해는 아니야?
이안	죽이려고도 했어. 나를.
수정	…….
이안	실은 기억이 잘 안 나. 잠에서 깬 후에 들은 얘기였거든, 그래서, 그게 정말이었는지, 꿈이었는지, 아직도 모르겠어.

수정　　　 언젠가는 너의 꿈 얘기를 들려줄래?

이안　　　 그래, 들어줄 준비가 되면.

이때, 저 멀리서 승복 차림의 북두, 밥상을 들고 들어온다.

밥상 위에는 한가득 쌓인 밥과 한가득 남긴 나물이 있다.

북두, 밥을 뭉쳐 주먹밥을 만든다.

노인들이 밥 냄새를 맡고 킁킁거리며 일어난다.

밥 냄새를 따라 북두에게로 온다.

북두, 노인들에게 주먹밥을 하나씩 쥐어 준다.

북두　　　 한 생 살아내느라 고생들 많았네. 먼 길 잘 떠나시게.

내일, 앞장서겠다는 듯, 맨 앞에 선다.

북두, 내일의 목에 종을 건다.

내일, 앞장서서 걸어간다.

몸이 흔들리며 종소리가 난다.

노인들이 내일을 따라간다.

그렇게 내일과 노인들이 사라진다.

북두　　　 (수정과 이안을 향해) 너희들도 밥 먹어야지?

수정/이안　 (깜짝 놀라) 북두!

수정과 이안, 깜짝 놀라 서로를 보며

이안　　　 북두를 알아?

수정　　　 알지! 내가 길을 나선 게 북두 때문인데! 너는?

234

이안	알지! 내가 길을 나선 것도 북두 때문인데!
수정	와! 얘기 들려줘.
이안	그러니까, 아까 내가 잠에서 깼다고 했잖아. 산 중턱에 있는 절에서 갑자기 눈을 떴는데…….
북두	(버럭) 밥부터 먹어라! 이것들아! 나물 다 쉰다!

북두, 나물에 참기름을 넣어 무친다.

참기름 향이 가득하다.

수정과 이안, 달려들어 비빔밥을 맛나게 먹는다.

북두, 그들을 흐뭇하게 바라보며

북두	많이들 먹어라. 백설기도 없을 텐데.
수정	백설기가 백 개였는데. 우리만 먹었다면 더 오래 먹었을 텐데.
북두	근데 그렇게 안 되지? 여기저기 먹이고 싶은 이들이 많았지?
수정	…….
북두	그게 인생이다. 내가 먹을 떡 하나를 남에게 주는 건, 내가 사는 하루를 남에게 주는 거랑 같아. 그렇게 서로 하루와 하루를 주거니 받거니 하면서 생을 나누는 거지. 누군가의 생을 빼앗아서 자신의 생을 늘리는 이들이 있고, 누군가와 생을 나누어서 서로의 생을 공평하게…… 너희들 내 말 듣고 있냐?

그러나 수정과 이안은 먹는데 여념이 없었다.

이미 나물을 다 비웠다.

수정,이안	아, 미안, 뭐라고 하셨어요?
북두	잘 먹으니까 보기 좋다고 했다! 이것들아! (도시락 두 통을 내려

놓으며) 옛다! 많이들 먹어라!

수정과 이안, 보따리를 풀며 감탄한다.

수정	깨와 참기름으로 무친 고사리나물!
이안	소금과 쪽파를 넣고 볶은 반달 모양 애호박!
수정	고춧가루와 초간장을 뿌려 지진 두부!
이안	그리고! 하얗디하얀 쌀밥!
북두	도시락이다. 도시락은 떠나는 자가 먹는 음식이지. (고이 개켜진 검은 옷 두 벌을 내려놓으며) 새로운 길을 떠날 테니 옷을 갈아입어라.

수정과 이안, 옷을 갈아입는다.
북두, 갈아입는 둘을 향해 마치 예언처럼, 잠언처럼

북두	갈 길은 그리 멀지 않다.
	서로 다른 것을 원하는 둘이 가야 할 곳은 같다.
	도망치는 자는 붙잡히게 되지만, 쫓는 자는 붙잡게 된다.

수정과 이안, 옷을 다 갈아입고 서로 마주 본다.

수정	대박! 우리 누구 닮았다?
수정,이안	(동시에) 저승사자?

둘, 까르르 웃으며 서로 손을 잡는다.

북두　　　함께 저승으로 가거라.

힘을 합쳐 문 앞에서 저승의 신을 붙잡아,

각자 원하는 것을 얻어 내렴.

저 멀리서, 내일, 둘을 향해 걸어온다.

둘, 내일에게 달려가 껴안는다.

둘, 내일의 등에 올라탄다.

내일, 다시 하늘로 훌쩍 날아오른다.

수정과 이안의 검은 머릿결이 뒤로 흩날린다.

그 머리는 마치 검은 바람같다.

셋은 검은 바람을 만들며 저승으로 날아간다.

5장

셋은 저승의 바위 사막에 도착한다.

강한 햇빛, 강한 바람.

수정과 이안은 난생처음 겪는 햇빛과 바람에 걷기가 힘들다.

내일, 자신의 몸으로 앞장서 걸으며 햇빛과 바람을 막는다.

수정과 이안, 내일의 몸에 기대서 걸어간다.

그러나 내일은 점점 지쳐 간다.

내일의 몸이 점점 작아진다.

마침내, 내일, 쓰러진다.

수정과 이안이 달려들어 내일을 들어 올리지만 내일은 계속 쓰러진다.

수정과 이안이 내일에게 소리치지만

엄청난 바람 소리 때문에 아무것도 들리지 않는다.

수정과 이안이 내일을 붙들고 소리 내어 울지만

역시 아무것도 들리지 않는다.

수정과 이안, 울기를 멈추고 사막 모래를 파기 시작한다.

파고 파고 또 파서 내일의 몸을 구덩이에 넣고 덮는다.

내일의 몸이 완전히 덮이자마자

저 멀리서 음악 소리와 함께

저승의 신 가마 행렬이 등장한다.

저승의 신은 가마를 타지 않고 본인이 가마를 짊어 메고 있다.
그 뒤로 빨갛고 노란 꽃 모자를 쓴 추종자들이
누런 놋쇠로 된 작은 악기를 손바닥 삼아 손뼉 치며 온다.
수정, 행렬을 막아선다.

수정   당신이 염라대왕인가요?

저승신   하하하! 그것은 내 오랜 친구처럼 오래된 별명이지. 그러나 아무리 오랜 친구도 나와 같아질 수 없듯, 그 오래된 별명 또한 내 이름은 아니지. 그러나 그것이 중요한 게 아니야. 원하는 이름으로 나를 부르라. 예를 들어…….

이안   북두?

저승신   (씨익 웃으며) 이안, 이라고.

저승신, 이안의 이름을 말하고 계속해서 웃는다.
이안, 모욕을 당한 듯 화가 난 듯, 몸을 돌리며.

이안   가자, 수정아.

둘, 자리를 벗어나려는데
추종자들, 둘을 둘러싼다.
둘, 이리저리 벗어나려는데
추종자들, 계속 원을 좁히며 둘러싼다.

두 사람과 추종자들의 우스꽝스러운 추격전이 펼쳐진다.

처음에는 추종자들이 두 사람을 쫓지만

두 사람이 훨씬 크고 빨라서

나중에는 두 사람이 추종자들을 쫓는다.

추종자들, 갑자기 쫓기는 신세들이 되어

허둥지둥 도망가다가

저승 신의 뒤로 줄줄이 매달려 숨는다.

마치 뱀 꼬리 잡기처럼

두 사람과 저승신 사이에 꼬리잡기가 펼쳐진다.

그러다가, 저승신이 자신도 모르게

내일이 묻힌 무덤을 밟는다.

수정, 분노하며 소리친다.

수정   내 친구 무덤 밟지 마! 한 번 죽은 친구를 다시 밟지 마!

수정, 전력 질주로 달려가서 어깨로 저승신을 밀어 버린다.

저승신이 넘어지며 추종자들이 도미노처럼 줄줄이 넘어진다.

추종자들이 도망친다.

저승신만 남았다.

저승신, 뒤늦게 허리를 쭉 펴고 도망치려는데

이안, 저승신의 허리를 붙잡고 들어 올린다.

이안   우와! 내가 들어 올렸다!

수정   그다음은?

이안   그다음? 생각 안 해 봤는데?

수정	이 바보야! 세상엔 중력이라는 게 있어! 그건 들어 올려진 자에게 유리해! 들어 올린 자가 아니라!
이안	빨리 말해 주지! 난 태어나서 싸움을 해 본 적이 한 번도 없단 말야!

이안, 그 말이 끝나자마자 저승신과 함께 넘어진다.
저승신, 모래를 파서 도망치려는데
이안, 저승신의 옷자락을 붙잡는다.

이안	수정아!

수정, 허리에 두른 기다란 천을 풀고 달려간다.
이안과 수정이 저승신을 꽁꽁 묶는다.
저승신, 막상 묶이자 아주 담담해진다.

저승신	살려 주게.
수정	우리도 당신을 죽일 생각은 없어.
저승신	고맙네.
수정	근데 궁금하다?
저승신	무엇이 말인가?
수정	저승 신인 당신이 죽으면 어떻게 되는 건지?
저승신	음…… 음…… 그건…… 음…….

이안, 나뭇가지를 주워 와서 저승신의 옆구리를 찌른다.

저승신	아야! 무질서!

이안	무질서?
저승신	무질서.
이안	그게 다야?
저승신	엥? 무질서라니까? 무질서라구!
이안	그래! 무질서! 그게 다냐구!
저승신	세상에! 무질서라는데! 무질서라는데도 저렇게!

이안과 저승신, 계속 같은 말로 한동안 싸우는데
수정, 생각하다가 갑자기 불쑥.

수정	우리도 생각이 비슷해.

이안과 저승신, 놀라서 수정을 바라본다.

수정	나는 열아홉 살인데, 내년이 되기 전 죽을 운명이랬어. 스무 살은 죽을 나이가 아니야. 질서상 맞지 않아. 당신이 당신의 질서를 중요시한다면 우리 질서도 중요시해야겠지. 내가 늙은 뒤에 죽을 방법을 알려 줘. 그러지 않으면 당신을 죽이고 거대한 무질서를 만들어낼 거야.

저승신, 수정을 빤히 관찰하다가

저승신	오호라! 역사적으로 너 같은 자들이 종종 있었어. 방법이 아주 없지는 않아.

저승신, 이번엔 이안을 빤히 바라본다.

이안, 망설이다가

이안　　　나는 원하는 게 좀 달라. 반대라고 할까.

저승신, 묶인 줄 알았던 팔을 쏙 빼서 주머니를 뒤진다.

이안　　　뭐야? 왜 이렇게 쉽게 풀어?
저승신　　(흐뭇) 내가 나름 저승신이다. 허허. 둘의 이름과 생년월일시를 대.

둘, 저승신의 양쪽 귀에 속삭인다.
저승신, 간지럼을 탄다.

저승신　　간지럽다! 너무 가까이 말하지 말거라. 저승신의 몸은 민감하
　　　　　　다. (주머니를 계속 뒤지며) 어디 보자 그게 어딨더라.

저승신, 왼쪽 주머니에서 흰 명부 한 권과 검은 명부 한 권을
오른쪽 주머니에서 긴 검 한 자루와 짧은 검 한 자루를 꺼낸다.
수정에게 검은 명부와 작은 검을
이안에게 흰 명부와 긴 검을 건넨다.
두 사람, 자신의 검에 새겨진 글자를 본다.

이안　　　바랄 희(希)?
수정　　　바랄 망(望)?
저승신　　검은 명부는 자신을 죽게 만들 자들의 이름이 적혀 있고, 흰 명
　　　　　　부는 자신을 살게 만들 자들의 이름이 적혀 있다. 하나하나 찾
　　　　　　아가서 그들을 다 죽여. 그 순간 수정 너는 천수를 얻고, 이안 너

는 영면을 얻을지니.

두 사람, 두근거림으로 숨이 거칠어진다.

각자 자신의 검을 천천히 들어 올려 저승신에게 휘두른다.

저승신이 천에서 풀려난다.

저승신, 하하 웃으며 사라진다.

수정과 이안, 명부를 편다.

각자의 명부를 휙휙 넘기며 살핀다.

두 사람, 서로 바라본다.

수정   내 명부 구경할래?

이안   좋아. 너도 구경할래?

수정   좋아.

두 사람, 서로의 명부를 바꿔 들고 휙휙 넘긴다.

그러다가 고개를 갸우뚱한다.

서로 다시 마주 본다.

수정   ……너무, 이상해.

이안   ……명부에, 적힌 자들이.

수정/이안   ……같아.

6장

악사, 다른 공간(마을로 가는 길목)에 등장해서
악기를 연주하며 노래하고 있다.

악사   우리 마을은 행복해
          웃는 얼굴들이 가득해
          슬픈 얼굴 화난 얼굴 외로운 얼굴은
          어디로 떠났는지 궁금하지만

          우리 마을은 평화로워
          좋은 사람들만 가득해
          좋은 동물 좋은 식물 좋은 물고기는
          어디로 사라졌는지 궁금하지만
          궁금해도 궁금해선 안 돼
          행복을 위해서라면
          궁금해도 궁금해선 안 돼
          평화를 위해서라면

          떠난 건지 떠나보낸 건지
          사라진 건지 사라지게 만든 건지
          궁금하고 궁금하고 궁금하지만
          궁금하면 궁금하면 궁금하면 안 돼

(간주)

그와 동시에, 수정과 이안은 사막을 끝없이 걷는 중이다.

악사의 노래는 계속된다.

수정과 이안이 길목에 도착한다.

악사는 여전히 노래 중이다.

수정   안녕하세요.

악사   *우리 마을은 깨끗해.*

이안   안녕하세요!

악사   *반짝이는 것들로 가득해.*

수정   정말 죄송한데요!

악사   *가난하고 남루하고 누추한 것들은.*

이안   물 한 모금만 마실 수 있을까요?

악사   *어디에 버려졌는지 궁금하지만. (물 주며)*

수정과 이안, 정신없이 물을 마신다.

악사는 여전히 연주하며 노래를 부르고 있다.

(그러나 물을 마시고 얘기하는 동안은 볼륨이 꺼진 것처럼 들리지 않는다.)

수정, 악사에게 인사를 하려다가

수정   감사합니…… 어?

수정, 눈을 비비고 악사의 얼굴과 명부를 번갈아 본다.

악사   *우리 마을은 똑똑해*

정답을 아는 사람들로 가득해

질문과 호기심과 모험은

언제부터 오답인지 궁금하지만

악사의 노래는 절정을 향해 달리는 중인데

수정, 엎드려 물을 토하려 한다.

하지만 토해지지 않는다.

악사, 절정을 노래하며 손으로 수정의 등을 두드려 준다.

악사　　　궁금해도 궁금해선 안 돼

　　　　　행복을 위해서라면

　　　　　궁금해도 궁금해선 안 돼

　　　　　평화를 위해서라면

수정, 손이 닿자마자 몸서리치며 허리에 찬 단검을 휘두른다.

악사, 단검을 정통으로 맞는다.

당황스러운 표정으로 죽어 가면서도 노래를 마무리한다.

악사　　　떠난 건지 떠나보낸 건지

　　　　　사라진 건지 사라지게 만든 건지

　　　　　궁금하고 궁금하고 궁금하지만

　　　　　궁금하면 궁금하면 궁금하면 안 돼

악사, 스스로 감탄하며 죽는다.

수정, 비명을 지르려는데

이안, 수정의 입을 막는다.

수정, 입이 막힌 채로 비명을 지른다.

비명을 다 지르고 나서야 이안이 입에서 손을 뗀다.

이안	들키면 우리 둘 다 죽어.
수정	이 얼굴, 명부에 적힌 얼굴이었어.
이안	사람을 죽인 마음은 어차피 진정되지 않을 테니, 나머지 장들도 서둘러 해치워 버리자. 차라리 잘한 거야.
수정	······근데 왜 보고만 있었어?
이안	······난 물을 마시고 있었어.
수정	······.
이안	······나한테 화가 나?
수정	······아니, 슬퍼. 날 조금도 두려워하거나 역겨워하지 않는 게.
이안	······난 화가 나. 네가 너를 스스로 슬퍼하는 게.

수정, 그 말을 듣고 잠시 생각하다가

벌떡 일어나 명부의 앞장을 갈기갈기 찢어 허공에 날린다.

수정	묻어 주자.

둘, 악사의 몸 위에 흙을 뿌린다.

이안, 악사의 악기를 집어 든다.

이안이 연주하고 수정이 노래한다.

악사, 후련한 듯 저세상으로 떠난다.

악사가 떠나는 길로 일곱 농사꾼이 들어온다.

제각기 괭이를 들고 있다.

농사꾼1	당신들은 새로운 악사요?
수정	네? 악사라는 게…….
이안	(재빨리 나서며) 네! 맞아요! 저희가 악사예요!
농사꾼2	그럼 원래 있던 악사는…….
이안	지금 막 마을을 떠났어요. 그래서 우리가 대신 온 거예요.

농사꾼들, 그 말에 서로 마주 본다.

정적이 흐른다.

수정과 이안, 긴장해서 검에 손을 대려는데

농사꾼들, 박장대소!

농사꾼3	떠난다! 떠난다! 그 말을 입버릇처럼 하더니 결국 정말로 갔구나!
농사꾼4	그 악사는 글러 먹은 놈이었거든!
농사꾼5	글러 먹다니? 무슨 말이야?
농사꾼6	몰랐소? 그 악사가 부르는 노래는 전부 우리 마을 사람 하나하나에 대한 추문이잖아!
농사꾼7	몰랐던 게 아니야! 그 악사가 부른 노래가 그렇고 그런 이야기라는 건 잘 알지. 악사의 노래와 소문으로 명예랄지 순결을 잃은 자들이 있다는 것도 알아. 그런데 그게 어디 악사의 잘못인가? 그렇고 그런 삶을 산 이들의 잘못이지.
농사꾼1	어허! 사람은 비밀이 있어야지! 애초에 그 악사 놈이 그런 노래를 만들어서 비밀을 퍼뜨리지 않았더라면!
농사꾼2	어차피 죄다 안 좋은 비밀이었잖아! 악사는 정의로운 자야!
농사꾼3	정의는 무슨! 그저 폭로를 즐기는 관심병 환자일 뿐이야!

농사꾼들, 반반으로 갈려 말싸움을 한다.

말싸움이 번져서 몸싸움까지 간다.

수정과 이안, 그 와중에 명부를 펼쳐서

그들 얼굴을 차례차례 확인한다.

(몸싸움으로 이리저리 날아가느라 확인이 쉽지 않아 우스꽝스럽다.)

마침내 모든 얼굴을 확인한다.

둘, 안심한 얼굴로 마주 보며

수정   아무도 없어!

이안   명부에 적힌 얼굴이!

그와 동시에 몸싸움이 끝난다.

모든 농사꾼이 널브러진다.

농사꾼1이 가까스로 일어나

농사꾼1   어찌 됐건! 새 악사를 맞이하는 일이 먼저겠지요. 갑시다, 우리
            집으로 모시겠소. 그리고 잔치를 엽시다. 연주회를 겸한 잔치
            말이오.

농사꾼들   (박수 치며) 잔치! 잔치다!

농사꾼1   배를 들여라!

그 말에 뱃사공 3명이 배(종이배)를 밀고 들어온다.

뱃사공1   연회 음식이 준비될 동안 뱃놀이라도 하시지요. 제가 배를 몰겠
            습니다.

수정과 이안, 신나서 배에 탄다.

뱃사공1, 열심히 노를 젓는다.

뱃사공들, 배를 좌우로 움직이며 항해를 시작한다.

바다의 풍경이 흐르고 뱃사공들은 더 열심히 노를 젓는다.

뱃사공들은 마치 노를 젓는 것이 아니라 지휘를 하는 것 같다.

뱃사공1	뱃놀이가 좀 즐거우십니까?
수정	이상해요.
뱃사공1	무엇이요?
수정	너무 열심히 노를 저으시잖아요. 땀을 뻘뻘 흘리면서.
뱃사공1	그게 왜요?
수정	놀이의 태도가 아닌 것 같아요. 놀이라는 건 즐거워야 하는데, 그런 표정, 그런 노력으로, 땀을 뻘뻘 흘리는 게…….

뱃사공1, 말없이 노를 들어 올린다.

자세히 보니 노가 아니라 기다란 빗자루다.

그는 자신의 정체(청소부)를 드러낸다.

청소부, 빗자루로 본격적인 지휘를 한다.

청소부의 지휘에 따라

여섯 농사꾼은 춤추듯 배 주위를 자전하고 공전한다.

청소부	저는 사실 마을의 청소부입니다. 청소부는 그 마을의 모든 사람과 사물의 제자리를 아는 사람이죠. 제 머릿속에는 지도가 있습니다. 그 지도를 벗어난 사람과 물건을 제자리에 놓아두는 일을 합니다. 마차, 배, 활개 치는 거위나 닭들에게도 제자리는 있습니다. 제멋대로 움직이되 경계를 벗어나면 안 됩니다.

모두 질서에 맞춰 살아간다고 생각하면 쉽죠. 특히 사람은 더더욱.

악사, 수정과 이안을 노려보며.

청소부   사람 한 명이 태어나면 사람 한 명이 사라지는 것이 이치입니다. 그렇지 않으면 마을이 유지되지 않아요. 마을이 가진 것은 한계가 있으니까요. 쌀도, 물도, 집도, 사람이 살아가는 데 필요한 모든 것이.

청소부, 빗자루의 끝을 잡아당긴다.
날카로운 칼이 나온다.
수정과 이안, 놀라서 자신들도 검을 겨눈다.
셋은 배 위에서 검으로 공방을 거듭하며 동시에 대화를 나눈다.

청소부   실은 어제 제 손주가 태어났습죠. 그 악사 놈에게 떠나 달라 부탁한 것도 그 때문이었습니다.

수정   그럼 당신이 죽었어야죠.

청소부   그럼 제 일은 누가 하고요?

이안   당신 질서가 유의미하다면 네 손주가 하겠지.

청소부   아무나 할 수 있는 일이 아닙니다. 어린 사람들이 할 수 있는 일이 아니에요. 저라고 늙은 몸을 쉬고 싶은 마음이 없을까요. 그러나 제가 죽으면 마을은 지탱되지 못합니다. 제가 죽으면 머릿속 지도도 사라지니까요!

수정   그래서 일부러 기록하지 않은 거지? 지도를 머릿속에만 남겨놓고 독점했어. 그 독점으로 독재를 하면서 가장 오래 살아남은 거야!

청소부 저는 일개 사람이 아닙니다. 역사 그 자체입니다. 그래서 저는 죽을 수 없지요. 그러나 악사는 다르지요. 음악이 없어도 사람들은 여전히 자기 자리에서 일을 하고, 밥을 먹고, 잠을 잘 수 있으니까!

청소부, 그와 동시에 마지막 일격을 가하려는데
이안이 청소부의 검을 막고, 수정이 청소부의 가슴을 찌른다.
정적이 흐른다.
청소부, 죽어가는 목소리로

청소부 ……부탁이야.

이안 ……수정아. 칼을 뽑아. (수정, 망설인다.)

청소부 ……마을로는 한 명만 돌아가.

이안 ……그래야 죽어.

청소부 ……그래야 숫자가 맞아.

청소부, 수정을 껴안은 채 바다로 떨어지려고 한다.
수정, 떨어지지 않으려 바둥거린다.
이안, 한 손으로 수정의 손을 잡고
한 손으로 청소부 가슴의 검을 뽑는다.

7장

청소부, 바다로 떨어진다.

청소부, 바다를 유영하듯 두둥실 배 주위를 돌아다닌다.

이안, 흰 명부를 펴서

청소부의 장을 펼쳐서 찢으려다가 놀란 표정으로 얼어붙는다.

수정　　왜 그래?

이안　　명부가 이상해. 사람들이 사라지고…….

수정　　사람들이 사라지고?

이안　　사람이 아닌 것들이 그려져 있어.

수정, 그 말을 듣고 검은 명부를 펴서 확인해 본다.

수정, 마찬가지로 얼어붙는다.

청소부, 배 주변을 유영하며 놀려 댄다.

청소부　　질서는 사람들 사이의 약속이다. 거꾸로 말하면 사람이라 부르기 힘든 것들도 질서만 있다면 그 속에 숨을 수 있지. 사람 행세를 하면서. 하지만 너희들이 질서를 베어 버렸으니, 이제 사람이 아닌 것들은 숨을 이유가 없지. 반인반수의 시간이야. (복싱 사회자처럼) 명부대전! 1라운드! 눈 인간!

세 명의 농사꾼이 눈 인간으로 변한다.

양손에 커다란 눈이 달린 채

254

(혹은 플래시가 터지는 카메라를 들고)

수정과 이안에게 다가와 노골적으로 관찰한다.

관찰을 넘어 관음한다.

화면에 현대에 등장한 다양한 형태의 '바라보는 눈'이 등장한다.

가십을 보는 대중들의 눈,

소문을 나르는 유튜버들의 눈,

신상을 터는 악플러들의 눈.

온갖 기분 나쁜 소리가 둘의 귓가에 아른거린다.

웃음, 비웃음, 소문을 전하는 속삭임같은.

그 소리가 확장되며

병실의 기계 소리, 어른들의 중얼거리는 소리가

둘의 귓가를 때린다.

눈 인간들은 느낌표의 말들을 반복하며 계속 두 사람을 관찰한다.

눈 인간1   우와! 우와!

눈 인간2   오오! 오오!

눈 인간3   허이구! 허이구!

눈 인간4   참 나! 참 나!

눈 인간5   세상에! 세상에!

눈 인간6   나도 봤어! 나도 봤어!

눈 인간7   어쩐지! 어쩐지!

눈 인간8   실망이야! 실망이야!

눈 인간9   언팔할 거야! 언팔할 거야!

눈 인간10   구독! 좋아요! 구독! 좋아요!

둘, 눈 인간들의 바라봄을 피해
여기저기 도망치려 하지만
그들은 계속 따라다니며 바라본다.
둘, 참지 못하고 검을 꺼내 든다.
그들을 하나하나 베어 나간다.
그들은 베이며 물음표의 변명을 토해낸다.

눈 인간1   왜? 왜?

눈 인간2   왜 나야? 왜 나야?

눈 인간3   왜 나를 공격해? 왜 나를 공격해?

눈 인간4   왜 나를 상처 줘? 왜 나를 상처 줘?

눈 인간5   내가 무슨 짓을 했는데? 내가 무슨 짓을 했는데?

눈 인간6   그냥 본 것도 죄야? 그냥 본 것도 죄야?

눈 인간7   나만 댓글 달았어? 나만 댓글 달았어?

눈 인간8   나를 언팔할 거야? 나를 언팔할 거야?

눈 인간9   별풍선 못 받는 거야? 별풍선 못 받는 거야?

눈 인간10   구독? 좋아요? 구독? 좋아요?

수정,이안   다음 생에는 좀 더 좋은 걸 보도록 해.

수정과 이안, 최후의 일격을 날린다.
그렇게, 모든 눈 인간들이 베인다.

청소부   명부대전! 2라운드! 모기 인간!

나머지 세 농사꾼이 모기 인간으로 변한다.

입에 긴 주둥이를 달고

수정과 이안의 몸 곳곳을 노리며 주둥이를 들이댄다.

수정과 이안이 이들에게 검을 휘두르지만

이들은 재빨리 도망쳤다 들이대길 반복한다.

마침내 한 마리가 수정에게 달라붙는다.

피 빨리는 소리가 들린다.

수정, 비명을 지르며 검을 휘두르려 하는데

모기 인간1   수정아, 나 너무 힘들어. 내 얘기 좀 들어줘.

수정   왜, 왜 힘든데?

모기 인간2도 달라붙는다.

모기 인간2   수정아, 나 진짜 우울해. 너도 알잖아. 나 우울한 거.

수정   왜? 왜 우울한데?

모기 인간3도 달라붙는다.

모기 인간3   수정아, 난 너 없으면 아무것도 못 해.

수정   왜? 왜 아무것도 못 하는데?

모기 인간들이 단체로 달려든다.

모기 인간4   수정아, 날 이해하는 건 너뿐이야. 계속 이해해 줄 거지?

모기 인간5   수정아, 나 이번 생은 망한 거지? 그런 거지?

모기 인간6   수정아, 세상이 나를 망친 거지? 난 잘못 없는 거지?

모기 인간7   수정아, 괜찮다고 해 줘. 수정아, 네 잘못 아니라고 해 줘.

수정이 망설이는 사이

모기 인간들은 계속해서 수정의 피를 쪽쪽 빨아먹는다.

피 빨리는 소리가 점점 커진다.

수정, 점점 무기력해져 간다.

모기 인간1/2/3 수정아, 힘들어. / 수정아, 우울해. / 수정아, 너 없으면 아무것
            도 못 해. / 수정아, 날 이해하는 건⋯⋯. / 수정아, 나 이번 생
            은⋯⋯. / 수정아, 세상이 나를⋯⋯. / 수정아, 괜찮다고 해 줘.

수정   (무기력) 안 되는데, 나도 힘든데, 안 되는데, 갈 길을 가야 하는
            데, 안 되는데, 나도 살아야 하는데.

이안, 모기 인간1의 주둥이를 잡아당겨

모기 인간2의 허리에 꽂는다.

모기 인간2, 비명을 지른다.

모기 인간2의 주둥이를 잡아당겨

모기 인간3의 허리에 꽂는다.

모기 인간3, 비명을 지른다.

찔린 모기 인간들이 자신만 당하지 않겠다는 듯

다른 모기 인간의 주둥이를 다른 모기 인간의 허리에 꽂는다.

마침내 모든 모기 인간들이

비명을 지르면서 서로의 피를 빤다.

모기 인간들	힘들어. / 우울해. / 아무것도 못 해. / 날 이해하는 건……. / 나 이번 생은……. / 세상이 나를……. / 괜찮다고 해 줘.

힘들어. / 우울해. / 아무것도 못 해. / 날 이해하는 건……. / 나 이번 생은……. / 세상이 나를……. / 괜찮다고 해 줘.

힘들어. / 우울해. / 아무것도 못 해. / 날 이해하는 건……. / 나 이번 생은……. / 세상이 나를……. / 괜찮다고 해 줘.

수정, 그 광경을 보며

수정   너희들은, 남의 피를 빼는 게 아니라, 멘탈을 빨고 있었구나.

결국 세 모기 인간은
서로가 서로에게 피를 빨리며 동시에 죽어 간다.

청소부   명부대전! 3라운드! 허수아비 인간!

허수아비 인간들이 천천히 일어나
두 팔을 벌리고 그대로 멈춘다.
허수아비처럼.

수정   저들이 인간이라고? 저렇게 허수아비처럼 멈춰 있는데?

청소부   어느 길로 가야 할지 몰라 그대로 멈춘 인간들이지. 모든 것에 무감각해져서 그저 선 채로 먹고, 선 채로 잠들고, 선 채로 꿈을 꾸는 인간들. 너희도 곧 이렇게 될 거야.

이안	저것들도 베고 나면 인간이 될까?
수정	뭐?
이안	저것들도 지금은 허수아비지만, 의심의 여지 없이 허수아비지만, 우리가 칼을 대면 피가 튀고, 해치운 뒤 돌아와 보면 다 사람 시체로 누워 있을 것 아니냐고. 이백 명, 이천 명도 넘는 사람들을 우리는 뭔가에 홀린 듯 죽이고, 괴로워하고……. 이건 꿈이야. 꿈에서 깨야 해. 우리에겐 돌아갈 곳이 있어.

이안, 자신의 검을 거꾸로 들고 자신의 심장을 향해 겨눈다.
수정, 자신의 검으로 이안의 검을 쳐서 떨어뜨린다.

수정	너 미쳤구나?
이안	이 끔찍한 일들을 다시 겪을 수는 없어. 이번에는 이겨내지 못할 거야 회복하지 못할 거라고.
수정	우리가 지금까지 다한 건 최선이 아니야? 이안 네가 아니었다면 나는 절대 여기까지 올 수 없었을 거야. 끔찍한 일들이 이어지는 동안 내가 느낀 건 행복이었어.
이안	나도 마찬가지야. 하지만 정말 더 이상은 싸울 수 없어. 네가 나를 위해 계속 뭔가를 죽이도록 내버려 둘 수 없어.
수정	(명부를 펼치며) 이제 단 한 장만 남았어. 한 번만 더 싸우면, 이 끔찍한 일들은 이제…….

수정, 남은 한 장을 바라보고 얼어붙는다.
이안, 수정의 기운에서 뭔가를 느끼고 자신의 명부를 본다.
서로의 명부를 서로에게 보여준다.
수정의 명부에는 이안의 초상이,

이안의 명부에는 수정의 초상이 그려져 있다.

이안   수정아, 꿈을 깨더라도, 저 바깥에서, 너는 계속 갈 수 있겠지. 네가 그러리라는 것을 너도 알잖아. 여긴 너무 괴롭고 이상한 곳이야.

수정   상관없어. 나는 여기서 너를 만났고, 네가 나를 구했어.

이안   아직 아니야. 하지만 이제 그럴 수 있어.

수정   그러지 마.

이안   모든 게 거짓으로 이루어진 곳에서는 무너지는 것들만이 진실이겠지. 수정아, 내 마음이 무너져 내려. 사랑해. 우리가 지금보다 더 행복할 수는 없겠지만…….

이안, 수정을 향해 검을 겨눈다.

수정   정말 그런가. 예전으로 돌아갈 수 없다는 생각은, 결코 진실인가.

수정, 이안을 향해 검을 겨눈다.

8장

둘, 허수아비 인간들 사이를 누비며 서로에게 검을 휘두른다.
수정, 이안의 검을 피하려다 주저앉는다.

허수아비1   괜찮아, 포기해도 돼.

수정, 그 무감각한 눈빛이 무섭다.

이안   일어나! 검을 잡아! 계속 휘둘러! 그대로 멈추면 너도 허수아비
인간이 되고 말 거야! 모든 게 무감각해질 거야!

수정, 그 말을 듣고 일어나 이안에게 검을 휘두른다.
이번에는 이안이 쓰러진다.

허수아비2   어차피, 우린 이길 수가 없어.

둘의 검투가 계속되는 가운데
둘의 속마음이 내레이션으로 흐른다.

이안(내레이션)   산 중턱에 있는 절에서 눈을 떴어. 내가 누군지, 여긴 어딘지, 아
무것도 기억나지 않는 상태로 갓 태어난 아기처럼. 북두가 말했
어. 내가 사랑하는 사람이 나를 심하게 학대했고, 오늘 나를 이
산으로 데려와 떠밀었다고.

허수아비3   우리도 너희랑 같았어. 하지만 이제야 알았어.

수정(내레이션)   두려워. 저리 힘없이 베일 것이 두렵고, 아플 것이 두렵고, 너의 눈을 보며 죽어 가게 될 것이 두려워. 내가 죽은 뒤에 스스로 세상을 떠날 너의 모습을 떠올리게 되는 것이 두려워. 두렵고 싶지 않아. 떨고 싶지 않아. 죽고 싶지 않아.

허수아비4   세상은, 점점 더 커지고 복잡해질 거라는 걸.

이안(내레이션)   난 아직 죽을 운명이 아니었기 때문에 눈을 떴어. 어떻게 하겠느냐고 북두가 물었어. 난 궁금했어. 그 사람이 내 엄마인지, 내 애인인지, 어디 있는지, 근데 그런 걸 물어도 북두는 대답해 주지 않을 것 같았어.

허수아비5   세상을 바꾸기는커녕, 세상을 쫓아가기도 힘들 거라는 걸.

이안(내레이션)   그래서 난 별로 구체적이지 않은 질문을 했어. '그 사람도 저를 사랑했나요?' 북두는 고개를 저었어. 사랑하지 않는다고, 사랑한 적 없다고. 그러나…… 네가 있어서 분명 좋았을 거라고.

허수아비6   아무리 달려도, 어차피 언젠가는 멈출 수밖에 없다는 걸.

이안과 수정, 서로를 제대로 베려는 듯, 보란 듯이 검을 들어 올린다.

허수아비7   어차피 멈출 거라면, 처음부터 멈추는 게 훨씬 편할 거라는 걸.

이안과 수정, 서로에게 검을 휘두른다.

이안, 검에 베인다.

이안　　　……수정아, 바로 그때 내 마음속에 죽겠다는 결심이 서게 된 거야.

이안, 휘청거린다.

저 멀리서 하하하! 소리를 내며 저승신이 네발로 기듯이 달려온다.

그 뒤로 추종자들이 황금 가마를 끌고 따라온다.

저승신, 이안을 붙잡아서 황금 가마 위에 올린다.

이안　　　근데, 죽는 건 안 무서운데, 죽은 후에 너를 볼 수 없을까 봐 무서워.

수정, 그 말에 울컥하며 이안에게 손을 뻗는다.

이안, 똑같이 수정에게 손을 내민다.

수정, 이안을 잡으려고 손을 뻗는다.

하지만 저승신의 황금 가마가 더 빠르다.

수정, 간신히 달려서 황금 가마 위에 오른다.

수정과 이안이 서로를 껴안는다.

그렇게 둘은 황금 가마 위에 타서 저승의 고층 감옥으로 간다.

지푸라기로 만들어진 감옥이다.

감옥은 쉴 새 없이

현대의 광고, 유튜브, SNS 화면 같은 것들이

헤드라이트처럼 곳곳을 탐색하며 죄수들을 멍하게 만든다.

그곳에는 눈 인간, 모기 인간, 허수아비 인간들이

무수하게 갇혀서 아우성치고 있다.

그들이 수정에게 소리친다.

모기 인간   우리를 풀어 주면 우리가 살아날 텐데.

눈 인간   우리가 살아나면 다른 이들을 풀어줄 텐데.

허수아비 인간 모든 이가 되살아나면 질서가 무너질 텐데.

저승신   입 닥쳐!

저승신, 속도를 내어 감옥을 지나려 하는데,

수정, 황금 가마에서 뛰어내려서

지푸라기 감옥을 흔들어 댄다.

낱알이 우수수 떨어진다.

감옥이 한쪽으로 기울어진다.

반인반수들이 환호성을 울린다.

저승신, 깜짝 놀라 감옥을 다시 반듯하게 세우려 애쓴다.

감옥을 쓰러뜨리려는 수정과

감옥을 다시 세우려는 저승신이

감옥을 사이에 두고 씨름처럼 힘을 겨룬다.

저승신   저들이 나오면 너를 죽일 거야! 저들은 누구에게든 복수를 할 거라고!

수정   알고 있어! 억울한 마음은 우리가 잘 알아!

저승신   내가 없어도 죽음은 있어! 이곳이 무너지고 죽은 자들이 감옥을 벗어나면 나도 죽고 너도 죽고 저 애도 죽는다고! 그 손을 놔!

수정, 멈칫하는데

반인반수들   (다 같이) 질서가 무너지면 저승신이 죽을 텐데.

그럼 저 아이는 죽지 않을 텐데.

갈 곳이 없으니까.

데려갈 이가 없으니까.

수정, 결심한다.

이안의 허리춤에 있는 검을 쥐어 들고, 감옥 기둥을 벤다.

감옥이 무너진다. 반인반수들이 풀려난다.

반인반수들이 서로의 몸을 마찰하며 춤춘다.

연기가 피어나며 감옥이 불에 휩싸인다.

그 불길은 마치 춤을 추듯, 여러 형상으로 일렁이며

계속해서 붉은색을 퍼뜨려 간다.

저승신, 망연자실한 얼굴로 불길의 춤을 바라보며

저승신   깨끗이 쓸어 버린다…… 라고들 하지. 그러나 내 오랜 경험에 미루어 보건대 '깨끗이' 쓸어 낸 자리란 없지. 어딘가에 존재하는 무언가들을 다 죽이고 나면 언제나 그들의 잔해가 남지. 부서진 조각들과 흘러나온 액체들로 그 '어딘가'는 오히려 더 엉망이 되곤 하지. 지키려는 노력을 통해 망치게 되는 경험.

수정   망친 게 아니야.

저승신   그럼?

수정   구한 거야. 이룬 거야. 최선을 다했기에 흔적이 남은 거야.

저승신   그럼 잔해를 떠안고 살아가. 고약한 피 냄새에, 무질서에 익숙해질 각오를 해. 폐허를 쉼터로, 몰락을 휴식으로 착각하면서.

수정	그게 네가 할 수 있는 가장 무서운 경고야?
저승신	…….
수정	나에게 그런 것들은 이제 조금도 두렵지 않아. 그리고 나는 그것들의 이름을 실제로 바꾸어 부르겠어. 폐허를 쉼터로, 몰락을 휴식으로…… 영원히…… 그러면 그건 더 이상 착각이 아니게 되겠지.

저승신, 그 말에 반박할 수 없다.
미소를 지으며 불길 속으로 들어가 사라진다.
추종자들, 황금 가마를 수정 앞에 바치며

추종자들	새 주인을 뵙습니다!

수정, 황금 가마를 바라보며

수정	이건 또 뭐야. 내가 어느새 무언가가 돼 버린 거야?
추종자들	새 주인을 뵙습니다!
수정	되고 싶지 않았던 어떤 존재가 되어가는 중인 거야?
추종자들	새 주인을 뵙습니다!
수정	내가 그 무언가를 선택하지 않았는데도?
추종자들	새 주인을 뵙습니다!

수정, 황금 가마를 잠시 바라보다가, 약 올리듯

수정	싫어!

수정, 달리기 시작한다.
추종자들이 놀라 수정을 추격한다.

수정은 계속 달리며 친구들을 찾는다.
저 멀리서 내일이 달려온다.
수정, 내일의 손을 잡고 달린다.

저 멀리, 쓰러진 이안을 추종자들이 둘러싼다.
수정과 내일, 곧바로 돌진해서
추종자들을 이리저리 날려 버린다.

수정, 이안을 황금 가마에 올린다.
수정과 내일, 황금 가마를 함께 끌고 달린다.

추종자들과 죽은 자들이 계속해서
비틀비틀 일어나 다가오는 와중에도
수정과 내일은 황금 가마를 끌며 달린다.

이안, 행복한 얼굴로 가마 위에서 점점 눈을 감는다.
수정, 이안의 죽음을 예감하면서도
계속 가마를 끌고 달린다.
조금이라도, 단 일 초라도
이안을 죽음으로부터 멀어지게 하기 위해서.
계속해서 달리며 쉴새 없이 외친다.
말을 멈추는 순간, 허수아비가 될 것 같다는 예감으로.

병실의 기계음이 점점 커진다.

수정, 그 소리에 지지 않으려는 듯

큰 에너지로 독백을 시작한다.

수정　　이안아, 나는 한순간도 빠짐없이 널 그리워할 거야. 살아가는 동안 영원히 그럴 것이라는 느낌이 들어. 이안아, 너는 내가 가져 본 것 중 가장 좋은 것이었어. 영원히 다시 만날 수 없고, 그에 대해 말할 수도 없는, 저주를 닮은 사랑. 이안아, 나는 한때 이런 유서를 쓴 적 있어. 내일이 너무 개같으니까. 내일이 온다는 게 개같고, 내일이 있다는 게 개같아. 사람들은 내가 자유롭다고 생각하겠지만 그건 틀렸어. 나는 두려워. 안전한 곳에서 쉬고 싶어. 죽도록 쉬고 싶어. 칼은 언제나 누구를 죽이기만 할까? 그게 늘 나쁘기만 할까? 죽음보다 나쁜 건 없는 걸까? 죽음보다 나쁜 걸 죽이느라 죽음을 죽이지 못해서 죽음이 나를 죽인다면 그건 좋은 일이 아닐까?

바람이 불어온다.

수정　　근데 이안아, 난 오늘 유서를 뒤집고 그 뒷면에 오늘의 일기를 적을 거야. 내일은 개같다. 나는 개를 좋아한다. 홀로 뛰놀던 낮이 끝나면 우리 안에 들어가 쉬는 밤이 온다. 어떤 이별은 서로에게 너무 가까이 다가갔기 때문에 발생한다. 칼은 나를 아프게하는 방식으로 나를 살리거나 죽이지만, 나는, 나의 죽음을, 죽일 수 있다.

수정은 계속해서 달리고

무대 위. 그리고 영상에는,

수정이 지금까지

모험을 하며 만났던 모든 이들이

함께 수정의 뒤를 따라 우르르 달리며

-막-

킬링시저

시저 암살자들

원작

윌리엄 셰익스피어

『줄리어스 시저』

등장인물

시저—젊은 시저

브루터스

안토니우스—카시우스

코러스

시저의 악몽. 시저는 폼페이우스를 물리치고 개선하는 중이다.

시저는 순백의 제의복을 입고 있다.

안토니우스가 개선식을 주도한다.

브루터스는 꿈결처럼 그 대관식을 거든다.

(브루터스의 걸음만 다른 리듬을 지니고 있다.)

안토니우스   로마 역사상 가장 위대한 인간 줄리어스 시저에게 황제의 관을 바칩니다!

군중이 환호하며 황제의 관이 담긴 상자를 들고 온다.

시저는 그 관을 쓰기 위해 무릎을 꿇는다.

안토니우스가 관을 꺼낸다.

놀랍게도 그 관은 폼페이우스의 피투성이 얼굴로 만들어졌다.

시저가 비명을 지르며 뒷걸음질 치려는데,

군중이 시저를 붙잡아 폼페이우스의 관을 씌운다.

폼페이우스의 관에서 피가 흐른다.

시저의 얼굴과 순백의 옷이 피로 젖어들어간다.

카시우스   로마 역사상 가장 위대한 인간 줄리어스 시저를 신에게 제물로 바칩니다!

군중들이 열광하며 시저를 제단에 눕힌다.

모두가 신의 가면을 쓴다.

그들의 표정은 모두 무표정이다.

신의 가면들이 시저의 몸을 뜯어먹는다.

시저의 몸이 뇌전증처럼 발작한다.

시저의 비명은 더욱 커진다.[1]

브루터스, 그 광경을 보며 온몸을 벌벌 떨다가
자신도 모르게 시저를 구하러 달려간다.
그러나 광기의 물결에 휩쓸려 밀려난다.
시저, 그런 브루터스와 눈이 마주친다.

시저   브루터스! 브루터스! 나의 아들 브루터스!

그 순간, 꿈속 인물들 모두가 브루터스를 바라본다.
브루터스, 그 눈빛들이 너무나 공포스럽다.
뒷걸음쳐서 (자신의 꿈속으로) 도망친다.

시저, 악몽에서 깨어난다. 발작을 하며.

시저, 스스로의 의지로 발작을 견뎌 가며
안토니우스에게 등을 돌린다. (약한 모습을 보이지 않기 위해)
그리고 혼잣말로 중얼거리며 미친 듯이 분장을 한다.
그 분장은 꿈에서 본 신의 가면이다.

시저   비겁한 놈들. 너희는 꿈속에서만 나를 죽인다. 나의 두 눈을 바
           라보고 칼을 찌르지 않고, 나의 등 뒤에서 예언과 미신과 괴담
           의 화살만 쏘아 댄다. 사자가 길거리에서 새끼를 낳고, 무덤이
           입을 벌려 시체를 토해냈다고? 하늘의 전사들이 구름 위에서 전

---

1) 시저의 비명은 구음이다.

투를 벌이느라 그들의 피가 의사당 지붕 위에 소나기처럼 퍼부어졌다고? 죽은 병사와 말들이 질주하고 유령들이 비명을 지른다고?

신의 뜻을 빙자하여 나를 몰아내려는 이 비겁한 놈들. 신관들에게 전해라. 신에게 더 많은 재물을 바치라고, 더 많은 예언을 뽑아오라고, 아니 더 많은 예언을 만들고, 꾸미고, 조작하라고! 신의 뜻은 더 이상 시저를 죽일 수 없다. 이제 시저의 뜻이 곧 신의 뜻이 될 것이다. 내가 스스로 신이 될 것이다!

목소리   신의 뜻은 더 이상 시저를 죽일 수 없다. 이제 시저의 뜻이 곧 신의 뜻이 될 것이다. 시저가 스스로 신이 될 것이다!

신관들, 예언을 주문처럼 낭송한다.
그 예언이 무대에서 구체화된다.

시저, 그 예언을 들으며 신의 분장을 한다.

브루터스, 꿈속에서 그 예언을 목격 중이다.

신관   삼 월 십오 일 죽음이 찾아온다. 시저! 삼 월 십오 일과 이어진 모든 인간들을 죽여라. 노예가 왼손을 들면 불기둥과 폭동이 일어날 것이다. 왼손잡이 노예들을 모두 죽여라. 젊은이들이 마음속에 불을 품고 거리를 질주하면 로마가 분노하여 불기둥이 치솟고, 유령들이 되살아나고, 짐승이 인간이 되고 인간이 짐승이 된다. 그러니 너, 위대한 줄리어스 시저여. 로마를 길들여라. 로마가 사슴이 되고 시저가 사자가 되는 날,

다 같이   시저의 이름은 불멸하리라.

시저	시저의 이름은 불멸하리라.
브루터스	민중의 힘으로 영웅이 된 자가, 이제 스스로 신이 되려 하는구나.

꿈같은 환상으로 빠져드는 브루터스.

브루터스	나는 언제부터 여기 있었지……. 아직도 꿈인가? 아니면 이제 현실인가.
카시우스	꿈속에서도 진실을 꿈꾼다면 그것은 현실이야. 하지만 현실에서도 꿈속을 헤맨다면 그것은 꿈이지, 여기, 시저의 죽음을 꿈꾸는 자들이 있다. 너는 지금 어디에 있나. 브루터스?

신관들이 브루터스의 조상들로 바뀐다.
브루터스, 악몽에서 깨어난다.
브루터스, 서서히 일어나 주변을 둘러본다.

카시우스	브루터스 브루터스 마르쿠스 브루터스 브루터스 브루터스 루키우스.
목소리들	브루터스 브루터스 브루터스 마르쿠스 브루터스 브루터스 브루터스 루키우스 브루터스.
루키우스	나 루키우스 브루터스는 독재자 타퀸을 추방하고 로마에 이름을 남겼다. 너는 무엇을 남겼는가?
목소리들	나의 후손 마르쿠스 브루터스?
브루터스	나는 로마의 법을 수호하는 법무관입니다.
루키우스	너는 로마가 아니라 시저의 법을 수호하고 있다.
브루터스	나는 브루터스 가의 피를 물려받았습니다. 나 역시 한때 시저

에 맞서 싸웠습니다. 시저는 그런 나를 인정하고 등용했습니다. 나의 피에도 정의와 용기가 흐릅니다.

루키우스 브루터스 가의 후손들이 흘린 피가 로마를 위대한 공화정의 나라로 만들었다. 허나 지금 시저가 스스로 황제가 되어 우리의 위대한 로마를 집어삼키려 하고 있다. 우리 브루터스 가의 핏줄들은 로마에 독재자를 둘 바에 차라리 악마를 섬긴다.

브루터스 시저는 독재자가 아닙니다! 민중이 시저를 사랑합니다!

루키우스 바로 내일, 부패한 의원들이 시저를 황제로 추대할 것이다. 앞으로 시저 한 사람이 공화국 법안의 절반을 통과시킬 수 있다. 원로원 의원의 3분의 1을 추천할 수 있다. 모든 식민지의 모든 총독을 자기 마음대로 뽑을 수 있다. 시저에게 더 이상 민중의 사랑 같은 건 필요하지 않다. 마르쿠스 브루터스! 위대한 피를 이어받은 로마의 수호자여, 너는 지금 시저의 편에 서서 민중의 예견된 고통을 보고도 눈을 감고 있다. 마르쿠스 브루터스가 잠들어 있는 동안, 시저는 로마 전체를 살해하고 있다.

브루터스 과거의 유산으로 생명을 부지하는 낡은 유령은 입을 닥쳐라!

브루터스, 분노한다. 루키우스를 칼로 찌른다.

카시우스 보아라, 너는 결국 과거의 유령에게만 칼을 뽑아 들 뿐이다. 그렇다면 너 또한 낡아 빠진 과거의 인간이 아닌가. 마르쿠스 브루터스.

브루터스 나는 위대한 로마의 수호자다! 로마를 위해서라면 상대가 그 누구든 한 치의 망설임 없이 칼을 뽑아 들 것이다. 설령 그게 시저라 할지라도! 나는 시저를 죽일 것이다.

그 순간, 카시우스를 비롯한 시저 암살자들이 브루터스에게 모인다.

저마다 자신의 이름을 혈서로 쓴다.

카시우스   카시우스, 카스카, 퀸투스, 데키무스, 트레보니우스, 무르쿠스,
           킴베르, 바실리우스, 투룰리우스, 카이킬리우스, 포필리우스,
           페트로니우스, 아퀼라, 루가, 나소, 갈바, 렌토, 파르멘시스, 마
           일리우스.

모두가 브루터스를 본다.

브루터스가 마지막으로 종이에 혈서를 쓴다.

브루터스   마르쿠스 브루터스.

모두가 환호한다.

카시우스   위대한 로마를 집어삼키려는 저 오만한 시저로부터 민중을 구
           해낼 해방자들의 명단이 드디어 완성되었다. 우리는 내일 시저
           를 죽일 것이다. 어떤 방법으로 죽일까?

해방자들, 죽인다는 상상에 흥분하여 전율한다.

카시우스   결투?

브루터스   결투…… 시저는 백전노장이야. 우리가 죽는다.

카시우스   전투?

브루터스   전투…… 시저의 군대는 2만이 넘고, 우린 고작 스무 명이다.

카시우스   그렇다면?

다 같이	암살.
브루터스	안 돼. 우리는 로마시민을 대표해서 시저를 처단하는 것이다. 등 뒤에서 찌를 수는 없어.
카시우스	그렇다면?
브루터스	공개적인 살인.
카시우스	안돼. 시저는 늘 수많은 검투사들의 보호를 받는다. 단 한 군데…….
브루/카시	원로원을 제외하고는.

둘, 잠시 생각하다가.

브루터스	원로원에서의
브루/카시	공개적인
다 같이	살인.

해방자들, 환호한다. 살인에 대한 광기로 점점 더 차오른다.

카시우스	모조리 죽이자! 시저 앞에서 숨도 제대로 못 쉬는 비굴한 자들을! 시저의 혓바닥을 자처하는 더러운 안토니우스를! 독재자에게 붙어먹는 기생충 같은 의원들을! 낡은 로마를 불태우고 새로운 로마를 세우자! 모조리 죽이자!

해방자들, 열기에 휩싸여 브루터스를 본다.

브루터스	아니, 아니, 아니……. 우리는 시저 한 사람만 죽인다. (사이) 우리는 정의의 신에게 제물을 바치는 자들이다. 도살자가 아니야.

떼강도처럼 달려들어 칼을 쑤시면 안 돼. 제물은 경건하게 바쳐야 한다. 마치 두 손을 모아 기도하는 것처럼, 한 칼 한 칼, 시저의 심장을 찔러야 한다. 명심하자. 우리가 죽이려는 것은 시저의 정신이지 육체가 아니다.

카시우스   브루터스! 너의 말은 칼처럼 날카롭다. 하지만 너의 조상 루키우스의 칼만큼 날카로울까? 마르쿠스 브루터스!

카시우스와 브루터스, 서로를 노려본다.
누가 먼저랄 것 없이 단검으로 결투를 시작한다.
해방자들은 집단광기에 휩싸인다.
혈투 끝에 브루터스가 카시우스를 이긴다.
카시우스가 브루터스 앞에 무릎 꿇으며,

카시우스   오, 고결한 브루터스여, 우리 해방자들은 모두 당신을 지도자로 따를 것입니다. 이제 로마는 당신의 손에 달려 있습니다. 해가 뜨면, 시저의 이름이 지워지고 브루터스, 오직 당신의 이름만이 새겨질 겁니다.

해방자들, 브루터스 앞에 무릎 꿇는다.
브루터스, 흥분으로 벅차오른다.
서서히 아침 해가 떠오른다.

브루터스   가자, 시저를 죽이러.

해방자들, 저마다의 살인 도구를 챙기고, 백색의 옷을 걸친다.
그들은 단정한 원로원 의원으로 탈바꿈한다.

그 순간 공간은 폼페이우스 극장이 된다.

안토니우스가 시저의 대관식을 연출한다.

안토니우스   앞으로 내가 무엇을 연기할 것인지는 오늘의 살인에 달렸다. 시저가 죽는다면 나는 안토니우스가 될 것이고, 브루터스가 죽는다면 나는 카시우스가 될 것이다. 결국 모두가 죽게 될 테지만.

시저는 그 노래에 맞춰 신의 걸음으로 들어온다.

가장 높은 단에 오른다. 폼페이우스의 동상을 향하여 말한다.

그 말은 오직 동상만 들을 수 있다.

모두가 시저 아래 무릎을 꿇는다.

시저, 그들을 둘러보다가 브루터스를 발견한다.

시저   브루터스, 너는 왜 무릎을 꿇고 있지?

시저, 브루터스에게 다가온다.

브루터스의 손을 잡아 이끈다.

가장 높은 곳으로 함께 올라간다.

시저   우리가 바라볼 풍경은 바로 여기다.

브루터스   …….

시저   저 동상을 바라보아라. 나의 가장 오랜 친구, 폼페이우스의 동상을. 폼페이우스 마그누스. 우리는 모든 것을 나눈 형제였다. 공화정을 나누고, 도시를 나누고, 식민지를 나누었다. 허나 우리가 모든 것을 둘로 나누었기 때문에 로마는 둘로 나뉘었다. 우리가 나누어져 싸우는 동안 시민들은 굶주림에 죽어 가고 이

도시엔 신음 소리만이 가득하다. 이제 로마는 시저의 이름 아래 다시 합쳐진다. 이 시저의 나라에는 가난도 고통도 없을 것이다. 이제 더 이상 로마가 나뉘는 일은 없을 것이다. 브루터스! 시저라는 이름이 나에게서 너에게로 전해지고, 또 너에게서 다른 시저에게 이어지면서, 시저라는 이름은 불멸할 것이다.

그 순간, 폼페이우스의 동상이 미친 듯이 웃는다.
시저, 자신의 눈을 의심하는데

시저   폼페이우스……?

폼페이우스   줄리어스 시저, 이 위대한 연극배우. 잊었는가? 이곳은 내가 만든 극장이다. 극장은 배우가 되어 연기를 하는 곳이지. 시저, 이제 너는 영웅을 연기하는 것이 지겨워, 감히 신의 역할을 탐내는구나. 보아라! 이제 시저 암살자들이 등장할 차례다. 시저를 죽이기 위해! 감히 신이 되려 하는 오만한 인간을 끌어내기 위해.

그와 동시에 모두가 무기를 꺼내 든다.
암살자들이 브루터스를 바라본다.
시저도 브루터스를 바라본다.
브루터스, 몸을 벌벌 떨다가
드디어 무기를 꺼내 들며

브루터스   나를…… 시저의 아들이라고 부르지 마라……. 나의 이름은…… 마르쿠스 브루터스……. 공화정의 아들이다.

시저, 그 순간 오프닝의 악몽이 눈앞에 스쳐서 재현된다.

시저, 경악과 분노가 치솟는다.

브루터스를 향해

시저   브루터스, 나의 정치적 아들. 아니 그전에는 폼페이우스의 아들
         이었지. 폼페이우스의 죽음을 방치하더니, 이제는 시저의 죽음
         을 선동하는구나.

시저, 브루터스에게 한 걸음씩 다가온다.

브루터스와 해방자들, 그 에너지에 눌려 뒷걸음친다.

모두가 벌벌 떤다.

브루터스, 가까스로 정신을 차리고 외친다.

브루터스   잔인한 인간들아. 폼페이우스를 잊었는가? 너희는 폼페이우스
         를 로마 역사상 가장 위대한 인간이라 칭송했다! 그런 너희가
         지금은 시저를 칭송하고 있구나! 폼페이우스의 피투성이 머리
         가 시저의 왕관이 되는 그날에 말이다! 대체 누구냐? 폼페이우
         스의 머리를 쓴 시저에게 칼을 꽂을 사람은?

그 순간, 해방자들이 정신을 차리고 전열을 정비한다.

시저가 포위된다.

브루터스가 먼저 시저에게 달려든다.

시저에게 작은 상처를 입힌다.

그것에 용기를 얻은 해방자들 모두가 달려든다.

시저와 해방자들이 일대 다수의 혈투를 벌인다.

시저는 혈투를 벌이며 해방자들에게 말을 퍼붓는다.

시저   진정한 로마의 수호자들이 여기 다 모였군! 그 잘난 원로원의
옷 뒤에 숨은 너희들은 도대체 누구냐? 고리대금업자! 노예 매
매상! 매음굴의 포주! 지하에 숨어 재미 삼아 노예들을 고문하
고, 가난한 자들의 딸을 빼앗아 유린하는 것을 인생의 낙으로
삼는 더러운 놈들! 너희같은 놈들이 어떻게 위대한 로마를 지키
는 의원이란 말인가. 민중에게서 빼앗은 피 같은 돈으로 권력을
사고 그 권력으로 다시 민중들을 탄압하는 너희들이!
이 나라의 비극은 부패한 공화정 그 자체다!
너희가 위대한 로마의 질서를 어지럽혀 민중들은 어둠 속을 헤
매이며 울부짖고 있다!
그때 나는 깨어났다. 민중의 비명이 나를 깨워 시저라는 별을 탄
생시켰다.
나는 북극성이다. 하늘에는 수많은 별이 있다. 모든 별이 불덩
어리처럼 이글거리고 모든 별이 반짝인다. 그러나 제 자리를 지
키는 별은 하나뿐이다. 인간들도 마찬가지다. 모든 인간은 살
과 피와 이성이 있다. 그러나 그들 모두는 불안에 공포에 두려
움에 시기심에 좌절과 열등감에 흔들린다. 이 모든 것에 흔들리
지 않는 인간은 오직 나, 시저 하나뿐이다.

해방자들이 하나둘 제압된다.
웅크리고 벌벌 떤다.
시저, 얼어붙은 브루터스에게 다가가서 브루터스의 얼굴을 두 손으로 잡는다.

시저   브루터스! 이제 멈춰라. 여기서 멈춘다면…… 용서해 주마.

브루터스, 시저에게서 벗어나려고 버둥거린다.

시저　　　겁에 질려 있는 너의 얼굴을 너는 볼 수 없겠지? 내가 너의 거울
　　　　　　이 되어 주랴?

시저, 브루터스의 겁먹은 표정을 그대로 따라한다.
브루터스, 그 얼굴을 보며 분노에 휩싸인다.

브루터스　　브루터스의 이름이, 시저의 이름보다 더 고귀하고 정의롭다.

브루터스, 숨겨둔 단검으로 시저의 눈을 베어 버린다.
시저가 비명을 지른다.
시저의 세상에 어둠이 온다.
시저는 누구와 싸우는지도 모른 채로 어둠 속에서 싸워 나간다.
다시 서서히 공간이 밝아진다.
그러나 현실이 아닌 환상의 빛이다.
시저는 환상 속에서 자신이 과거에 죽인 자들과 싸우고 있다.

시저　　　갈리아의 왕, 베르킨게토릭스.

코러스들이 갈리아 포로들로 변하여 모조리 십자가에 못 박힌다.

베르킨　　 너는 우리 부족을 학살하고 식민지로 삼았다. 로마의 풍요는
　　　　　　30만이 넘는 우리 민족의 시체 위에 세워졌다.
시저　　　해마다 다른 민족의 침략과 약탈을 거듭하며 살아온 너희는 나
　　　　　　를 비난할 자격이 없다.

시저, 베르킨을 벤다.

| 시저 | 이집트의 왕 프톨레마이오스. |

코러스들이 이집트 노예들로 변하여 피라미드처럼 하나둘 쌓여 간다.

프톨레	너는 내 누이 클레오파트라에 눈이 멀어 나를 죽였다. 누이를 조종하여 이집트의 보물을 로마로 실어 날랐다. 로마의 문명은 이집트를 파괴하며 발전했다.
시저	나의 가장 오랜 친구 폼페이우스를 암살한 너희는, 노예들의 피땀으로 온갖 향락을 누리던 너희는 나를 조롱할 자격이 없다.

시저, 프톨레를 벤다.

스파르	너는 우리 해방자들의 칼과 자유를 두려워했다. 우리는 오직 밝은 태양 아래에서만 싸운다. 하지만 너 비열한 시저여, 넌 달마저 뜨지 않은 시커먼 밤에 우리의 야영지를 기습하여 내 형제들의 등에 칼을 찔러 넣었다.
시저	스파르타쿠스! 노예와 검투사들의 왕! 너 역시 로마의 계급을 부수고 저 위로 올라가고 싶었지? 나 또한 계급을 부수고 저 높은 곳으로 올라가고 싶었다. 슬프게도 사다리가 하나였을 뿐.

폼페이우스의 동상이 내려와 시저에게 달려든다.

폼페이우스	줄리어스 시저.
시저	폼페이우스, 나의 가장 오랜 친구.
폼페이우스	내가 왜 이집트에서 암살을 당했나?
시저	나에게서 도망치기 위해서.

286

폼페이우스 나는 왜 너에게서 도망쳤지?

시저 나에게 패배했기 때문에.

폼페이우스 너와 나는 왜 전투를 하였는가?

시저 로마의 정의를 위해서다.

폼페이우스 너는 나를 죽이고 어떤 정의를 세웠는가?

시저 세금을 개혁하고, 수도를 정비했다. 달력을 연구하여 농업을 발전시키고 수해를 예방했다. 가난한 자들도 의료와 교육의 혜택을 받게 만들었다. 귀족이 아닌 자들도 정치에 참여할 수 있게 만들었다. 참전 용사들에게 땅을 나눠 주었다! 노인들을 위해 요양원을 짓고 굶어 죽어 가는 어린아이들에게 빵을 나눠 주었다. 이게 정의가 아니면 뭐란 말인가!

그 순간, 공간은 다시 현재로 바뀐다.

브루터스 그 정의는 수많은 나라들을 불태우고 파괴하며 정복하고, 이민족을 착취하고, 노예들을 탄압하여 만들어진 것이 아닙니까?

시저 브루터스…… 이 천진난만한 이상주의자……. 그렇다면 너에게는 다른 대안이 있는가? 있다면 나를 찔러라.

브루터스, 망설인다.

카시우스, 먼저 달려들어 시저를 찔러 버린다.

카시우스 시저를 처음 찌른 자의 이름은 나 카시우스다! 자, 다음은 누가 이름을 남길 것이냐.

해방자들, 그 소리를 듣고 이름을 남기지 못 할까 봐 두렵다.

저마다 앞다투어 몰려들어 시저를 찔러 댄다.

자신의 이름을 한없이 외쳐 대면서.

해방자들　　　카스카, 퀸투스, 데키무스, 트레보니우스, 무르쿠스, 킴베르, 바
　　　　　　　실리우스, 투룰리우스, 카이킬리우스, 포필리우스, 페트로니우
　　　　　　　스, 아퀼라, 루가, 나소, 갈바, 렌토, 파르멘시스, 마일리우스.

시저는 선 채로 계속 칼을 맞는다.

아무리 찔러도 쓰러지지 않는다.

해방자들이 지치고 두려워서 멈칫한다.

시저, 비틀거리며 브루터스에게 다가간다.

시저　　　　브루터스, 마지막으로 나를 찔러라. 나를 죽인 영광을 빼앗기지
　　　　　　　마라. 아니, 나를 죽인 저주를.

브루터스, 그 말을 듣고 시저에게 다가간다.

시저의 눈을 보니 흔들린다.

옷으로 시저의 얼굴을 가리고 찌른다. 그렇게 시저가 죽는다.

사방에서 웅성거리는 소리가 들려온다.

목소리들　　　시저가 죽었다. 시저가 죽었다. 시저가 죽었다.

카시우스　　　잠깐! 안토니우스가 도망치고 있소. 시저가 죽었다며 광장에 고
　　　　　　　래고래 소리치고 있소. 어떡할까? 안토니우스를 죽여야 하나?

해방자들　　　(겁에 질려) 죽이자!

카시우스와 해방자들이 몰려가는데,

브루터스가 그들을 몸싸움으로 막는다.

그들 모두가 거칠게 몸싸움하며 대화를 이어간다.

브루터스 그만! 시저가 아닌 다른 사람을 죽이는 순간, 우리는 학살자가 되는 것이다. 쿠데타의 주범들이 된단 말이다.

카시우스 안토니우스는 웅변의 달인이야, 수천 명의 로마시민들이 그의 말에 선동되어 우리에게 달려든다면?

브루터스 정의와 진실은 웅변이 필요 없다. 그 자체가 웅변이니까.

카시우스 이건 정의와 진실의 문제가 아니다! 우리의 목숨이 달린 문제다!

브루터스 닥쳐! 이름과 명예를 건 고귀한 살인 앞에서, 감히 목숨이라는 하찮은 단어를 입에 올리지 마라.

브루터스, 시저의 피를 자신의 손과 칼에 묻히며 해방자들을 안심시킨다.

브루터스 두려워 맙시다. 두려워 맙시다. 우린 시저의 적이 아니라 시저의 친구요. 시저가 독재자가 아닌 얼굴로 죽을 수 있게 도와주었으니까. 모두 허리를 굽혀 시저의 붉은 피에 우리의 손과 칼을 적십시다. 광장으로 걸어가 피 묻은 손과 칼을 휘두르며 외칩시다. 로마에 다시 평화, 자유, 해방이 왔노라고. 이 살인이 연극으로 만들어진다면, 아득할 정도로 오랫동안 공연될 것이오. 아직 태어나지 않은 나라에서, 아직 들어 보지 못한 언어로. 시저는 연극의 막이 오를 때마다 피를 흘릴 것이오. 우리의 칼로, 우리의 정의로. 그 연극의 막이 내릴 때마다 관객들은 우리의 이름을 외칠 것이오. 위대한 로마에 자유를 되찾아 준 해방자들이라고! 시저라는 낡은 이름을 대신할 새로운 이름들이라고!

카시우스가 보란 듯이 시저의 시체 쪽으로 달려든다.

그 말에 고무되어, 앞다투어 시저의 피를 묻히면서

해방자1 시저의 피가 내 것이다. 나도 시저가 될 수 있다.

해방자2 시저의 옷도 내 것이다.

해방자3 시저의 목걸이도, 시저의 반지도 내 것이다.

해방자들, 집단광기로 시저의 몸을 탈취한다.

브루터스가 그 광경을 바라보며 시저의 시체 쪽으로 간다.

카시우스 정의로운 로마 해방자들의 가면을 벗기니 영락없이 피를 뒤집 어쓴 도살꾼의 얼굴이 드러나는구나. 오 고결한 브루터스…….언제쯤 네 그 순진한 낯짝이 일그러지는 걸 볼 수 있을까. (사이) 그래, 이 살인자들을 광장으로 끌고 가 시민들 앞에 내던져 보자. 과연 시민들은 어떤 선택을 할까? (웃는다.) 자. 그럼, 이 제 너희가 죽을 차례다.

브루터스 카시우스? 카시우스는 어디 있는가? 카시우스!

카시우스, 곧바로 안토니우스로 변하며.

안토니우스 브루터스, 카시우스는 잠시 잊고, 나 안토니우스를 맞이해 주 시오. 오! 위대한 줄리어스 시저가 짐승처럼 도살당하다니!

브루터스 도살이 아니라 공개 처형이요.

안토니우스 아, 그렇소, 공개 암살.

브루터스 공개 암살이 아니라 공개 처형.

안토니우스 아, 공개 처형. 미안하오. 사과의 뜻으로 여러분의 피 묻은 손을

잡고 악수하게 해 주시오. 브루터스, 카시우스, 데키무스, 카스카, 트레보니우스,

안토니우스 아무튼 모두 좋은 이름들이오! 내가 꼭 그대들의 이름을 기억하겠소. 그러니 이제 잠시만…… 시저를 위해 잠시만 울게 해 주시오. (울 준비를 하고, 관객들에게) 여러분 중에 시저 지지자도 있겠지요? 내가 시저를 위해 울었다는 것을 꼭 기억해 주시오. (본격적으로 울며) 줄리어스 시저! 당신은 사냥 당한 수사슴처럼 쓰러져 있고 사냥꾼들은 이 자리에 서 있습니다. 당신의 피를 양손에 묻히고 당신의 보석을 온몸에 두른 채, 나의 시저! 당신은 세상의 숲이었소. 당신은 세상의 심장이었소! (해방자들을 향해) 그런 당신이 사냥 당한 수사슴처럼 쓰러져 있고 사냥꾼들은 이 자리에 서 있습니다. 당신의 피를 양손에 묻히고 당신의 보석을 온몸에 두른 채. 나의 친구 시저! (눈물을 흘리며 절규한다.) 자, 이제 나의 애도는 끝났습니다. 브루터스, 이제 난 당신들의 동지요. 당신의 모든 것을 사랑하오. 하지만 그 전에 시저를 살해한 이유를 말해 주시오. 시저가 어찌하여 당신들에게 위험한 인간이었는지를. 나 말고 저 광장의 시민들에게 말해 주시오. 시저의 시신을 광장으로 운구하여 함께 애도하고, 함께 추도사를…….

해방자들, 웅성거린다.

해방자1 추도사를 허락하면 안 돼!

해방자2 시민들이 안토니우스의 말에 넘어가면 우리가 죽는다.

해방자3 차라리 안토니우스를 지금 죽이자!

안토니우스　나 안토니우스는! 브루터스의 결정에 전적으로 따를 것입니다!
브루터스, 이 안토니우스의 목숨이 그대 손에 달려 있습니다.
고결한 브루터스, 당신의 말처럼 정의와 진실은 웅변이 필요 없
습니다. 시민들 앞에서 진실을 밝혀 주시오. (브루터스, 고민한
다.) 시저의 시신을 광장으로 운구하여 함께 애도하고, 함께 살
인의 이유를 만천하에 밝힙시다. 그럼 시민들 역시 로마를 위한
당신의 고뇌를 이해하고 당신의 모든 면을 사랑하게 될 것입니
다. 가서, 이야기합시다. 민중을 사랑한 고귀한 인간 브루터스
와 시저를 죽여 로마를 해방시킨 살인자 브루터스. 사적인 애도
와 공적인 살인에 대해서.

모두가 브루터스를 바라본다.
브루터스가 천천히 걸어 나온다.

브루터스　사적인 애도와 공적인 살인, 사적인 애도와 공적인 살인, 이 얼
마나 아름다운 말인가. (안토니우스에게) 안토니우스, 시저의
시신을 광장으로 운구하시오. 우리가 함께 추도사를 합시다.
그전에 몇 가지 일러두겠소. 첫째, 시민들 앞에서 절대로 우리를
비난해선 안 되오. 둘째, 시저를 마음껏 칭송하되 내 허락을 받
고 칭송하시오. 그리고 마지막으로, 내 연설이 먼저고 당신은
그다음이오.

안토니우스　시저의 이름보다 더 고결한 브루터스의 이름이 명하는데 어찌
안 따를 수 있겠습니까.

브루터스　(사이) 브루터스의 이름으로 말한다! 광장으로 가자!

사람들이 시저의 시신을 일으킨다.

후면에 있던 피 묻은 천이 반원의 무대 앞으로

드리워진다. 시저의 시신이 피 묻은 천 뒤에 위치한다.

공간이 광장이 된다. 해방자들이 군중이 된다. 브루터스가 연단에 오른다.

브루터스 여러분 중에 시저의 절친한 친구가 있습니까? 나는 그분에게 말하겠습니다. 시저에 대한 이 브루터스의 우정도 당신 못지않다고. 그분은 나에게 물을 겁니다. 브루터스는 왜 시저를 죽였느냐고? 내 답변은 이렇습니다. 이 브루터스가 시저를 사랑하지 않은 것이 아닙니다. 이 브루터스가 로마를 더 사랑했기 때문입니다. 시저가 죽고 만인이 자유롭게 사는 것과, 시저가 살고 만인이 노예로 죽는 것 중에 여러분은 무엇을 택하겠습니까? 시저가 날 사랑했기에 나는 그를 위해 울었고, 시저가 영광스러웠기에 나는 그를 위해 기뻐했고, 시저가 용감하였기에 나는 그를 존경했습니다. 하지만 시저는 야심가였기에 나는 그를 죽였습니다. 나를 향한 시저의 사랑에 대해서는 눈물이, 시저를 죽여 되찾은 영광에 대해서는 기쁨이 있을 뿐입니다. 여러분 중 노예가 되길 원하는 어리석은 자가 있습니까? 로마인이 되길 거부하는 미련한 자가 있습니까? 조국을 사랑하지 않는 비열한 자가 있습니까? 있다면 말하십시오. 나는 그자들에게 잘못을 저지른 셈이니까.

아무도 없습니까? 그렇다면 나 역시 아무런 잘못이 없습니다. 시저가 저지른 죄로 인해 내가 시저를 죽인 것처럼, 여러분도 미래에 이 브루터스가 죄를 진다면 똑같이 브루터스를 죽이십시오. 시저를 죽인 이유를 의사당에 공개적으로 기록하겠습니다. 시저의 영광도, 시저의 죄악도 동등하게 똑같이 기록할 것입니다.

군중들, 환호한다.
안토니우스, 시저의 시신을 운구한다.
(시저는 꼭 누워서 들어올 필요가 없다.
마치 죽은 신처럼 안토니우스의 제의에 따라 걸어 들어올 수도 있다.)

브루터스   저기 시저의 시신이 있소. 시저의 시신을 운구한 안토니우스는
시저의 죽음에 가담하지 않았소. 그러나 시저의 죽음의 혜택을
받아 나와 함께 공화국의 정치에 참여하게 될 것이오. 여러분
모두도, 누구나 능력과 재능이 있다면, 저 안토니우스와 똑같
이 로마의 정치에 참여하게 될 것이오. 시민들의 힘으로 우리 위
대한 로마는 다시 한번 세상의 중심에 우뚝 설 것이오. (사이)
나는 로마의 영광을 위해 가장 사랑하는 친구를 죽인 살인자
가 되었소. 만약 내 조국이 이 브루터스의 죽음을 요구한다면
나는 여러분이 보는 앞에서 시저를 죽인 이 칼로 내 심장을 찌
르겠소.

군중의 환호.
'브루터스!' 이름을 외친다.
브루터스, 이름이 불리는 것에 가슴이 벅차다.
안토니우스가 연단으로 올라간다.
안토니우스의 연설에 따라 시저는 1인극의 배우처럼 무언극을 펼친다.

안토니우스   친구여! 로마시민들이여, 여기, 시저의 시신을 바라보시오! 시저
의 몸뚱이에 박힌 질투와 욕망의 칼자국들을 목격하시오!

안토니/시저	카시우스, 카스카, 퀸투스, 데키무스, 트레보니우스, 무르쿠스, 킴베르, 바실루스, 투룰리우스, 카이킬리우스, 포필리우스, 페트로니우스, 아퀼라, 루가, 나소, 갈바, 렌토, 파르멘시스, 마일리우스. 그리고 마지막으로 가장 잔인하고 끔찍한 칼자국의 주인이 바로,
시저	마르쿠스 브루터스!
시민들	마르쿠스 브루터스!
안토니우스	상상해 보시오. 그의 칼이 시저를 무자비하게 쑤셔 댔을 때, 시저의 피가 그의 몸으로부터 폭포처럼 쏟아져 나왔습니다. 마치 피들이 문밖으로 뛰쳐나가서 시저를 찌른 것이 정녕 정녕, 그가 사랑했던 브루터스의 칼이 맞는지 직접 확인하려는 듯 말이오. 시저는 그가 가장 믿고 사랑했던 브루터스의 손에 죽었습니다! 시저는 브루터스의 칼이 아니라 브루터스가 배신을 저질렀다는 그 사실에 이, 심장이 터져 죽어 버린 것입니다! 그토록 사랑했던 브루터스의 얼굴을 차마 볼 수 없어서 옷으로 얼굴을 감싸고 폼페이우스 상 밑에서 울며 죽어 갔소. 이토록 처참한 파멸이 있습니까? 이토록 처참한 살인을 본 적이 있습니까? 친구여! 로마시민들이여! 나의 형제자매여! 고결한 브루터스여! 인간의 악행은 죽은 후에도 세상을 떠도는데 인간의 선행은 도대체 왜! 왜, 뼈와 함께 땅에 묻혀 버리는 것입니까. 나의 친구 시저는 로마를 사랑했습니다. 시저는 가난한 자들이 배고파 울 때 함께 울었습니다. 저 부패한 의원들이 원로원에서 자리다툼을 하고 있을 때 그는 여러분들의 편에 서서 여러분들을 지켰습니다.
	그런데 고결한 브루터스는 시저가 야심의 화신이라 말하고 있습니다. 그렇습니다. 브루터스의 말처럼 시저는 야심으로 가득

찬 전쟁광이었을지도 모릅니다. 하지만 형제여 자매여, 시저가 누구를 위해 전쟁을 벌였습니까? 시저는 많은 전쟁 포로들을 로마로 압송했고, 그 포로들의 몸값으로 국고를 가득 채웠으며 이 로마를 가난으로부터 해방시켰습니다. 그런데도 고결한 브루터스는 시저가 야심의 화신이라 말하고 있습니다.

저 고결한 브루터스도 분명 보았을 것입니다. 루퍼칼 제전에서 내가 무려 세 번이나, 세 번이나. 시저에게 왕관을 바친 것을, 하지만 정직함과 공정함의 화신, 시저는 세 번 다 거절했습니다. 그런데도 시저가 야심의 화신이라 말할 수 있겠습니까?

시민4 시저는 왕관을 거부했다. 시저는 고결해.

안토니우스 (시민들이 안토니우스와 함께 브루터스에게 다가간다.) 시저는 여러분을 제 자식처럼 아끼고 사랑했습니다. 여러분들을 지키기 위해 그는 수많은 전투에서 앞장서 피 흘리며 싸웠고 이 로마를 야만인들로부터 지켜냈습니다. 그의 희생과 용맹함이 있었기에 우리는 이 도시의 아름다운 하늘. 이 하늘 아래서 평화를 누릴 수 있었습니다.

시민2 로마의 수호자가 살해당했다.

시민3 시저의 죽음이 알려지면 우리는 끝이다.

안토니우스 로마시민들이여! 그렇다면 당신들은 고결한 자들이 아닙니까?

시민1 우리 역시 고결하다.

안토니우스 그런데도 왜! 왜 여러분은 시저를 애도하지 않습니까? 오, 분별력이여! 너는 짐승에게 잡아먹히고 사람들은 모두 이성을 잃어버렸구나! 용서해 주시오. 내 심장은 시저와 함께 그의 관 속으로 들어갔습니다. 내 심장이 되돌아올 때까지 잠시만 기다려 주시오.

시민1 그럼 누구지? 더러운 탐욕으로 신성한 원로원을 피로 물들인자는?

안토니우스 (안토니우스가 손가락으로 브루터스를 가리킨다. 코러스가 역시 손가락으로 브루터스를 가리키며 다가간다.) 여기 시저의 인장이 찍힌 봉투가 있습니다. 시저의 유언장이오. 여러분이 시저의 유언을 듣게 된다면, 여러분은 시저에게 당장 달려가 그의 상처에 입을 맞추고 그 거룩한 피에 손을 적실 것입니다. 아니, 시저의 머리칼 한 올이라도 유품으로 간직하고 싶을 것입니다.

시민4 유언장을 읽어라!

안토니우스 나는 못 읽겠소! 시저가 얼마나 여러분을 사랑했는지를, 여러분이 시저의 유산 상속자라는 것을 당장이라도 읽고 싶지만……. (브루터스를 붙든다.)

시민4 유산 상속자? 우리가?

시민 유언장을 읽어라!

안토니우스 못 읽겠소! 시저를 무자비하게 칼로 찌른 고결한 브루터스 앞에서 차마 이 유언장을 읽을 수가 없소…….

시민4 그들은 반역자다!

시민2 그들은 살인자다!

다 같이 살인자! 살인자! 살인자! 살인자!

시민들 우리는 시저의 상속자다. 우리가 시저다. 불태우자! 시저를 죽인 살인자들을, 우리의 유산을 착취하려는 놈들을, 모조리 불태우자!

브루터스가 시민들을 향해 칼을 꺼내 든다.

시민들 브루터스! 고결한 인간 브루터스가! 우리를 죽이려고 한다! 죽여라! 브루터스를 죽여라!

안토니우스	이제 될 대로 되라지. 재앙이여, 너의 불씨가 타올랐으니, 태우고 싶은 만큼 활활 태워 보아라. 몇 푼의 돈과 공동 정원으로 시저의 상속자라 감동 받는 이 우매한 군중들아. 이미 시저는 죽었고 여기 나 안토니우스의 이름만이 살아남았다.

군중들이 일으킨 거대한 불길 사이로, 죽은 시저가 피 묻은 얼굴을 닦으며 걸어온다.
그는 젊은 시저 옥타비아누스로 부활한다.
브루터스, 눈을 의심한다.

브루터스	너는, 너는 누구인가?
옥타비	시저의 이름을 물려받은 상속자. 옥타비아누스 시저.
브루터스	모든 것이 불타고 있는데, 어찌하여 너는 불타지 않는가?
옥타비	그것은 네가 시저를 죽였기 때문이다.
브루터스	내 살인은 정당하다. 너 또한 죽여 주랴? 내 칼은 이미 피투성이가 되었다. 내 앞길을 가로막는 자들은 모조리 죽일 것이다.

옥타비아누스, 스스로 브루터스 앞으로 걸어오며,

옥타비	죽여라.

브루터스, 그 태연함에 놀라 뒷걸음친다.

브루터스	(칼을 허공에 휘두르며) 가까이 오지 마라! 나는 속지 않는다! 죽음이 두렵지 않은 척 연기하지 마라!
옥타비	나는 죽어도 죽지 않는다.
브루터스	궤변은 집어치워! 너는 영웅이 아니다! 너는 신도 아니다! 그저

나와 똑같은 인간일 뿐이다!

옥타비   방금 시저의 육신은 죽었다. 허나 시저라는 이름은 죽지 않는다. 육신에서 육신으로 계속 옮겨질 뿐이다. 이제 시저는 더 이상 하나가 아니다.

옥타비1   시저는 힘이다.

옥타비2   시저는 황금이다.

옥타비3   시저는 군대이며 경전이다.

옥타비4   시저는 식민지이며 노예다.

옥타비   브루터스가 시저의 육신을 죽인 덕분에, 시저의 이름은 불멸할 것이다.

브루터스, 퇴장.

젊은 시저, 늙은 시저의 불타 버린 검을 집어 들고.

옥타비   (크게 숨을 들이마시며) 숨, 이것이 실체다. 부활은 단순히 진흙에 숨결을 불어넣음이 아니다. 죽음을 넘어 고통, 슬픔, 고뇌, 질투. 그것들은 더 이상 나에게 의미가 없다. 내 마음대로 할 수 있는 것도 아니며, 생명을 얻었다고 유지할 수 있는 것도 아니다. 생명의 포기 역시 마찬가지다, 나약한 인간의 마음 또한 내 마음대로 할 수 없다. 너희들은 무엇을 위해 달리는가. 무엇을 위해 피를 흘리는가. 희망할 수 없는 것에 대한 희망. 희망. 그것은 인간이나 다른 생명이 아닌 오직 나 옥타비아누스 시저만이 중심과 기준이 되는 희망이며, 오직 나만이 이루어 낼 수 있으리라. 난 더 이상 죽음을 보지 않을 뿐더러 지배당하지 않을 것이다.

옥타비아누스의 환영은 사람들과 함께 흩어진다.

브루터스는 공간에 홀로 남았다.

브루터스는 고대의 신에게 기도를 드리고 있다.

브루터스 당신의 크신 자비로움으로 저의 죄악을 지워 주소서. 저의 피 묻은 칼을 씻으시고 저의 죄로부터 저를 깨끗이 하소서. 저의 죄를 씻어 주소서. 나의 허물에서 당신의 얼굴을 가리시고 저의 모든 죄를 지워 주소서. 당신의 기쁨과 즐거움의 소리를, 내가 듣게 하소서. 그리고 말씀해 주소서, 이 브루터스에게는 아무 죄도 없을 뿐더러 오직 고결한 숨결만이 남았다고.

X 고결한 브루터스가 약탈자가 되어 쥐새끼처럼 빌고 있다…….

브루터스 넌 도대체 무엇이냐. 넌 언제부터 거기 있었지? 살아 있다면 실체를 드러내고 죽은 것이라면 내 앞에서 사라져라.

X 넌 아직도 꿈속을 헤매고 있구나. 고결한 브루터스여. 난 처음부터 지금까지 늘 네 곁에 있었다.

브루터스 (소리친다.) 내 옆에 거머리처럼 붙어서 거짓만을 속삭였지!

X 난 네가 갈등할 때에 너에게 길을 보여 주었고, 네가 두려움에 떨고 있을 때 칼집 속에 잠들어 있는 네 칼을 뽑아 주었을 뿐이다.

브루터스 네가 원하는 것이 무엇이냐? 아니, 대체 내가 원하는 것이 무엇이냐! 난 무엇을 위해 시저를 죽였느냐!

X 그게 새로운 로마의 지도자가 될 자의 입에서 나올 말인가? 고결한 브루터스여! 넌 로마의 해방자다. 그리고 정의와 질서의 수호자다!

브루터스 아니, 난 부정부패의 해방자이자, 정의와 질서의 처형자가 되었다!

X	브루터스! 이 모든 것은 너의 선택이었다!
브루터스	줄리어스 시저가 죽었다. 그 위대한 줄리어스 시저가. 그는 왜 죽어야 했는가. 바로 정의 때문이었다. 그 정의 때문에 우린 로마의 수호신을 죽인 것이다. 그가 독재자가 되어 로마의 자유를 빼앗을 것이라는 두려움 때문에 우리는 그를 죽였다. 하지만 시저가 죽은 지금, 로마에 평화가 찾아왔는가? 자유가 돌아왔는가? 민중들은 고통으로부터 한 발자국도 헤어 나오지 못하고 있다. 보라. 시저의 피로 물든 고결한 해방자들의 손이 올가미가 되어 민중들의 목을 죄고 있다. 더 이상 이 영광스러운 혁명을 더럽혀선 안 돼. 이제 사라져라. 두 번 다시 내 영혼을 팔아넘기지 않겠다. 그럴 바에야 차라리 개가 되어 달을 보고 짖겠다.
X	그래, 개가 되어 마음껏 짖어라! 하지만 나에게 짖지 마라!

브루터스가 흥분하여 칼을 꺼낸다.

| X | (브루터스를 조롱하듯, 너무나 과장되게) 오! 왜? 나 찌르게? 오, 고결한 브루터스! 당신은 내 가슴을 찢어 놓고 있소! 진정한 친구에게! 대체 왜? 왜 나에게 이런 시련을! 옥타비아누스! 차라리 쳐들어와라! 쳐들어와서 이 나를 죽여라! 나는 비극의 주인공이 되었다! 사랑하는 자에게 미움을 받고! 노예처럼 모욕을 받고 있다! 울고만 싶구나! 내 맑은 영혼을 눈물로 쏟아내어 모두에게 보여 주고 싶다! 오 고결한 브루터스! 차라리 내 심장을 찌르시오! 시저를 찌른 것처럼 나도 찔러 보시오! 하하하! 왜 그땐 죽은 듯 널브러져 있었지? 위대한 옥타비아누스 시저 앞에서! |

브루터스	나는 정의를 위해 신을 찔러 죽인 인간이다.
X	정의를 위해서가 아니라 네 이름을 남기려고 찔렀지. 그리고 그 대가로 너는 힘을 얻었다. 시저를 죽여 얻은 그 힘으로 너는 무엇을 했나?
브루터스	나는 신성한 로마 해방 전투를 위해서…….
X	그래, 신성한 로마 해방 전투를 위해서……. 로마 해방 전투를 위해서……. 신성한 해방 전투를 위해서! 시민들의 주머니를 털었지. 넌 시저가 되고 싶어 시저를 죽였다. 하지만 지금의 넌 또 다른 약탈자에 불과하다.
브루터스	나는 로마시민을 해방시킬 위대한 해방자다!
X	로마에는 더 이상 낡은 인간은 필요하지 않다. 옥타비아누스 시저가 온다. 새로운 시저가 온다. 새로운 시대가 온다. 브루터스의 이름은 흔적 없이 사라지고. 새로운 시저의 시대가 온다. 브루터스. 고결했던 네 이름과 피 묻은 칼을 내려놓고 엎드려라. 새로운 시대의 거름이 되어…… 죽어라.

브루터스, 칼을 떨어트린다.
고개를 떨구고 무너지려다 발작적으로 소리친다.
누군가 연기를 피운다.
브루터스의 정신이 혼미해진다.

브루터스	옥타비아누스! 안토니우스! 이 로마 살해자들아! 당장 진격이다! 필리피 평원으로 진격이다!
카시우스	필리피로 가면 우린 죽어. 필리피 주민들은 시저를 사랑했어. 시저는 귀족들의 돈을 빼앗아서 가난한 자들에게 나누어 줬거든, 그런 시저를 바로 우리가 죽여 버렸지. 그들에게 우리는 로마

최고의 범죄자들이다. 옥타비아누스에게 닿기 전에 필리피 주민들이 우릴 찢어 죽일걸.

브루터스 그래도 진격이다! 운명의 바다에는 밀물과 썰물이 있지! 우리의 밀물은 진작 지나가고 이제 썰물만이 남아 있다! 물이 다 빠지기 전에 미친 듯이 달려 나가야 돼! 달려가지 않으면 어차피 우린 다 죽어! 달리자! 달리자! 죽음을 향해 달리자!

카시우스 그래! 내일 당장 달리자! 죽더라도 달리다가 죽자! 대신 오늘만큼은 죽을 것처럼 춤추자!

연기는 더 짙어지고
브루터스, 더 미친 것처럼 허우적거리며 춤추다가 문득 정신을 차린다.
품에 자신의 딸 포샤가 안겨 있다.

브루터스 포샤? 포샤……. 오! 내 딸 포샤! 얼굴빛이 왜 이래?

포샤 나는 죽었어.

브루터스 죽었다고……? 어떻게……?

포샤 불을 삼켰어.

브루터스 불을 삼켜……? 불을……? 왜!

포샤 사람들이 수군거렸어. 네 아빠는 살인자라고.

브루터스 내가…… 내가? 나는…… 나는 로마의 정의를 위해서 그런 거야…….

포샤 나도 알아. 하지만 아빠는 우릴 두고 떠났어,

브루터스 나는…… 나는…… 난 그저 로마시민들을 해방시키기 위해 그런 거야…….

포샤 아빠가 떠난 이후로, 살인자들의 이름이 거리에, 마을 전체에 잔뜩 붙었어. 차례차례 붙잡혀 갔어. 옆집 아줌마, 아저씨, (사

이) 그리고 우리 엄마, 우리 오빠. (사이) 그리고 돌아오지 않았어. 나만 혼자 남았어. 나는 내 차례를 기다리다가⋯⋯ 그냥 죽어 버렸어. 뜨거운 불을 삼켰어.

브루터스　(엎드리며) 사랑하는 내 딸⋯⋯ 내 딸이⋯⋯. (울부짖는다.) 나는! 나는! 내 조국을 위해서 그런 거야⋯⋯. 로마의 자유를 위해서 그런 거야⋯⋯!

포샤, 아버지를 쳐다본다.

브루터스　(올려다보며) 나를 이해할 수 있겠니⋯⋯?

포샤, 고개를 젓는다.

브루터스　나를 용서해 주겠니⋯⋯?

포샤, 고개를 힘차게 끄덕인다.
브루터스, 무너진다.
포샤, 사라진다.

브루터스　내가 왜, 진격이라고 했지? 우린 이길 수가 없는데? 나는 내일 죽는 건가?

연기 속에서 시저의 유령이 등장한다.

브루터스　거기 누구냐.
유령　　　브루터스, 불쌍한 나의 아들 브루터스.

304

브루터스	또 너구나. 시저. 내 빌어먹을 아버지, 시저,
유령	필리피에 가면 너는 결국 죽게 될 것이다.
브루터스	너는 죽어서도 죽지 않는구나.
유령	너는 아직도 죽음에 집착하는구나. 나의 죽음이 너의 결말이라면 줄리어스 시저는 영원히 죽지 않을 것이다. 불쌍한 나의 아들 브루터스, 넌 끝없이 죽는구나.

유령이 브루터스에게 미래의 광경을 보여준다.
미래의 수많은 청년들이 수많은 권력자들을 죽인다.

보험사 CEO에게 총을 쏘는 청년,
진압한 군대를 향해 자살 폭탄을 메고 돌진하는 청년,
독재자를 대통령궁 기둥에 매달아 죽이는 청년 등.

브루터스	그렇군, 나는 계속해서 죽는군. 브루터스라는 이름으로 태어났다는 이유로 말야. 어차피 죽을 거라면, 필리피 평원에서 싸우다 죽을 필요가 있나? 그냥 여기서 술에 취해 죽어도 되는 거 아닌가?
유령	그것이 네가 지금까지 말한 브루터스 가의 정의인가. 그렇다면 결국 너는 비열한 겁쟁이로 역사에 기록되겠구나.
브루터스	역사! 역사! 그놈의 역사! 어차피 다 죽고 나서 기록되는 역사! 그래! 그 빌어먹을 역사에 내가 한 줄을 보태기 위해서 용감하게 죽어 주마! 나는 내일 필리피에 간다! 그리고 너는 여기서 다시 죽어라!

브루터스, 홀린 듯 칼을 집어 휘두른다.

시저는 계속 맞지 않는다.

브루터스의 눈에는 어느새 모든 병사들이 시저로 보인다.

춤추던 병사들이 브루터스의 칼을 피한다.

음악이 멈추고 잔치가 끝난다.

시저의 유령이 저 멀리 사라진다.

브루터스   시저가 사라진다! 가지 마라! 할 말이 더 많다! (병사들을 둘러
보며) 너희들도 보았지? 아닌가? 꿈인가? 아니야, 뭔가 보았
지? 보았지?
보았잖아! 보았잖아!

병사들, 묵묵부답. 브루터스, 미친 듯이 한동안 웃다가,

브루터스   해가 뜨는 즉시 필리피 평원으로 진격이다!

젊은 시저(옥타비아누스)가 등장한다.

옥타비   입으로는 '시저 만세'를 외치면서 시저 가슴에 구멍을 낸 게 누
구냐, 이 살인범들아. 예고도 안 하고 등 뒤에서 찔러 댄 저열한
살인범들, 시저 앞에서 네놈들은 원숭이처럼 이빨을 드러내고,
사냥개처럼 꼬리를 흔들며 노예처럼 엎드려 그의 발에 입을 맞
췄겠지. 그러다가 굶주린 들개처럼 몰려들어 너희들의 그 흉악
한 칼로 시저의 목을, 등 뒤를, 심장을 쑤셔 댔을 것이다. 난 반
역자들에게 칼을 뽑았다. 이 칼이 다시 칼집에 들어갈 날이 언제
일까? 시저의 온몸에 뚫린 서른세 곳 상처 만큼 복수를 할 때다.
그게 아니라면 또 하나의 젊은 시저가 또다시 반역자의 칼에 제

물이 되는 날이겠지. 둘 중 하나가 오지 않는 한 나는 칼을 칼집에 넣지 않는다. 자! 붉은 피를 흘릴 시간이다!

안토니우스　카스카, 퀸투스, 데키무스가 죽었다!

트레보니우스가 죽었다!

무르쿠스, 킴베르, 바실루스가 죽었다!

투룰리우스, 카이킬리우스가 죽었다!

포필리우스, 페트로니우스가 죽었다!

아퀼라, 루가, 나소, 갈바, 렌토가 죽었다!

파르멘시스, 마일리우스가 죽었다!

이제 너 반역자 브루터스! 너만이 남았다.

브루터스　안토니우스! 옥타비아누스! 너는 반역자의 손에 죽지 않는다. 난 반역자가 아니니까! 브루터스 가의 후손들이 흘린 피가 로마를 위대한 공화정의 나라로 만들었다.

브루터스가 달려들지만 닿지 못 한다.

브루터스와 옥타비아누스가 전투를 벌인다.

코러스들은 누구의 편이랄 것도 없이

각자의 사투를 벌이며 끝없이 죽고, 끝없이 살아난다.

카시우스, 홀로 떨어져 관객들에게

카시우스　로마시민 여러분, 저기 브루터스가 싸우고 있소. 고결한 브루터스. 이 전투의 끝이 승리라면 우린 영원한 친구가 될 수 있겠지. 그러나 전투의 끝이 패배라면? 이 칼로 나는, 나를 찔러야 하나? 안 돼, 우린 로마인이야. 기독교인이라고. 자살은 안 돼. 아! 난 원래 미신을 믿지 않소. 근데 오늘은 좀 이상하오. 아까 이리로 행군하는데 거대한 독수리 두 마리가 맨 선두의 깃발에 내려

앉았소. 한참 내내 앉아 있었소. 병사들이 주는 먹이까지 받아 먹으면서 계속! 아! 이것이 승리의 징조인가! 하며 기뻐하는데, 그 독수리 놈들이 먹이를 다 먹고 훨훨 날아가 버리는 게 아니 겠소! 그 대신 시커먼 까마귀 놈들이 몰려와서는 우리 머리 위를 빙빙 돌기 시작했소. 우리가 마치 그 짐승들의 먹잇감이 된 것처럼……. 그놈들의 날개 그림자는 죽음의 장막 같았고, 우리 군대는 그 장막 밑에서 점점 죽어 가는 느낌이 들었소. 브루터스 저길 봐! (신나 하며) 우리 병사들이 도망친다. 우리 장교가 포로가 된다. 아! 우리 깃발이 빼앗긴다! 아! 우리의 막사가 불탄다! 아! 저기 군대가 몰려온다! 아군인가? 적군인가? 적군이다. 그럼 브루터스는 이제 적군의 포로가 되어 밧줄에 묶여 로마 거리를 질질 끌려다니게 되는 건가? 오, 고결한 부르터스. 우리는 한때나마 로마의 해방자였다. 그런 우리가 사냥 당한 수사슴처럼 쓰러져 있고 사냥꾼들은……. 아, 이 말은 언젠가 했던 것 같은데……. (사이) 뭐. 어쨌든, 인간의 눈이 자기 인생의 결말을 미리 볼 수 있다면 얼마나 좋을까. 그러나 찰나의 인생은 곧 끝이 날 것이고, 그럼 결말도 금방 알게 되겠지. 오, 불쌍한 브루터스. 이제 작별할 시간이다. (칼을 스스로에게 겨눈다.) 브루터스의 이름으로 브루터스의 이름을 찌른다. (자신을 찌르려다가) 스스로는 못 찌르겠다. 누가 날 좀 찔러다오! 시저의 내장을 당당하게 찌른 이 칼로! 누구든 나를 찔러 주면 나는 그대를 로마의 자유인으로…….

브루터스가 X를 끌어안는다.

죽어가는 X에게 다가가며,

브루터스	……. 너는 죽었는가? 근데 너는…… 언제부터 죽어 있었지? 아니…… 살아 있던 적이 있었나……? 아직도 꿈인가? 아니면 이제 현실인가.
X	꿈속에서도 진실을 꿈꾼다면 그것은 현실이야. 현실에서도 꿈속을 헤맨다면 그것은 꿈이고, 너는 지금 어디에 있나. 브루터스?

옥타비아누스, 브루터스를 찌른다.

브루터스, 서 있는 그대로, 어느새 죽었다.

그러나 브루터스는 곧바로 느끼지 못 한다.

브루터스	나는, 이제, 죽은 것인가?
옥타비	브루터스. 나는 너의 죽음을 애도하며 칭송한다. 너는 가장 고결한 로마인이었다. 너를 제외한 모두는 이득의 음모자였고 사적인 살인자였다. 오직 너만이 공동의 선을 위해 음모하고 살인했다. 나는 너에게 경의를 표하고 장례를 치른다.
브루터스	나의 무대가, 그렇게 끝날 수 있다면, 얼마나 아름다울까?
옥타비	하지만 그게 마지막이다. 나는 너의 음모를 빌미 삼아 백 명이 넘는 원로원 의원을 숙청할 것이다. 너를 지지한 수천 명의 시민들을 처단할 것이다. 나약한 공화정이 만들어낸 낡은 법을 모조리 불태울 것이다. 공화정은 껍데기만 남을 것이다. 오직 나만이 남을 것이다. 너희들이 시저를 암살한 덕분에, 내가 새로운 시저가 되었다. 마르쿠스 브루터스. 이 천진난만한 이상주의자.
브루터스	…….
옥타비	너희들은 후회하고 있는가?
브루터스	후회한다.

옥타비   …….

브루터스   너희들을 더 철저히, 더 무자비하게 죽이지 못한 것을 후회한다. 너희들을 무자비하게 죽이지 못해서, 내 동지와 내 가족이 무자비하게 죽어간 것을 후회한다.

해방자들의 이름이 노래로 불리어진다.

옥타비아누스, 브루터스의 시신을 질질 끌고, 원로원으로 향한다.

원로원 의원들은 공화정에 갇힌 채, 겁먹은 짐승들처럼 도망치며 울부짖는다.

옥타비아누스는 제물을 노리는 도살자처럼, 신중하고 여유롭게, 그들을 차례대로 죽인다.

그 광경은 마치, 시저가 살해당하는 광경의 정반대의 모습같다.

마치 되감기를 하는 필름처럼.

브루터스, 죽어 가는 자들을 향해, 들리지 않는 절규의 말을 외쳐 댄다.

브루터스   두려워 맙시다. 우린 시저의 적이 아니라 시저의 친구요. 시저가 독재자가 아닌 얼굴로 죽을 수 있게 도와주었으니까. 모두 허리를 굽혀 시저의 붉은 피에 우리의 손과 칼을 적십시다. 광장으로 걸어가 피 묻은 손과 칼을 휘두르며 외칩시다. 로마에 다시 평화, 자유, 해방이 왔노라고. 이 살인이 연극으로 만들어진다면, 아득할 정도로 오랫동안 공연될 것이오. 아직 태어나지 않은 나라에서, 아직 들어 보지 못 한 언어로. 시저는 연극의 막이 오를 때마다 피를 흘릴 것이오. 우리의 칼로, 우리의 정의로. 연극의 막이 내릴 때마다 관객들은 우리 이름을 외칠 것이오. 위대한 로마에 자유를 되찾아 준 해방자들이라고! 낡은 시저의 이름을 대신할 새로운 이름이라고! 그리고 마침내 관객들이 극장 밖으로 나서는 순간, 극장을 넘어 광장으로 질주하는 순간, 우리의 연극은 더 이상 연극이 아니게 될 것이오.

그러나, 어느새 모두 죽었다.

브루터스의 절규만이 무대를 채운다. 무대가 점점 어두워진다.

브루터스   두려워 맙시다! 두려워 맙시다! 두려워 맙시다!

-막-

초선의원

2025년 5월 10일 1판 1쇄 펴냄

지은이   오세혁
펴낸이   김성규
편집   조혜주 최주연
디자인   신혜연
펴낸곳   걷는사람
주소   경기도 용인시 기흥구 동백중앙로 358-6, 7층 (본사)
          서울 마포구 월드컵로16길 51 서교자이빌 304호 (지사)
전화   031 281 2602 / 02 323 2602
팩스   02 323 2603
등록   2016년 11월 18일 제25100-2016-000083호
ISBN   979-11-93412-91-6
          979-11-89128-30-2 [04810]